作为一位从医半个世纪的医生，

我要告诉癌症朋友，什么是最合适的治疗?

作为一位战胜癌魔的幸存者，

我要与癌友分享怎样才能活下来，

活得开心快乐!

徐克成

践行中国式控癌

Practice China's Way of Cancer Control

徐克成著
汤钊猷评述

羊城晚报出版社
·广州·

图书在版编目（CIP）数据

践行中国式控癌 / 徐克成著 . — 广州 : 羊城晚报出版社，2018.1（2018.9重印）

ISBN 978-7-5543-0508-9

Ⅰ . ①践… Ⅱ . ①徐… Ⅲ . ①故事—作品集—中国—当代 Ⅳ . ① I247.81

中国版本图书馆 CIP 数据核字（2017）第 274398 号

践行中国式控癌

JIANXING ZHONGGUOSHI KONG'AI

策划编辑 高 玲 胡 菁

责任编辑 高 玲

封面设计 伍锦华

装帧设计 谭 江

责任技编 张广生

责任校对 麦丽芬

出版发行 羊城晚报出版社（广州市天河区黄埔大道中 309 号羊城创意产业园 3-13B 邮编：510665）

发行部电话：（020）87133824

出 版 人 吴 江

经 销 广东新华发行集团股份有限公司

印 刷 佛山市浩文彩色印刷有限公司

规 格 787 毫米 ×1092 毫米 1/16 印张 18.75 字数 330 千

版 次 2018 年 1 月第 1 版 2018 年 9 月第 2 次印刷

书 号 ISBN 978-7-5543-0508-9

定 价 39.80 元

汤钊猷院士说：“实现中国式控癌，需要不懈的创新和实践。”
（自左向右：牛立志博士、汤钊猷院士、徐克成教授 ）

资深专家珠联璧合　挑战癌症理念突破

临床实践创新策略　中国品牌造福世人

《践行中国式控癌》是一本由中国著名肿瘤治疗专家徐克成教授编著，中国著名肿瘤学家、中国工程院院士汤钊猷评述的，具有中国特色的创新型高级肿瘤科普书。两位“大家”曾各自编著过多本癌症科普书籍，本书是继徐克成编著的《与癌共存》和汤钊猷编著的《中国式抗癌：孙子兵法中的智慧》两本代表性大作获得深远影响后，全新推出的珠联璧合式力作，是他们对普及癌症教育所做的又一重大贡献。

全书分为“诠释中国式控癌”“查房手记”“治癌故事”“治疗随议”“治疗之策”等章节，最后选载了媒体报道，让记者以“媒体眼”评论“中国式控癌”。多位国内外著名学者以“序言”形式做了高度评价。

书中，既诠释了控制癌症的理念，尤其是当代最前沿的治疗癌症新理念，又例举了一个个癌症治疗成功范例；既有采用新思维、新策略和新技术的成功经验，又有治疗失败的教训和反思；既肯定现代肿瘤治疗的成就和贡献，又对各种治疗技术做了实事求是的质疑和“补台”；既有中国元素，更有东西方思维的结合。

相信癌症患者可以从本书获得合理、恰当治疗的启示，关心癌症的社会人士（癌症与日俱增，实际上没有人可以回避癌症）可以参考本书健身却癌，而从事癌症临床和研究的专业人士，也可从本书进一步认识到自己行医和研究，到底为了什么？

羊城晚报出版社

2018 年 1 月 2 日

前言

追随、追求和感恩

2017 年 6 月 2 日，汤钊猷院士应邀来广州参加国际癌症康复论坛。刚下飞机，他就赶到我院，一连看了 4 例“晚期”癌症病人，他们原先均失去生存希望，有的全身数十处转移，现在均已扭转“危势”，在康复中……

汤院士很惊奇，也很高兴，说：“这说明，践行‘消灭’与‘改造’并举的中国式治疗策略，是可以让病人的生命延续下来的。”

三年多前，2014 年 5 月 12 日，早晨刚上班，正想去病房巡视，秘书送来一包邮件。打开一看，是十本《中国式抗癌：孙子兵法的智慧》。里面附有一信，是汤钊猷院士写的，要我将书分送给医生。汤院士语重心长地说：“你比我小十多岁，还在临床一线。希望你实践‘消灭’与‘改造’并举的肿瘤治疗策略，融汇中西，走具有中国特色的癌症治疗之路。”

“中国式抗癌”，新颖的名字，崭新的概念！

如果说汤院士主编的三版巨著《现代肿瘤学》，展示了当代肿瘤学领域的最新研究成果，那现在这本《中国式抗癌：孙子兵法的智慧》，以及此前出版的《消灭与改造并举：院士抗癌新观点》，则显示他不仅是一位科学家、医学实践家，还是一位哲学家、国学家。汤院士将老子的“创新”、孔子的“和谐”和孙子的“取胜”，匠心独具、十分巧妙和睿智地应用于控癌战，指导癌症治疗，广征博引、纵横捭阖，显示了他的渊博知识和非凡智慧。

我打开2013年汤院士给我的邮件，他说：“克成教授，自从到你处参观后，我深感你在肿瘤诊治上开辟了一条新路。过去说发展是硬道理，现在说转型也是硬道理。实际上，只有不断变革才有出路，而变革是没有穷尽的。你在肿瘤临床开辟了变革的新路，这是最难能可贵的，相信会对更多癌症病人带来好处。”

我追随汤院士半世纪了。上世纪70年代初，汤钊猷老师来到我当时的工作所在地南通，在中国最早开展普查肝癌，提出“小肝癌”“亚临床肝癌”概念。稍后，我去到上海中山医院，师从汤老师夫人李其松教授，进修消化病学，同时“旁听”他的查房、讲课。此后，参加编写他主编的专著，应邀在他主持的学术会上演讲。时光荏苒，岁月如水，人生如歌。我们结下了心照神交之谊，他和他的夫人成为我最尊敬的老师。

1997年底，时任卫生部部长的陈敏章教授，一位以胰腺癌研究而闻名的消化病专家，语重心长对我说：“办一所肿瘤医院吧。癌症治疗必须有新的思路、新的技术，要有中国的特色。”他特地关照，“好好研究胰腺癌的治疗”。命途多舛，造化弄人。一年多后，陈部长身故于“癌王”胰腺癌，为我留下永远的遗憾。多年来，我兢兢业业，虽然勤勉钻研，一丝不苟，但少得要领，心中无纲，陈敏章老部长的遗愿成为我解不开的心结。中国有句熟话，叫“纲举目张”，汤钊猷院士“中国式抗癌”就是癌症治疗的“目”和“张”。递薪传火，春风化雨。我似乎一下子明白：医生行医，到底追求什么？癌症治疗到底达到什么目的？

时光刚进入2006年，我就经历了一次生死历炼。因为肝癌我接受了肝叶切除。经过短暂的忧虑以后，我感到患癌也许对我是一件好事，因为让我明白了，作为一个病人，最需要得到的是快乐；作为一个医生，最重要的是让病人活下来，活得有质量，活得足够长！而为了达到这一明白，我自己必须活下来，而且活得足够长！

我在自己身上，践行“中国式抗癌”。自己的生死体验，让我明白了“与癌共存”的真谛。非常感恩，2016 年，我国医学界获得国家科技最高奖的著名肿瘤专家吴孟超、王振义院士，以及汤钊猷院士三位“大家”，分别为我编著的《与癌共存》一书作序——

吴孟超院士说：“医学研究对象是人的生命。在长期理论探索和临床检验中形成的医学体系，具有极强实践性。”他引用希波克拉底名言，“对于一个医生来说，了解一个患者，比了解一个患者患什么病重要。”

王振义院士说：“从某种角度来看，我们无法完全摆脱癌症。”“像人类这样的生命体，在很多情况下，都是‘与癌共存’。”“基于上述认识，也许我们要对现在的癌症治疗重新思考。”

汤钊猷院士说：“癌症是机体长期内外失衡引起的内乱，是以局部细胞遗传特性改变为主要特征的全身性慢性疾病。”他指出，处理这种内乱，“我与徐克成教授的观点不谋而合”。

“大家”的话演化为我的一种追求。践行“中国式抗癌”，就是一种心灵的追求，就是走上“变革的新路”。这是学习、吸收、研究、转化，秉持新理念、新策略、新技术的过程，正如美国前总统尼克松说的，我们不漠视过去，不毁弃过去，不向过去倒退，而是奋发向前，积极向上，决心为未来开辟新的前景。

多年来，我和我的同事，或电信联系，或登门拜访，行国内，去国外，走城市，往山村，遍访了上千例癌症患者，既访问治疗情况，又了解生活方式、家庭环境、遗传背景，就是为了知道他们是怎样活下来的？我很欣慰，许多本来无生存希望的癌症病人，确确实实活下来了；我很感恩，这些病人的生存经历，增强了我践行“中国式抗癌”的信心。

后来，汤钊猷院士将“抗癌”改为“控癌”，一字之差，体现了癌症治疗策略更为“精准”：“抗”，更多意味着“消灭”，而“控”，包含着“消灭”和“改造”。

使命所然，工作之余，我将“控癌”中自己的以及同事的一些成绩、缺点、失误、经验和教训，写成随记、故事、感想，汤院士又对多数文章做了评述，从而汇集成即将出版的这本书。虽然编写人是我，但书的思想和灵魂来自汤院士。

出版本书的勇气实际上也来自汤院士。他说：“挑战和争议不是坏事。

千里之行始于足下。”他建议早点把这些实践整理成书问世，不无忧虑地说：“（这些）实践很珍贵，早些整理成书问世。可惜现在有相仿认知的人太少太少了。”

本书中许多文章曾在马来西亚《光明日报》著名的“良医专栏”发表。此次汇编成书，已做了较大幅度修改。文章是在不同时间和场合写的，多是随兴而作，其中难免有不少重复之处。癌症患者读本书，不要“依样画葫芦”，生搬硬套，仅作为选择治疗时多一个思路和参考。

为顾及病人隐私，本书中涉及的病人，除得到允许外，基本上没有用真实姓名，照片上一般不显示正面形象。有些插图取自文献，注明了出处。有些图片引自公众网站。在此向未知名的作者表示感谢。

感谢志同道合的“大家”朋友为本书作序。殷大奎教授既是德高望重的原卫生部老领导，又是卓有成就的医学专家；谈东风教授和吕有勇教授均是著名肿瘤研究专家，他们博学多才、思路睿智，在“控癌”上，我们可谓心心相印，印印相契；香港钟子美先生是著名散文诗作家，他邂逅“癌症”的生死经历，让他从“人文医学”角度，写了撼动人心的文字，为本书增辉添色。

本书部分图片由汤钊猷院士提供，一并感谢。

感谢资深媒体人胡菁女士以及我院策划部同仁的认真审修；感谢羊城晚报出版社的鼓励和在出版过程中的精心策划。

发展有中国特色的医学，是中国崛起所带来的历史使命，是我的梦，也是凝聚了几代中国人的夙愿。作为医者，负重致远。希望本书的出版，能从理念上提出看法，对传统提出“挑战”，激发共鸣和讨论。正如汤钊猷院士所说：“实现中国式控癌，需要大家加以充实完善，可能需要几代人的努力。但只要我们坚持不懈，矢志不渝，就能为中国抗癌事业做出贡献。”

即将出版的这本小书，肯定存在不少问题、缺点甚至错误，谨望同道、病友和关心控癌事业的朋友不吝指正。

徐克成

2017 年 12 月 30 日

序一
汤钊猷

汤钊猷，中国工程院院士，复旦大学肝癌研究所名誉所长、教授，对“亚临床肝癌”概念和理论的建立，做出了重大贡献，是美国癌症研究所“早治早愈”金牌获得者。

笔者曾有幸为徐克成教授著的《与癌共存》(广州出版社 2016 年)一书写序。此书出版后，我又不断收到徐教授的短篇新作，看后深有感受，常在其文章之后写点感谢和随笔，算作小小的“评述”；又几次建议他结集出版，于是就有了《践行中国式控癌》这本新作。

出于“洋为中用”和“古为今用”的思考，笔者先后写过《消灭与改造并举：院士抗癌新视点》(2011 年，2015 年)和《中国式控癌：孙子兵法中的智慧》(2014 年)，希望有助形成有中国特色的癌症防控事业，以惠国人，并贡献于世界。为此，“中国式控癌”只是一个方向，是一个需要几代人努力才可能完成的目标，是肿瘤工作者实现“中国梦”的具体抓手。当前中国已进入复兴的新时代，这为达到此目标创造了条件。

笔者以为，实现这个目标的核心是“洋为中用＋中国国情＋中国思维＋细致实践”。在癌症防控方面，我们既要充分运用西方医学的精华，也要结合国情，而加入中国思维是重中之重，最后还要细致实践去检验。我国有几千年中华文明，取其精髓，并与现代科技精华相结合，可能是“超越”的关键。有了思路，就需要细致的实践加以验证，因为实践是检验真理的标准。

笔者已是87岁老人，最多只能做点鼓动性的工作，而新思维和实践则是关键。徐教授既有新思维，又仍在实践的第一线，他们的实践结果是最有说服力的。尽管看来所说的多是些“个案”，少有循证医学的检验，然而“必然常寓于偶然中”。

孙子说“以正合，以奇胜”，当前癌症防控仍远差人意，在强调“诊疗规范”的同时，更要重视“出奇制胜”，徐教授的实践是属于后者。此书不仅汇集东西方精华，而且文笔引人入胜。相信此书的出版，将能引起更多的共鸣，让更多人为实现“中国梦”这个伟大的目标而奋斗。

汤钊猷

2017年5月于上海

序二

殷大奎

殷大奎，教授，原国家卫生部副部长、中国医师协会前会长、全国政协委员、卫生部健康教育首席专家、中国健康教育协会会长。

徐克成教授最近将出版新书《践行中国式控癌》，他希望我为之写序。我欣然从命，因为我对徐教授的为人处事太了解了。

八年前，作为中国医师协会会长，我带领百位民营医院院长赴徐教授为院长的广州复大肿瘤医院参观，听取介绍，亲自访问从死亡线被挽救回来的患者，我当时说："看到这些，我很感动，我确实被感动了。"

2017 年 6 月 2 日，我应邀去广州参加国际癌症康复论坛，顺道再访时已为暨南大学附属医院的广州复大肿瘤医院，遇到老朋友、中国著名肿瘤专家汤钊猷院士，陪同他一起看望病人。汤院士是"中国式控癌"的倡导者，他看到一些病人应用具有中国特色的治疗理念和方法，生命获得延续、生存质量获得改善时，十分高兴，也很欣慰，感到八年前我对该院的评价没有错。

癌症治疗是世界性挑战。近几十年来，癌症研究取得巨大成就，一些靶向药物让某些癌症患者生存期有了肯定的延长。但对多数癌症，尤其是中晚期癌症，现有的治疗收效有限，而且治疗本身的副作用和“反作用”，给病人带来的“分外”痛苦不容忽视。汤钊猷院士是一位外科专家和学贯中西的学问家，但他不拘泥于技术本身，不墨守现状和常规，而是敢于质疑，洋为中用，整合古今中外控癌战略战术，创造性提出“消灭”与“改造”并举、具有中国元素的癌症治疗之路。这是一种高水平的创新。

徐克成教授和我是同时代人。他在消化病领域早有建树，曾出版了不少专著，乃众所周知。近十多年来，他聚焦研究肿瘤微创，尤其是冷冻消融和免疫治疗。特别是他自己患了癌症之后，没有消极，而是更加发奋研究中晚期癌症患者的“生存之道”。作为一个战胜癌魔的成功者，徐教授带领他的团队，在临床工作中努力践行汤院士提出的“中国式控癌”，在不少患者身上创造了生命奇迹，值得庆贺。

即将问世的《践行中国式控癌》由徐教授编写，汤院士评述。本书既提出创新理念，又展示实践成果，有肯定，也有质疑。徐教授是汤院士的学生，他们这种珠联璧合式的合作，堪为学术界典范。他们撰写和评述的文章，将癌症科普提高到新高度。

作为原卫生部的领导成员，我特别高兴的是，徐克成教授和汤钊猷院士都是我国卫生系统最高奖“白求恩奖”获得者。他们不仅精于学问和医术，更崇尚医德，诚信博爱，堪为大医精诚的楷模。

衷心祝贺本书出版，相信本书一定会对癌症患者及其家属，对关心癌症和健康人士，甚至对基础和临床工作者，都有重要参考和启示价值。

我乐于推荐本书。是为序。

殷大奎

2017年6月于北京

序三
谈东风

谈东风，博士，美国 MD 安德森癌症中心病理学、肿瘤学教授。

我非常有幸受徐克成教授邀请为他的新作《践行中国式控癌》写序。作为一名肿瘤诊疗工作者，作为徐教授的一名学生，我读完这部书感触良多。

本世纪初的一次学术会议上，有幸认识了徐教授，一见如故。虽然当时的广州复大肿瘤医院刚刚建立，尚无名气，但从徐教授本人传奇式的控癌经历中，我就感受到他的事业代表了中国医治肿瘤的一个方向，于是义无反顾地与徐教授建立了牢不可破的合作关系，直到今天。他的很多感人故事总是鼓励着我。他曾三次亲自或派他的助手来到 MD 安德森癌症中心参观访问，每次都选择性地吸收和引进安德森的理念和操作模式，比如他把肿瘤志愿者工作站、宗教祈祷室、中心实验室以及人文关怀等植入复大肿瘤医院的控癌工作环节中。

我本人有幸多次访问复大肿瘤医院，每次都有新的收获和体会。一次参与徐克成院长查房，见到数位千里迢迢从海外前来治疗的晚期肿瘤病人，在他倡导的冷冻消融、免疫治疗及全身调理下，肿瘤得到了控制，身体重新获得了生机，不仅延长了寿命，同时保证了良好生活质量，维护了做人的尊严。我感到无比欣慰，为他的践行中国式控癌感到骄傲。现在，徐院长领导下的广州复大肿瘤医院已走在践行中国式控癌的前列。

我常想起我的导师武忠弼教授，他患T3结直肠癌，从诊断到去世仅仅八个月左右。一个T3的结直肠癌，如果是个贫困的患者，即使不治在当时也可以平均活两年多。但武教授不仅生存时间大打折扣，而且临终前的几个月是躺在病床上度过的。这个例子就折射出肿瘤的很多治疗问题：肿瘤是我们身体的一部分，因此治疗肿瘤关键不是一个“抗”字一个“杀”字，应该是个“控”字！控癌是徐院长这本书的精华所在。

很多人知道化疗药物的剂量是要根据病人的体重和体表面积来进行计算决定的。化疗是杀所有细胞的，不仅对肿瘤细胞，对体内生长旺盛的细胞都要进行攻击和杀伤，因此化疗必然带来很多的毒副作用。中国传统医学提出的扶正祛邪，有着深刻内涵。

徐教授《践行中国式控癌》一书提出的许多理念和策略，将使人类对肿瘤的治疗回归到循证医学、综合诊治、全身管理、人文关怀的控病系统中，使这个古老而又新颖的概念为一线肿瘤工作者指明肿瘤治疗的宗旨和方向，而使无数类似我的导师武忠弼教授那样的肿瘤患者受益。

癌症已经成为威胁人类生命的主要慢性病。《践行中国式控癌》虽讲的是癌症，但其观点实际上是古今中外治疗所有慢性疾病精髓的最好总结。我有幸先睹为快，意犹未尽。特向广大读者，尤其是癌症患者及其家属，也向从事癌症研究、临床工作的同道郑重推荐：好书，值得一读！

谈东风

2017年12月1日

序四
吕有勇

吕有勇，北京大学临床肿瘤学院生化及分子生物学实验室教授，博士生导师，北京肿瘤分子生物学实验室研究员、主任、首席专家，国家重点基础研究规划肿瘤项目专家组成员。

都江堰的启示：从“抗癌到控癌”理念转变的价值

在全世界肿瘤领域都关注如何杀灭肿瘤的大背景下，有几位将毕生经历都献给我国肿瘤事业的资深学者，用智慧与良知在思考并积极探索。他们不仅是医术高超的医生、学贯中西的科学家与杰出的实践家，甚至有人本身还是长期生存的肿瘤患者。正是他们以一生抗癌经历积累的经验与认知，对现有癌症治疗的效果和作用提出了“质疑”。作为晚辈和朋友，我在长期的交往中，一直用心感受其中的意义与价值。

汤钊猷院士和徐克成教授就是这样的学者和实践家。

真理真知是相得益彰的。中国古代有一伟大的治水工程，即四川的都江堰。汤钊猷院士提出的和徐克成教授努力践行的“中国式控癌”，其含义具有“都江堰”的意义与效果。

李冰父子主导的都江堰工程，主要由鱼嘴分水堤、飞沙堰溢洪道、宝瓶口进水口三大部分和百丈堤、人字堤等附属工程构成，科学地解决了江水自动分流。利用鱼嘴分水堤进行四六分水，以鱼嘴分水堤二八分沙进行自动排沙，通过宝瓶口与飞沙堰控制进水流量，成功地消除了水患。癌症作为一类复杂性的疾患，常常与人体的生理活动相伴随。当肿瘤在某一器官进入快速生长期，则严重危害机体正常生理功能并出现不同类型的并发症。现有的治疗手段希望将肿瘤彻底杀灭，实际上这一目标很难达到。我自己三十余年研究细胞癌变机理和癌症生物学的经历，感悟到控制癌症的出路可能大于消灭癌症。当年李冰父子治理水患没有采用常规堵的办法，而是利用特定的地貌和疏导方式，创造性地发明了宝瓶口的进水装置，将波涛汹涌的江水化为缓缓的溪流，这与汤钊猷院士提出的“控癌”策略实为异曲同工。

徐克成教授努力践行汤院士提出的“中国式控癌”。在长期的临床实践中，他带领一支精干的团队，以微创治疗手段在降低瘤负荷的基础上，采取适宜的综合治疗方法，使众多中晚期癌症患者获得了满意的疗效。汤院士提出“中国式控癌”要有中国思维，徐教授的治疗策略正符合《黄帝内经》对这一类“顽疾”治则的描述:“大集大聚、其可犯也、衰其大半而止、过则死。”

针对近现代医学发展对癌症的认知，主流的科学理论假说和诊疗理念是试图消灭癌症。实际上采取现有诊疗方法获得的效果，是非常有限的；在某种程度上，癌症治疗过程导致的痛苦大于癌症本身的痛苦。即使采用的治疗方案有点不错的效果，也是只能用几个月或几年的生存期来评价。当下广泛使用的数十个分子靶向治疗药物，其效果也仅仅是患者多生存几个月。当然，人类在挑战像癌症这样最困难任务的时候，无论奉行的理念和采用的方法有多少缺陷，也不会轻易放弃。因此，反思、质疑“抗癌”的问题，探索“控癌”的新理念与实践，具有划时代的意义，将对癌症研究产生深远的影响。

《践行中国式控癌》一书中描述的都是真实的故事，不仅平凡而感人，更有爱心与智慧。在书中，徐克成教授领导的团队以自己的铭心感受，展示给患者、医者与读者人生境界的四个层次：自然境界、功利境界、道德境界和天地境界，从“与癌共存”的观点出发，探索并实践控制癌症的理念。可以预期，患者读到这本书，将点燃珍惜生命的希望之光；医者读到这本书，将反思白衣天使的责任与担当；科学家读到这本书，将激发探索生命奥秘的创造力和勇气；社会大众读到这本书，将把爱心和温暖撒向人间。

我与徐克成教授相识和相知近三十年，他的行医之道是由许多真实的故事组成的。医道乃科学与艺术之结晶，前者用知识，后者靠智慧与爱心。白求恩式大夫是他在这些故事当中的唯一角色，也是千千万万白衣天使价值观的体现。书中一个个典型病例告诉我们，医疗技术的进步既靠医学科学的发展和技术创新，也靠医者的爱心和奉献，只有先进的科学技术和仁心结伴，才能创造与发展医学健康事业。《践行中国式控癌》一书是用知识、智慧、胆识和良心写成的，医生治病救人，犹如为禾苗除草，首次诊疗错误或处理不当，难以有补救的机会，万万不可掉以轻心，无论是医者还是患者都需要理性对待。

人类在长期的对抗癌症过程中，已产生不少的癌症发病理论和假说，在手术、放疗、化疗的基础上，发展了包括分子靶向、微创消融和细胞免疫治疗在内的众多新方法。但是我们对癌症的认知是非常有限的，甚至存在难以逾越的误区。因此，以《践行中国式控癌》一书中提出的问题进行思辨，对于实现解码生命、保护健康的使命，实现患者、医者和社会受益的最大化，无疑具有深远意义。

吕有勇

2017 年 7 月于北京

序五

钟子美

钟子美，香港著名作家、诗人，香港散文诗协会常务副主席，世界华人文化研究会会长。

无私的开导与奉献

我一生中遇到不少传奇，而最大的传奇发生在2015年结识即将问世的《践行中国式控癌》一书作者徐克成教授之后，我称之为“救命的邂逅”。

2014年8月，香港某医院诊断我肠癌扩散，须切除三分之一肝，全身化疗八次。有医生告诫我，必须立即接受治疗，否则只有一年命。我拒绝手术与化疗，决定寻找另类疗法，有幸找到徐教授担任总院长的暨南大学附属广州复大肿瘤医院。在徐院长直接关怀和指导下，医院以高超的磁共振类PET技术断定我只是患上肝血管瘤，竟然推翻了香港医院的诊断，随后进行的活检也证明没有癌细胞，把我从“死亡边缘”拉了回来。3年多以来在香港复查的结果表明我健康正常。这个传奇本身就是徐教授及其团队奉行的医学人文主义的又一次胜利。

从此，徐教授与我结下了亦师亦友的关系，他是我当之无愧的老师。徐教授，这位大医者、大勇者，以另类思维，举起“与癌共存”“中国式控癌”的理论大旗，广纳贤才，奉行医学人文主义，以冷冻、纳米刀手术等新疗法治癌，成效卓著，誉满全球。他高瞻远瞩，总能以高屋建瓴的大气魄，开创新路向，解决大问题；他博学多思，坐言起行，是领袖群伦的人物。我写过一首七律送给他，表达我的景仰：

徐克成教授赞

勇者名医扬大纛，思维另类起沉疴。
云龙风虎会双院，纳米冰刀胜一佗。
四海来归因上德，万言引领在高坡。
病黎趋步消千虑，春日暾暾九曲河。

【注释】“云龙”句，双院，指广州复大肿瘤医院南北两院区。“纳米”句，纳米，指纳米刀手术；冰刀，指冷冻手术；一佗，指神医华佗。

徐教授著作等身，曾出版了数十本专著，发表数百篇医学论文和文章。即将出版的《践行中国式控癌》这本书，是他平时工作之余的随笔和感受，虽然如他所说，是“小文”，但处处显露出他在癌症防控、康复方面的真知灼见，闪烁着哲理的光辉。

美国哥伦比亚大学长老会医院的内科医生、文学学者丽塔·卡伦，在2001年提出“叙事医学”新概念，意味着文学与医学的结合，进入叙事医学的时代。徐教授就是叙事医学的先行者，他的许多散文、杂文、随想都属于叙事医学，这本《践行中国式控癌》也是。

丽塔·卡伦认为，当代医学推崇循证医学，要求医生在尽量短的时间里吸收海量信息作出医学判断。同时囿于医疗体制，几乎没有时间思考和理解病人的苦难和死亡，而病人则往往热切期望医生能够理解、见证他们的苦难，并在这个过程中与他们同在。医生也希望能够通过某种方法，认真、坦诚地与其他医生谈论自己对医疗实践的反思和困惑，尽可能准确地理解病人，特别是危重病人所经受的苦难，感知死亡对人的意义等等。然而过去，这都难于做到，毕竟当代医学是以牺牲病人与医生的关系作为代价的。因此“叙事医学”是病人和医生都需要的一种新的医学形式、文学形式，已经应运而生。现代医学到了重要的转折点。

其实徐教授已经这样做了。他的叙事医学（各种有关癌症个案的叙述文章）是医疗手段，他在医学实践、研究、交流和教育活动中，运用叙事方法，促进了控癌治疗的方方面面；从文学角度来看，他的叙事医学又有别于一般的叙事，是妙笔生花的文学记录，目的虽仍以治疗为依归，然而这种治疗却是以人为本的，医学人文的，温情脉脉的。

作为病患者，阅读他的叙事医学，往往能够汲取许多有用的医学知识，倍增战胜疾病的勇气；作为普通的读者，则在获得医学知识的同时，定能感受到他行云流水般文笔的优雅和思想之果的甜美。

相信读者们在阅读本书，感觉到叙事医学时代也就是医学人文时代已经到来之际，会和我一样，感恩于思想先行者徐克成教授无私的开导与奉献。

是为序。

钟子美

2017 年 7 月于香港

目录

5

175 治癌之策

6

241 媒体眼：第三者观察

1 诠释“中国式抗癌”

融东西思想文化精髓，蕴传统中国思维和智慧，洋为中用，走中国特色控癌之路：“消灭”与“改造”并举，与癌共存，将癌症变为可控制慢性病。

“中国式控癌”：革命性概念创新

融东西思想文化精髓，蕴传统中国思维和智慧，洋为中用，走中国特色控癌之路：“消灭”与“改造”并举，与癌共存，将癌症变为可控制慢性病。

“中国式控癌”观由我国著名肿瘤专家、中国工程院院士汤钊猷教授倡导创立。2011 年和 2014 年，汤钊猷编著的《消灭与改造并举：院士抗癌新视点》和《中国式抗癌：孙子兵法中的智慧》先后出版，形成了具有中国特色的中国式控癌观。

“中国式控癌”的核心是洋为中用和中国思维，思想基础是中西方文化精髓的结合，既不闭关自守，也不全盘西化；既要大胆引进，又要开拓创新；既要学习效仿，更要敢于质疑，勇于超越。

“中国式控癌”，是一种概念创新。新的概念可以引领新的发展方向，开辟新的研究领域。革命性观念可以改变我们的思维方式，也可改变癌症治疗策略、格局和方法。

纵观世界历史，一个民族的崛起或复兴，常常与其民族精神和民族文化的复兴息息相关。在 5000 多年文化发展进程中，中华民族创造和传承了独树一帜的灿烂文化，而民族优秀传统文化，始终潜移默化地影响着华夏儿女的思想方式和行为方式。

中国传统医学是中华文化的重要组成部分。天人合一、道法自然、以民为本、仁者爱人、和谐修睦等思想，包括老子的“创新”、孔子的“和谐”和孙子的“取胜”，以及近代的“持久战”，成为发展有特色的中西结合新医学的基础。

《孙子兵法》是从战国时期起就风靡流传的军事著作，古今中外的军事家都使用其中论述的军事理论来指导战争。汤钊猷院士将《孙子兵法》中的战略和战术，整合到抗癌战中，形成了“消灭与改造并举”“改邪归正诱导分化”“攻补结合”“与癌共存”等一系列具有中国元素的、独特的控癌观。

汤钊猷院士的“控癌”观主要内容有——

胜败预测 “知己知彼，百战不殆”，充分了解“癌情”、“人情”(患者全身情况)和“医情”(技术)，掌握主动，既要积极，又要减少机体伤害；既要遵循诊疗规范，又要“以正合，以奇胜”，灵活机动，“非利不动，非得不用”，冷静决策，预知胜算。力求对患者有利，战术上速战速决，给予有效治疗。

治疗选择 根据癌症发展不同阶段，第一，如《孙子兵法》所言，“十则围之”，对于个别正在向癌转化的细胞，不一定去消灭，可以“围之”，通过增强机体免疫功能，即治“未病”；第二，“五则攻之”，对于早期癌症，尽早采取“消灭”手段(手术、消融、放/化疗)，消除瘤块；第三，“倍则战之”，对于较大肿瘤，只要患者情况许可，不失时机地采取“消灭”治疗；第四，“敌则能分之”，对于肿瘤较大者，采取“二步切除”，使用综合手段，使其缩小，再予以切除；第五，“少则能守之”，对于不宜手术切除病例，予以综合治疗，延续患者生命，“与癌共存”；第六，“不若则能避之”，对于全身情况差或心肺肝肾功能不良者，不轻易采取“消灭”措施，以保守治疗为主，待情况改善后，相机行事。此外，尚要结合自身技术和设备，根据具体情况，选择治疗方法。

治癌决策 如同孙子所言，一是“利合于主”，“非利不动”，对患者有利的，果断采取治疗措施；二是“一人之耳目”，即医生、患者和家属，统一思想，相向而行。

“正”“奇”相益 如《孙子兵法》“势篇”所言，“凡战者，以正合，以奇胜”，“正”是基础，“奇”是灵魂。只按部就班办事，难以突破，但不以“正”为基础，也难取胜。治疗癌症时，在遵守规范的同时，重点要出奇制胜。“规范”与“奇招”相得益彰，乃处理一些治疗困难和晚期癌症的重要策略。

持久之战 如孙子所言，“兵闻拙速，未睹巧之久也”，主张“兵贵胜不贵久”，对癌症，战术上宜速决战，而战略上则要打持久战，在根治术后，要长期治疗，预防复发转移，是为“癌症康复”。

穷寇勿追 如孙子所言，“善战者，求之于势”，对根治性治疗的残存癌肿，宜采取辅助措施，尽可能消灭残存癌细胞，但一般很难“斩尽杀绝”，如孙子所言，“穷寇勿迫”，因为过度采用“消灭”手段，不一定能将漏网之癌细胞杀绝，反而会伤害机体，更有可能使癌细胞更为恶性，弄巧成拙，采用“非战”手段，包括改变不良生活方式，使患者生命得以延长。

“消”“改”并举 对于“癌情”严重的患者，应如孙子所言，“识众寡之用者胜”，以众击寡，采用综合治疗。癌症既是局部病变，又是全身性疾病，是多基因参与，多阶段形成，涉及多环节，其最主要特点是具有侵袭转移潜能。因此，治疗上既要消灭肿瘤，又要改造肿瘤，改造微环境和改造机体，即“消灭与改造并举”，以获得“1+1>2”之效。

转弱为强 对于癌与机体力量对比处于劣势的患者，应“先为不可胜，以待敌之可胜”，树立信心和决心，综合应用“消灭＋改造”措施，转弱为强，反败为胜。

治疗适度 如孙子言，“兵非多益，惟无武进，足以并力，料敌，取人而已”，治疗癌症，并非方法和药物越多越好，要抓住主要矛盾，采用合适治疗措施。过度治疗不仅无效，反而伤害机体，加重病情。

非战取胜 以手术、放化疗治疗癌症，有时可能导致癌细胞扩散。追杀癌细胞，如同拍皮球，拍得越重，反弹越高。对已穷途末路的癌细胞，要给“出路”，如孙子所言，“围师遗阙”，采用损失较小办法，以免癌症扩散。孙子所言的“不战而屈人之兵”“非战取胜”，是癌症治疗方向。免疫干预、代谢干预、抗炎剂和中医中药在“消灭与改造并举”模式中的作用，已显示广阔前景。

攻补结合 孙子云：“不可胜者，守也，可胜者，攻也。”治疗癌症，首先要保护机体（“补”），在此基础上，择机杀癌（“攻”）。“西医攻”，“中医补”，如同硬币的两面，取长补短。中医也要攻补结合，“清热解毒”和“健脾补气”相结合，常能带来生存期延长的“带瘤生存”。

诱导“策反” 孙子云：“惟明君贤将，能以上智为间者，必成大功。”癌细胞来自正常细胞，应该可以“改邪归正”。王振义和陈竺发明诱导分化疗法治疗急性早幼粒细胞性白血病，是诱导“策反”癌细胞的成功范例。诱导癌细胞要从多方面入手，“五间俱起”，如针对肿瘤干细胞、免疫细胞和炎症微环境，实施干预。

“带瘤生存” 《孙子兵法》“形篇”说：“善守者，藏于九地之下。”如果肿瘤大，估计不能“消灭”，就要采取方法躲避敌人，既要“韬光养晦”，增强机体抗癌实力，又要适度进攻，牵制肿瘤，如同毛泽东的持久战，“敌进我退，敌驻我扰，敌疲我打，敌退我追”，与癌细胞“和平共处”，让机体“带瘤生存”。

绝处逢生 孙子言：“陷之死地然后生”，对于身陷绝境的癌症患者，诚如孙子所说，“乱生于治，怯生于勇”，患者和医生都不要轻言放弃，应“治”（沉着应战）和“勇”（以一当百），转败为胜。

康复防癌 “邪之所凑，其气必虚”，提高机体抗癌内在能力。如孙子所说，“合于利而动，不合于利而止”，坚持强体健身，保持心态平衡，享用健康饮食，适当运动，规律生活，严格戒烟，防治炎症，“把灾难活成春天”。

汤钊猷院士的“中国式控癌”观，体现了学习西方与超越西方相结合，西方医学与中国国情相结合，理论到实践与实践到理论相结合，现代医学与传统医学相结合，以及西方思维与东方哲学思维相结合，是有中国特色的“出奇制胜”抗癌战略，符合国情，使国人受益，关系到我国肿瘤学研究和实践能否在国际学术界占有一席之地，能否有话语权，尤其能否对世界癌症防治事业做出较大贡献。

汤钊猷院士在他的《消灭与改造并举：院士抗癌新视点》一书序言中，特地引用一位美国学者“东西方思维大比拼”一文。文中写道：“东亚人更倾向于整体思维，西方人则更善于分析。”“谁把握了东西方两种世界观的长处，谁就会在21世纪获得最大成功。”汤院士的“中国式控癌”观，把握了两者长处，必将在世界抗癌领域创造辉煌。

为此，汤院士告诫，践行中国式控癌一定要敢于质疑，向传统挑战，向“规则”挑战，他的名言警句无疑会激励一代人，甚至几代人——

不学习 + 质疑，结果：闭关自守，永远落后；

学习 + 不质疑，结果：全盘西化，永远“老二”；

学习 + 质疑，结果：洋为中用，不断超越。

参考文献

1. 汤钊猷：《消灭与改造并举：院士抗癌新视点》，上海：上海科技出版社，2011.

2. 汤钊猷：《中国式抗癌：孙子兵法中的智慧》，上海：上海科技出版社，2014.

使命、信心、策略和价值

癌症已成为威胁人类的最主要疾病。每年全球新发癌症患者1400万人，死于癌症的患者达900万人。在绝大多数国家，癌症都是排名前五的致死原因。世界卫生组织2016年9月发布的报告称，到2035年，全球肿瘤患者可能达到2400万人，在20年间增加近五成。抗击癌症成为全球挑战。

中国使命

正如政治家引用的英国文学家狄更斯名言：“这是最好的时代，也是最坏的时代”，当前，抗癌处于一个喜忧参半的矛盾之中。

自从1971年美国前总统尼克松签署“国家癌症法案”以来，美国投入大量资金，癌症基础和临床研究取得前所未有进展，美国癌症生存率有了明显提高。以基因、蛋白质分子检测为基础的“精准医疗”成为新时代挑战肿瘤的亮点。免疫疗法成为癌症治疗最有前途的手段，免疫检查点抑制剂已获批用于治疗黑色素瘤、肺癌等癌症。2015年8月1日至2016年7月31日，FDA批准了13种新的抗癌治疗药物，以及11种既往获批抗癌药物的新适应证。这些事实以及其他进展，给癌症患者带来新希望。

但是一些常见癌症(如肺癌、结直肠癌)的死亡率有所降低，主要并非由于治疗的进步，而是归功于预防(例如戒烟)和早期诊断、早期治疗。虽然一些癌症如膀胱癌、脑瘤和黑色素瘤，在过去的十年间死亡率相对稳定，而胰腺癌和肝癌的死亡率则有所增加。

2004年，美国《财富》(*FORTUNE*)杂志上一篇题为《我们为什么输掉这场抗癌大战？》的文章这样写道——

“癌症病人的生存期比过去延长了，但癌症病人生存期的延长是以月而不是年计算的。少数治愈率或是患者生存期得到大幅提高的癌症往往发病率不高，如霍奇金淋巴瘤及白血病等。33 年前，癌症确诊以后存活 5 年及 5 年以上的美国人，占美国癌症患者总数的 50%，现在，这一数字仅提高到 63%。

“在这小幅增长中，能够归功于国家癌症研究院实验室或大型癌症研究中心发现的那些新型抗癌化合物的部分，少而又少。

“如果把四大癌症（肺癌、肠癌、乳腺癌及前列腺癌）按照患者确诊癌症时的不同阶段细分（即医学上根据癌细胞是否扩散或扩散程度分为 4 期），那么，33 年来存活 5 年的中晚期癌症转移患者，在癌症患者总数的比例几乎没有变化。”

2010 年，Chabner 和 Roberts 在《抗癌战：致疑论者进展报告》一文中，实事求是地谈及癌症治疗的相关数据——

“60% 的肺癌病人在一年内死去，仅 15% 能存活 5 年。”“1975 年以后，乳腺癌死亡率有所降低，但如果发生转移，能存活 5 年者仅 27%。”“胰腺癌是灾难性癌症，自 1975 年以来，死亡率几无任何变化，5 年生存率小于 5%。”

2011 年，美国专家 Brawley 对媒体谈及“癌症大战 40 年”时说：“40 年后的今天，临床试验显示令人鼓舞的进步，特别是对早期癌症。遗憾的是，很少有癌症在从原发部位扩散后能被治愈的。在临床研究中，许多较新的治疗对于播散性或转移性癌症，仅仅延长中位生存期几个月。”

虽然精准医疗的概念对病人和支持肿瘤研究的机构很有吸引力，但是，正如 2016 年《自然》杂志一篇文章所说：“精准策略没有给大多数肿瘤病人带来好处”，“肿瘤的精准治疗仅仅是一个待证明的假说”，“精准肿瘤治疗的前景很不乐观。最好的结果是，在一小部分病人中看到短暂的病情缓解。而绝对会发生的则是副作用和昂贵的治疗费用”。

另一篇发表在同期《新英格兰医学杂志》的文章指出：“只有 3%~13% 的病人能够找到‘精准’的药物。即使用上了配对的药物，也只有一小部

分 (30%) 病人有疗效。”文章告诫“应该给病人一个明确的信息：肿瘤的个体化治疗还没有显示出实质性的疗效，还处于临床验证阶段”。

因此，要改善所有癌症患者的结局，必须在癌症治疗上取得突破。这是中国的挑战，也是全球的挑战。新发癌症患者中，中国占全世界的 22%，死亡人数占 26%，癌症已成为中国人的主要死亡原因。挑战癌症，是中国的责任和使命。

中国信心

面对挑战，有着五千年辉煌文化的中华民族应该有信心，担负起时代和历史赋予的重任。在癌症治疗历史上，最值得赞颂的是，使用一种药物对一种恶性疾病实施治疗，取得几乎 100% 的“根治”性效果。中国对此做出了卓越贡献。

2017 年 2 月 9 日，著名杂志《细胞》（Cell）刊登了中国血液肿瘤专家陈竺和陈赛娟院士署名的文章 *Poisoning the Devil*，他俩的照片也登上了当期杂志封面。文章介绍，他们联合应用全反式维甲酸 (ATRA) 和砒霜治疗急性早幼粒细胞白血病 (APL)，接受联合治疗的 20 名患者中，中位随访 18 个月，持续完全缓解率 100%。

急性早幼粒细胞白血病 (APL) 又称急性髓性白血病 M3 亚型 (AML–M3)，曾经是最致命的白血病类型之一。20 世纪 70 年代，APL 的主流治疗方案是蒽环类药物 + 阿糖胞苷，但常可引起出血加剧导致死亡。

20 世纪 80 年代，王振义院士带领陈竺和陈赛娟等，临床使用全反式维甲酸 (ATRA)APL 获得了巨大成功。2013 年出版的《众病之王：癌症传》这样介绍——

“1986 年，王振义在 24 名患者中展开了这项试验，23 名患者产生了可喜的反应，血液中的白血病早幼粒细胞迅速地成熟为白血细胞……

“1993 年，王振义做出结论，在他们用反式视黄酸和标准化疗结合治疗的病人中，有 75% 永不复发，这个治愈率在急性早幼粒细胞白血病的历史上前所未闻。”

随后，王振义团队了解到哈尔滨医科大学尝试砒霜 ATO 治疗急性早幼粒细胞白血病，于是，两个团队合作研究 ATO 治疗急性早幼粒细胞白血病的机制，发现 ATO 可能通过靶向急性早幼粒细胞白血病的致癌驱动基因 PML-RAR α，引发急性早幼粒细胞白血病细胞发生分化和凋亡。

在接下来的研究中，他们进一步发现：在达到完全缓解的患者中，5 年无复发生存率超过 90%，总生存率超过 90%。这一结果也被世界其他的血液病学家和肿瘤学家证实。2014 年，ATRA/ATO 联合治疗被 NCCN(美国国立综合癌症网络) 推荐为治疗 APL 的首选治疗方式。

王振义及其团队的研究成果，划时代地开辟了一个新的癌症治疗策略——诱导分化，给肿瘤治疗开辟了新的途径。这是中国的成功，也是中国信心的标志。

同样可称为中国信心标志的，是中国肝癌专家手术治疗的成就。

肝癌是东方人常见的恶性肿瘤，在 20 世纪 60 年代被称为“癌王”，正是中国学者采用精美的手术，让这种肿瘤从几乎“不治”到“可治”。

已 95 岁高龄、迄今仍不离手术台的中国外科专家吴孟超院士，有超过万例肝叶切除治疗肝癌的经验。同在上海工作的汤钊猷院士，从肝癌筛查开始，在世界上第一个开展了“小肝癌”手术治疗、“缩小后切除”和“复发后再切除”。

1967—2009 年，汤钊猷团队治疗的小肝癌患者，5 年生存率稳定在 55%~57%，住院病人生存 5 年以上的达 40%；到 2009 年底，已有 1868 例肝癌患者生存 5 年以上。而美国在 1995—2000 年间，肝癌病人生存 5 年以上的不超过 8%。

为了进一步提高治疗效果，汤钊猷团队建立了肝癌裸鼠模型和高转移潜能肝癌细胞系，试验了各种“干预”措施，证明生物学因子和中药的抗复发作用，提出了独树一帜的肝癌治疗模式。

汤钊猷首先提出“亚临床肝癌”的理论，其英文专著是世界上第一本叙述早期肝癌的著作。对于汤钊猷首提的“亚临床肝癌”，国际肝病学奠基人玻伯教授评价为“是人类对肝癌的认识与治疗的巨大进展”。美国外科学会主席珀尔克教授评价汤钊猷教授是一位“世界广泛公认的肝癌专家”，是“一位对人民无私奉献以及在外科学术上有极高境界的医生”。

正是“中国信心”的鼓舞，我们在学习欧洲学者手术中冷冻治疗胰腺癌的基础上，将源于美国的氩氦冷冻技术引入胰腺癌治疗。经皮冷冻治疗500多例患者的经验显示，这种在影像技术引导下进行的微创技术，可明显延长不能手术切除的胰腺癌患者的生存期，1年和5年生存率分别达到63%和13%，超越了常规化疗的效果。

著名胰腺病专家、美国《胰腺》杂志主编Bill Go教授在亲自考察了我院冷冻治疗的病例后说：“经皮冷冻治疗胰腺癌，美国没有做，日本也没有做，你们就是世界第一。”2017年《胰腺》杂志发表了我院撰写的，国际冷冻治疗学会和亚洲冷冻治疗学会的数名专家集体签署的《胰腺癌冷冻肿瘤临床实践指南》。

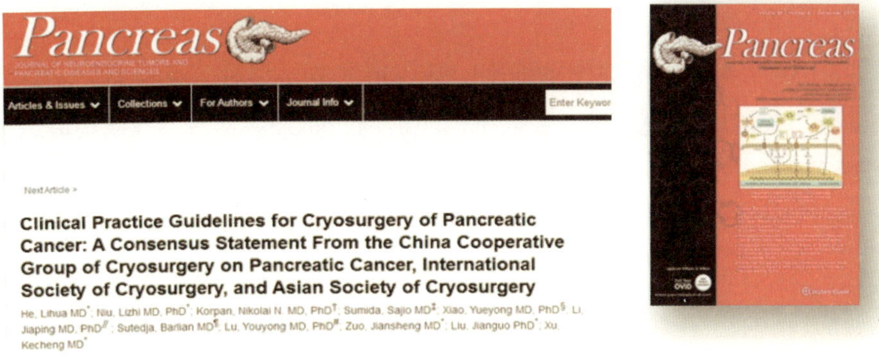

由复大肿瘤医院撰写的《胰腺癌冷冻肿瘤临床实践指南》发表于2017年美国《胰腺》杂志 He LH, Niu LZ, et al. Pancreas, 2017.

中国策略

美国著名文化心理学家尼斯比特认为，东西方文化的发展有着各自的轨迹：西方文明建立在古希腊的传统之上，在思维方式上以亚里士多德的逻辑和分析思维为特征；而以中国为代表的东方文化建立在深受儒教和道教影响的东方传统之上，在思维方式上以辩证和整体思维为主要特征。

汤钊猷院士从东西方思维特点出发，提出“消灭”与“改造”并举，具有中国特色的控癌策略。

近百年癌症治疗最大的成就，就是局部“消灭”瘤块。“消灭敌人，保存自己”，是战争指导的根本法则。同样，只有最大限度消除肿瘤，才能有效保存机体。手术，包括近年来发展的微创消融术，是最主要的“消灭”手段，对于早期、体积较小、没有转移的癌症，可获得良好效果；放疗和化疗也是“消灭”手段。但“消灭”策略是双刃剑，存在以下问题——

1. 癌症转移可发生于“早期”。几乎所有的“消灭”手段均可促进残癌转移和发展。

2. 如同所有生命体一样，癌症也处于不断进化中。化疗或放射治疗消灭“敏感”性癌细胞后，原先“不敏感”癌细胞获得“选择”，可逆势生长，加快癌症进展。

3. 化疗或放疗可促使癌细胞的基因再突变，形成“离群者”。这种癌细胞不仅对原先的治疗发生抵抗，即耐药，而且“恶性”程度更高，发展更凶猛。

4. 化疗和放疗“敌我不分”，同时抑制机体免疫功能，减弱免疫监护，促进癌细胞生长。

汤钊猷院士在他的《消灭与改造并举》中指出：21 世纪的抗癌战争除继续寻找新的消灭肿瘤的办法外，将重点研究“改造残癌”和“改造机体”的方法。过去一个多世纪，正因为抗癌战是建立在病理学基础上，科学家都集中研究如何消灭肿瘤，而忽视了“看病人”，以致没有足够重视改造机体，忽视了机体的抗癌能力，以致在延续生命、提高生存率方面进步有限。

“改造”策略包括改造癌细胞本身及其周围环境，还包括改善整个机体的抗癌能力。

“改造”癌细胞

1. 让癌细胞“改邪归正”。癌细胞是正常细胞基因突变的产物。前述王振义团队应用反式维甲酸和砷剂治疗急性早幼粒细胞性白血病，就是砷剂与这种白血病细胞中癌蛋白结合，让癌细胞重走分化之路，达到改邪归正的目的。这就是所谓“诱导分化疗法”。

2. 让癌细胞相互制约，“以恶制恶”。癌细胞之间会相互竞争。在接受治疗以前，在肿瘤内部，就存在对化学物敏感的和抵抗的两种癌细胞，由于利用能量和占据“领地”的竞争，两者相互处于对立抑制状态。高剂量化疗药的“严苛”治疗，消灭了敏感细胞，也消除了“竞争者”，抵抗性细胞通过“选择”，从抑制状态转为快速生长。如果给予短疗程适量化疗，维持一定数量残存敏感性细胞，利用细胞群之间的竞争，可抑制抵抗性细胞无节制生长，阻止疾病进展，这就是所谓适应疗法(Adaptive Therapy)。

3. 减低癌细胞的“恶性”。癌症早期癌细胞恶性程度较低，越到后来，恶性程度越高。尤其经过化疗和放疗“考验”的癌细胞，往往更为“恶性”。汤钊猷院士发现，由5味中药组成的“松友饮”在动物实验中，可使肝癌干细胞的一种与转移能力相关的EpCAM表达减少，使癌细胞恶性程度减低。

我们检测不同的癌细胞分子标志，发现胰腺癌经冷冻处理后，癌细胞的恶性程度明显减低，从而解释了为什么胰腺癌冷冻消融后，患者生存期可以延长。

“改造”微环境

植物生长需要营养丰富的土壤和水源，缺少了土壤和水源，植物就会枯萎。肿瘤生长也需要良好的周围微环境。

肿瘤微环境主要由基底膜、毛细血管、基质细胞以及细胞外基质组成。基质细胞主要包括成纤维细胞、免疫和炎性细胞、巨噬细胞、间充质干细胞、脂肪细胞、平滑肌细胞、神经细胞、内皮细胞、上皮细胞、胶质细胞等；细胞外基质则主要包括细胞因子、趋化因子、纤维蛋白、胶原、蛋白聚糖、小分子化合物以及金属基质蛋白酶等。

微环境内炎性细胞产生活性氧和氮类，形成一种细胞 DNA 的损伤剂——过氧亚硝酸盐，增加肿瘤基因的不稳定性；肿瘤组织中缺乏功能性淋巴系统，加之肿瘤血管内皮细胞不完整或缺失、间质内液体增多，最终引起肿瘤间质高压；肿瘤细胞对氧和葡萄糖等物质的需求增加，加上血供不足，导致肿瘤组织缺氧，缺氧又导致无氧糖酵解释放大量乳酸，使肿瘤组织内呈酸性。这些因素均可促进癌细胞生长。

因此，对肿瘤微环境中一些因素采取干预措施，可抑制肿瘤的进展。已证明，炎症抑制剂阿司匹林和非甾体抗炎剂，均有抑制癌细胞生长的作用。中药“清热解毒”剂常用于抗癌治疗，是否与抑制炎症有关，值得研究。

“改造”整体和局部

癌症是全身性疾病，伴有全身和局部的调控失调。“改造”机体包括维护和改善神经系统、免疫系统、内分泌系统和代谢系统的功能。

改善机体免疫功能，是“改造”机体抗癌能力的关键。按照癌症免疫编辑学说，肿瘤发生有三个时期：消除期、平衡期和逃逸期。在第一个时期，肿瘤细胞可被先天和后继性免疫机制 (T 细胞为主) 消除；如果未能有效消除，后继性免疫依然可能将这些肿瘤细胞控制着不生长，甚至维持宿主一生稳定，即平衡期，此时不会出现癌症症状；但在一定情况下，肿瘤细胞会逃脱免疫筛查，形成突变体，下调其抗原或 MHC 分子的表达，并分泌免疫抑制细胞因子 TGF β 和 IL10、招募促进肿瘤细胞生长的调节性 T 细胞，这就是逃逸期，此时，肿瘤不再受效应 T 细胞的识别控制而迅速生长。

细胞免疫在抗肿瘤效应中起主导作用。其中，T 细胞介导特异性细胞免疫以及NK细胞和单核巨噬细胞介导非特异性细胞免疫，两类免疫又互相协作，是抗肿瘤的主要效应细胞。中性粒细胞和嗜酸性粒细胞也参与抗肿瘤效应。

免疫疗法被认为是21世纪肿瘤综合治疗模式中最活跃、最有发展前途的一种治疗手段。细胞免疫治疗有过继细胞免疫治疗、肿瘤疫苗、非特异性免疫刺激、免疫检查点抑制剂等。

中国价值

汤钊猷院士说：“实现中华民族的伟大复兴，简单地说就是实现‘中国梦’，在医学界的目标，也就是‘发展有中国特色的医学’。其中，肿瘤学界的目标，是否就是‘发展有中国特色的肿瘤医学’，说得简单一些，是否就是发展‘中国式抗癌’呢？”(引自《中国式抗癌：孙子兵法中的智慧》)。

实现中国式控癌，要发扬中华文明精髓。中医，理所当然是中华文明精髓的一部分。按照汤院士的观点：中国特色的抗癌之路绝对不是排斥西医，而是既要学习西方，又要超越西方，要理论和实践相互转化，实现中医的宏观和西医的微观相结合，将中医的“天人合一”“扶正祛邪”“疏导”策略与西医擅长的“消灭”“围堵”实行互补。

恰似百川归海，一个时代的精神中，有着昨天的思考、今天的探求和明天的希冀。我们今天探究抗癌，一定要有中国元素。人类文明史上，可能没有哪个国家像近代的中国一样，经历如此巨大的心灵冲击与精神变革；也再没有哪个民族像中华民族一样，在不断的挫折和磨砺中，锻造属于自己的价值理念与精神图景。

“萧瑟秋风今又是，换了人间”。时光荏苒，人间已换。在迈向民族复兴的伟大时代，汤钊猷院士集半世纪的治癌经验和研究，用孙子兵法的智慧、思维和策略，阐述抗癌的要义，提出“中国式抗癌”，蕴含了中国肿瘤界战胜“众病之王”的智慧和信心，彰显了中国的独特魅力和价值。

汤钊猷评述

徐克成教授的这篇文章，概括了近代人类与癌症抗争的得失，提出了今后的方向，特别是发展有中国特色对付癌症的战略。事实上，任何事物都是一分为二的，原子弹的发明是20世纪三大进展之一，但它又带来人类毁灭的风险。过去对付癌症的战略，也同样需要一分为二地看待，只有看到不足，才可能去寻找对策。也许“洋为中用+中国思维”是发展中国特色的核心所在。几千年文明的积累，尤其是东方思维的精髓，有了新思维，加上细致的实践，是我们有可能超越西方的法宝。

“中国式抗癌”的文化背景和底蕴

汤钊猷院士首提的“中国式抗癌”，既不是纯西医，也不是纯中医，而是中西医协作、配合和互补，是整合医疗。“中国式抗癌”的主要策略是“消灭”和“改造”并举。前者更多取自西医，后者更多蕴于中医，各有其深厚的文化背景和底蕴。

中西医孕自不同的地缘文化

西医源自古希腊。四分之三均为山地的希腊三面环海，南为地中海，东为爱琴海，西面是伊奥尼亚海，只有北面与欧亚大陆相连。特殊的自然环境造就了希腊人开放、外向的文化。

大部分西方国家位于北寒带区域，恶劣的自然环境不利于赖以生存的农耕，同样滋生了“外扩”“外侵”，进而衍生出“斗争”和“征服”的文化品质。以这种文化为基底，疾病的发生被认为是“外敌”入侵，从而生就了以“消灭”为主要策略的西医文化。

中医，作为东方文化的典范，起源于北温带地区。该地区处于欧亚大陆东部，东临太平洋，一面临海，其他三面为陆地或有高山或有草原阻隔，在内部，有大河源头，高山积雪融化提供充足的水源，地势平坦，土地肥沃适于农耕，加之大河条件的气候适合人类生存，形成相对内闭和保守的思维，合乎天地春生、夏长、秋收、冬藏的自然节拍，“自给自足”的生存状态，孕育出“守内”与“和谐”的文化品质，进而造就了以“和谐”为基本品质的中国医药学文化。

中西医思维文化的差异

中西医均各自经历了神灵或巫术医学模式时代。这种原始的医学发展模式是人类历史上第一个有结构的医学体系，在一定程度上为古代医学的诞生创造了条件。

真正西医的出现和发展，始于中世纪的欧洲文艺复兴。哲学著作《动物是机器》《人是机器》促进机械论医学模式的形成；解剖学发展以及显微镜的问世和由此发展的细胞学，促进了对生物体的研究，形成了生物医学模式。20 世纪 30 年代磺胺药的发明，尤其是英国科学家发现青霉素，并成功地用于感染性疾病的治疗，开创了“盘尼西林医药”时代。

与此相应，外科技术突飞猛进。西医对疾病的治疗达到前所未有的新高度。

无论是杀菌、灭菌，还是外科手术去除病变，西医基本上采取“征服”的方式治疗疾病。细菌、病毒、寄生虫等引起疾病的原因，与炎症、溃烂、变性、肿块等组织器官的病变，一起被作为“征服”的对象。以消灭病因为主的“病因治疗”，以及以消灭病灶为主的“病位治疗”，延续至今，成为现代医学的主要治疗模式。

西医最大的不足是忽视了人的自然属性与社会属性，正如美国著名医学家恩格尔所说，机械论和单纯生物医学模式“没有给病态的社会、心理和行为方面留下余地”。虽然近年来不断呼吁探讨“生物—心理—社会模式”，但“只见树木，不见森林”的思维仍是西医发展的最大困惑。

中医经历了巫文化和“天人合一”两个阶段的发展。先秦时代最具代表性的医学著作《黄帝内经》，基于中国古人对生命现象的长期观察和临床实践，奠定了对人体生理、病理和疾病诊治的认识基础，划清了与巫医的界限，促进了中医的第一次飞跃发展。

距今 1800 年的东汉时期，“医宗之圣”张仲景所著的《伤寒杂病论》，集前人之大成，揽四代之精华，熔理、法、方、药于一炉，开辨证论治之先河，完成了中医药从理论到实践的成功过渡。上述两部经典著作及其以后各家的著述，成为中医长久不衰的思想基础和文化底蕴。

中医注重生命过程中，疾病、健康等各种矛盾的动态平衡以及和谐发展，犹如农民按万物生长的规律，观天时播种、施肥、收割、储存，获取农作物最佳生存状态以保证收成一样，中医把人的整体作为医疗活动的对象，而非疾病本身。以人的生存为目标，因人、因症、因时、因地，权衡利弊，把握主要矛盾，随机应变，从而采取保存生存实力的“和谐”处理策略。

但在农耕文明背景下产生的中医药学，在没有经历资本主义工业化影响之前过早成熟，难免带有农耕文明的痕迹，面对现代西医药学的冲击，显得措手不及。与具有现代科技支撑的西医相比，中医难以找到按现代科学定义的“标准”方法，成为自身发展的最大困惑。

西医“癌症文化”

癌症治疗是一场世界性挑战，当前的主要问题是，癌症研究陷入一种“癌症文化”，即一种思维误区。在这种思维方式驱动下，“只见树木，不见森林”，追求肿瘤的局部清除成为主要目标，而不是追求延续生命的真正突破。

欧洲文化

西医治疗癌症，只有不到 100 年历史。迄今，手术、放疗和化疗依然是癌症治疗的三大支柱。其间，无论在技术上、设备上还是方法上，都有许多改进。循证医学的发展以及规范化临床治疗途径的建立，使癌症治疗水平有了长足提高，某些癌症患者生存期得到延长。

但遗憾的是，这些治疗均是沿用“消灭”策略。正如 2004 年美国《财富》杂志发表了一篇文章说：“癌症患者的生存期比过去延长了，但这种延长是以月而不是以年计的。”除少数发病率不高的癌症外，生存期的“小幅提高中，能够归功于新型抗癌药的部分少之又少，而主要归功于早期诊断的进步。如果把肺癌、肠癌、乳腺癌和前列腺癌等几大癌症按确诊的不同阶段，即按癌细胞是否扩散和扩散程度分析，那几十年来中晚期癌症患者的 5 年生存率几乎没有变化”。

分子生物学的进步，尤其是人类基因谱的阐明，出现了“精准医疗”概念，涌现出一个又一个针对靶点的分子靶向药物，但没有给一些肿瘤的“根治”带来曙光。

癌症是一种异质体，在不同肿瘤、不同病人，以及同一肿瘤或转移灶内，基因型差异很大，基因的不稳定性，又使得癌细胞因时而异。几乎所有靶向药物均仅在部分患者中有效，且不可避免地出现耐药而最终失效，其原因概乎于此。“精准医疗”同样没有脱离“只见树木，不见森林”的“癌症文化”。

著名临床分子遗传学家华裔美国学者韩健，提出“整体健康”(holistichealth) 概念，和“精准医疗”相对应。精准医疗是从下而上的分析法来细分疾病，而整体治疗是采用由上而下的归纳法来评估健康。

韩博士将精准医疗比喻为“战场上士兵，重视每场战役 (battle) 的输赢”，而整体健康犹如运筹帷幄的将领，注重整个战争 (war) 的胜败；精准医疗注重的是一个时间点上的一个病，而整体健康则是纵观人的整体，规划整个健康 (战争) 的进程；精准医疗将突变以及突变导致的蛋白质结构变化，作为治疗目标。突变频率越高，靶点越多，精准治疗效果越好。其实，突变多，恰恰说明机体防卫机制尤其是免疫系统整体功能低下，容许更多突变产生。因此，正确的治疗应该是扶持整体健康，将预防突变贯穿于整个生命过程中。

中医抗癌观

一位美国学者将抗癌大战比喻为当前的一场阿富汗战争：无数战斗、无数弹药、数万大兵，一味实施“消灭”的策略，不仅没有让这个国家进入太平，反而敌人发动的破坏此起彼伏、无休无止。

正确的策略应该是“改造”，改造思维、改造系统，从上到下，让国家恢复“健康”。癌症治疗也一样，单纯“消灭”只能是只顾一时（近期），难顾长远（远期疗效）。

“改造”是维持长久疗效，让病人获得长期生存的关键。各种强化机体免疫的措施，包括自体或异体免疫细胞疗法，已证明可以给病人带来生存受益。

中医药以人为本，以生存为目标，根据病人的具体情况，或先扶正后驱邪，或先驱邪后扶正，或扶正祛邪并重，为生命寻找针对当下状态的调制方案，让病人与癌共存。这里，“改造”包括改造癌细胞本身，改造癌细胞生长的微环境，改造整个机体，强化生命机能，护持“整体健康”。

早在二千多年前，就有“乳岩”“舌疳”“伏梁”和“症瘕积聚”等记载。几乎每个有成就的中医师均可举出这样的例子：应用中药让某些失去生存希望的癌症患者与癌症和平共处。

中医文化绵延几千年，文化出自自然，文化的内涵有科学因素和真理存在。体现中医文化核心“阴阳”的太极图，已被证明可用“量子纠缠”所诠释。

汤钊猷院士应用由五味中药组成的“松友饮”，治疗包括他的夫人在内的癌症患者，取得延长生存期的效果。实验研究显示，这种复方制剂能下调与癌细胞侵袭转移相关的血管内皮生长因子和基质金属蛋白酶，上调E钙粘蛋白，具有减低癌细胞侵袭能力、促进癌细胞凋亡的作用。

我国近代著名状元实业家、教育家、南通大学创始人张謇，倡导融汇中西，实业救国。作者在母校校园内张謇塑像前

结语

不同国度、不同文化背景下诞生和发展的西医与中医，以及各自形成的医学观，探讨的均是人的生命和威胁生命的疾病。人体并无“中西医”，医学总会有同根。

将西医以“消灭”为主的策略，结合中国重在创造、维护整体健康的“改造”策略，是“中国式控癌”的文化底蕴和内涵。中医和西医相互协作、配合和互补，是控制和治疗癌症的重要出路。

汤钊猷
评述

看到大作，很受鼓舞。徐教授从东西方医学与人文渊源的角度，更深刻地认识到东西方医学所以不同的背景，这在过去的文献中很少见到，使认识提到更高的高度。

其实，从中国崛起也已经可以看到东西方处事的区别。例如对某些恐怖分子，西方只是消灭，却无法根本解决，只会越搞越乱。小时候看电影，西洋拳不敌太极拳，也同样包含着深刻的哲理。我建议这篇大作尽快发表，只有引起更多的共鸣，有特色的中国医学才能出现。

从“抗癌”到“控癌”

2014年，著名杂志《柳叶刀》（*Lancet*）发表一篇短文，题目是“癌战：是改变名称的时候了”(The war on cancer: time for a new terminology)，作者是兰·海恩斯 (Lan Haines)。文章指出，1971年，时任美国总统尼克松提出“抗癌之战”这一比喻。遗憾的是，将癌症治疗比喻为诸如战场和战争，寄希望于“魔弹”，在观念上导致了对癌症的过度诊断和治疗，给患者带来了治疗后的痛苦和毒性伤害。

海恩斯认为，迄今没有确凿证据表明，应用最大耐受量的化疗，比采用最小有效剂量的化疗，更能实现患者生存期的延长和生存质量的提高。这种方法也导致了许多癌症患者（如低级别非霍奇金瘤和慢性淋巴细胞白血病）接受了不恰当的毒性疗法。作者呼吁：到了改变“抗癌战”名称的时候了。

海恩斯对过去那套癌症治疗的真正效果和作用提出了“质疑”。

对传统的知识、方法和概念的质疑，是一种挑战，需要强大的勇气和魄力。事实上，汤钊猷院士早就对癌症治疗提出了“质疑”。他和他的团队研究表明：无论是姑息性手术还是化疗、放疗，抑或旨在阻断血液供应的血管介入、射频消融等局部疗法，以及热门的分子靶向治疗，均有“反作用”，在一定情况下，能增强癌细胞的侵袭力，促进转移。

上述治疗均属于“消灭”性手段。在感染性疾病时，对导致这类疾病的细菌、病毒、寄生虫等病原体，应采用化学药物，即“消灭”，但癌症是机体的“内乱”，是正常细胞在不利环境作用下，基因突变并且不断累加而形成的“叛徒”，是生命的“新常态”。对于这种“内乱”，仅仅消灭，不仅不能达到“清除”，而且可能适得其反，越灭越多。正确的策略应该是“消灭”加“改造”。

所以，汤钊猷提出，将“抗癌”改为“控癌”。“抗”者，更多的是“消灭”“杀灭”“毒杀”之意；而“控”者，既含有“消灭”，也包含“改造”之意。

现代医学，是几百年来世界（主要是西方）的研究和实践成果，但不能生搬硬套，全盘接受，要敢于质疑现有理论，勇于开拓新的方向和实践。汤院士认为，我们要学习先进的现代科学技术。不学习，仅质疑，就会闭关自守，甘于落后；仅学习，不质疑，就是全盘西化，永远是“老二”；只有既学习，又质疑，才能不断创新，敢于超越。

对于癌症治疗，不是全盘否定现代理论和技术，而是一分为二；是补台，不是拆台，是完善，实现 1+1>2。

汤院士提出：将中华民族五千多年来积累的伟大智慧和精髓，与现代医学成果相结合，即洋为中用加中国思维，形成“中国式控癌”。这是运用足够智慧、想象和推理，对现有知识和已知观点的推进与演化，是一种革命性原创性概念创新。

“中国式控癌”包含的内容主要有——

改造残癌	消灭 + 分化诱导
改造微环境	消灭 + 抗炎治疗
	消灭 + 改善缺氧
改造机体	消灭 + 神经干预
	消灭 + 免疫干预
	消灭 + 激素干预
	消灭 + 代谢干预
综合改造	消灭 + 适度运动
	消灭 + 中医中药
	消灭 + 营养干预
	消灭 + 生活方式干预

改造残癌

主要癌瘤治疗后残存的癌细胞，侵袭力强。改造残癌，目的在于降低癌细胞的侵袭能力，减少转移。维甲酸是肿瘤细胞分化诱导最具代表性的分化诱导剂。20 世纪 80 年代，我国王振义院士及法、美学者相继应用维甲酸治疗急性早幼粒白血病获得成功。王振义和他的团队又证明，三氧化二砷能诱导白血病细胞分化和凋亡，促进急性早幼粒细胞性白血病的缓解，延长生存期。陈竺团队进一步发现三氧化二砷能直接与癌蛋白结合，最终诱导这种蛋白质降解，使白血病细胞走向分化和凋亡。

汤钊猷团队在动物实验中发现，三氧化二砷能下调 CD133 和某些干细胞基因表达，诱导肝癌干细胞分化，抑制细胞的自我更新能力和生瘤潜能。在体内实验中发现，三氧化二砷能减少鼠模型根治性切除后的复发率，延长生存期。应用三氧化二砷后，实验动物术后复发率从 91.7% 降至 41.7%；生存期从 89.5 天延长至 104 天；循环癌细胞从 1.2% 降至 0.6%（J Hematol Oncol，2014）。

业已证明，某些中药或其提取物，如丹参、葛根、羟基桦木酸、三七总皂甙、淫羊藿甙、苦参碱、叶下珠，以及中成药如六神丸，也对癌细胞有诱导分化作用。

冷冻癌细胞似乎能减低其侵袭性。我们采用不同的标志物判断肿瘤细胞的恶性程度，发现冷冻治疗后这些指标均下降，提示冷冻可能有“改造”癌细胞的作用。

改造微环境

1. 消除炎症：微环境是癌细胞形成、发展、转移的温床。炎症是重要的促癌因素。业已证明，许多非甾体抗炎药（NSAID）包括阿司匹林、舒林酸、消炎痛和炎痛喜康等，有预防结直肠癌的作用。

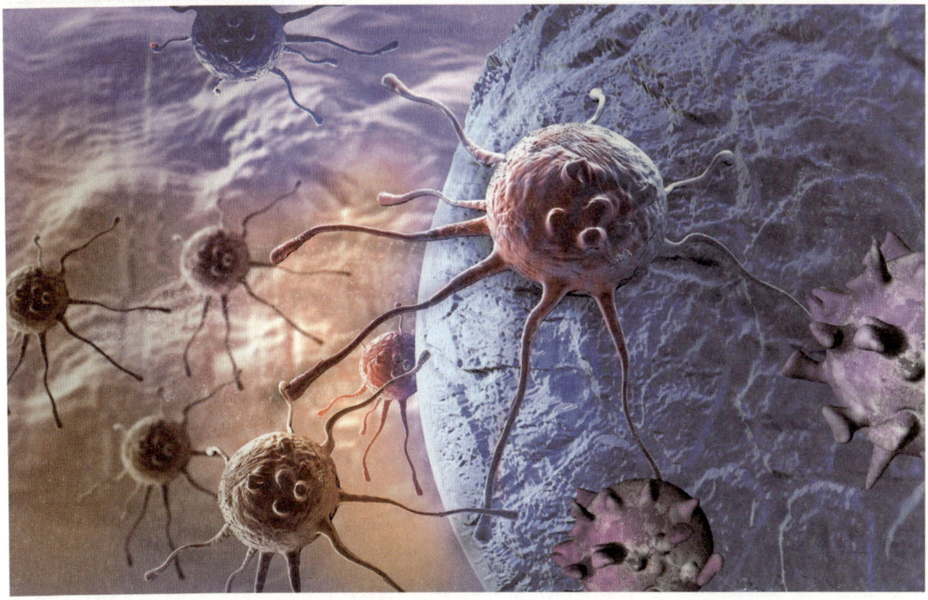

“近朱者赤，近墨者黑”环境“养育”了癌细胞

汤钊猷研究发现，阿司匹林能消除一些化疗、放疗和分子靶向药物的“反作用”。在动物试验中发现，放疗后 48～72 小时内，肿瘤金属基质蛋白酶 -2(MMP-2) 和血管内皮生长因子 (VEGF) 表达增加，肿瘤细胞侵袭力增强；30 天时，虽然 MMP-2 和 VEGF 表达下调，但上皮间质转化被诱导，使残存肿瘤细胞的播散和转移潜力增加 (*Cancer Gene Ther*，2011)。

单纯放疗后，肿瘤虽然缩小，但旁边的转移瘤出现。但如果同时应用阿司匹林和干扰素，则不会出现转移瘤增多 (见下图)。

汤钊猷等还发现，作为目前用于晚期肝癌的标准药索拉非尼 (即多吉美)，虽然能使肿瘤缩小或减少，但几个月后即失去效果，出现转移，病情反而加速发展 (*Gastroenterolyogy*，2012)。如果同时应用阿司匹林，则会改善索拉非尼的作用，避免其“反作用”(见下图)，延长动物生存期。

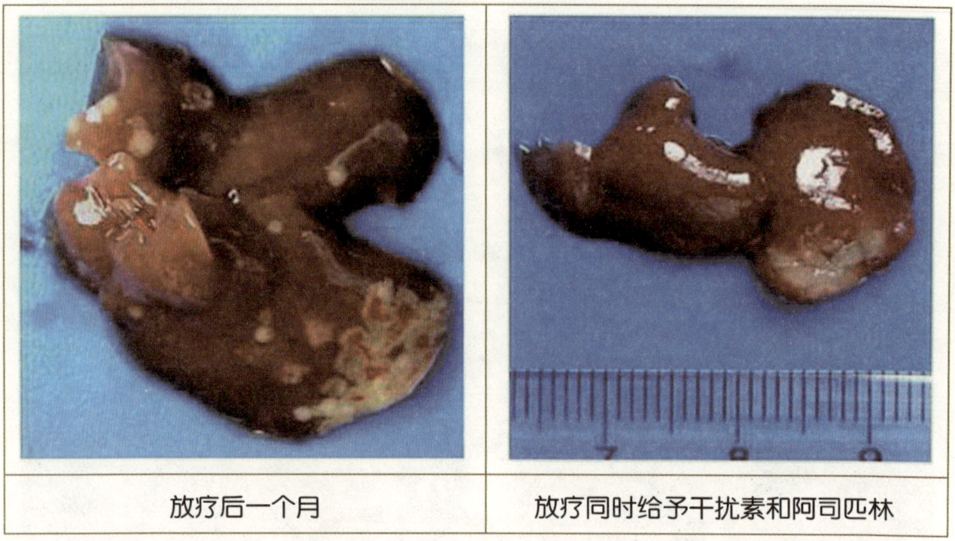

放疗对实验性肿瘤的作用：放疗后，原发肿瘤虽然缩小，但周围出现了许多转移瘤（左图），如果同时用干扰素和阿司匹林，再化疗，则转移便很少，或不发生（引自 *Cancer Gene Ther*，2011）

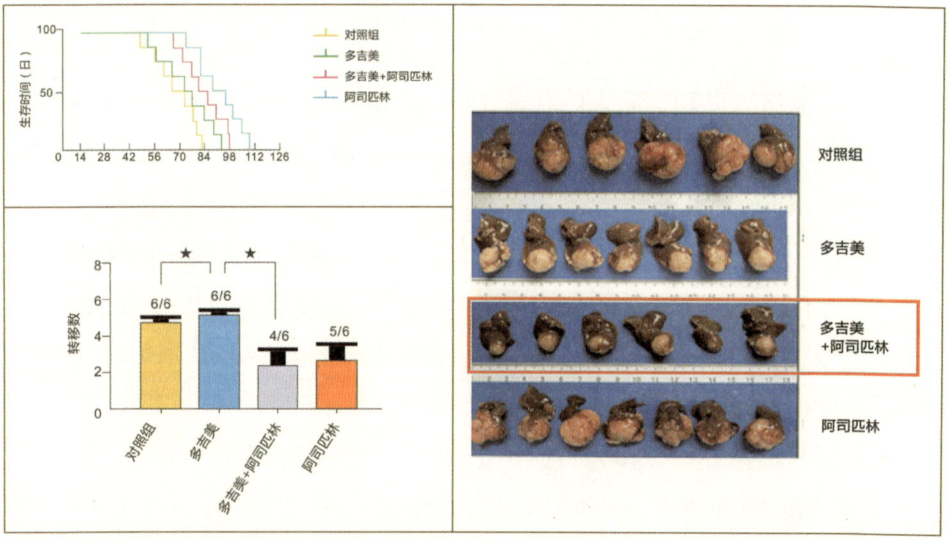

多吉美对实验性肿瘤的作用：左上图显示实验动物生存期，以多吉美加阿司匹林组最长（蓝线）；左下图显示转移瘤，也以加用阿司匹林组最少；右图显示各组动物肿瘤大小的改变，第一排是对照组，未予治疗，肿瘤最大；第二排是应用多吉美组，肿瘤变小，但周围出现转移；第三排是多吉美加阿司匹林，肿瘤最小，转移很少；第四排是单用阿司匹林，未见效果（引自 *Plos One*，2013）

中医应用“清热解毒”治疗癌症，其中主要是抗炎症中药。从雷公藤中提纯的雷公藤内酯，动物研究证明其对胰腺癌和前列腺癌具有抗癌作用。有研究显示，清热解毒中药（冬凌草、半枝莲），对小鼠的肿瘤细胞有较强的杀伤作用，可增强机体的免疫状态，显著提高小鼠外周血 T 淋巴细胞亚群的表达。

唐·孙思邈在《千金方》载有：“凡除热解毒，无过苦醉之物。故多用苦参、青葙、栀子、草苗、苦酒、乌梅之属……除热解毒最良。”传统中医认为，“癌毒”偏于热性，常与痰、淤、湿等病理产物互生互助，故治疗以清热解毒法为主，配合活血化瘀、除痰散结等治法。这与现代医学主张的抗炎症治疗乃异曲同工。

2. 改善缺氧：早在 20 世纪 30 年代，两次诺贝尔奖获得者瓦尔伯格博士就提出，癌症是具有正常氧气呼吸功能的人体细胞被厌氧性（即缺氧的）细胞呼吸功能取代的结果。最近的研究认为，缺氧可引起一种名为 Akt 的蛋白激酶激活，导致癌细胞生长。保持充分的氧供应，可抑制癌细胞生长。目前应用的化疗和放疗，均依赖于氧化的杀伤能力。

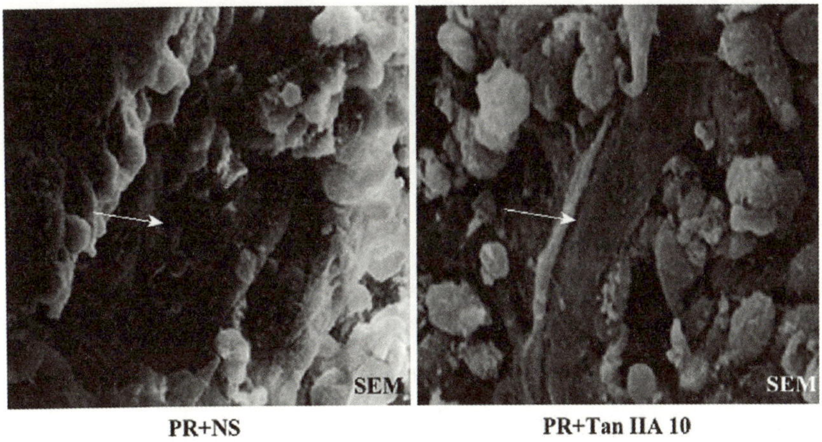

肿瘤部分切除后（PR）残存肿瘤内血管的变化。左图显示切除后只加生理盐水（NS），残瘤内血管不整、扭曲，内皮粗糙；右图显示给予丹参酮（TanII A10）后，血管变通畅，内皮整齐（*J Hematol Oncol*，2012）

汤钊猷等研究表明，丹参酮能直接强化肿瘤来源性内皮细胞导管形成，使血管内皮细胞生长因子受体 1/ 血小板衍生生长因子受体 (VEGFR1/PDGFR) 上调，增加微血管完整性，促进血管正常化，改善缺氧，抑制转移 (见上图)。这解释了为什么中医治疗癌症时常运用“活血化瘀”法，其中丹参是主要药物。

改造机体

1. 神经干预：迷走神经通过释放神经递质促进了肿瘤生长。有研究发现，消除迷走神经的作用，癌肿瘤中的干细胞受到抑制，从而控制癌症。研究人员采用四种方法来切断神经与肿瘤之间的联系：①手术切断胃迷走神经 (迷走神经切断术)；②局部注射肉毒杆菌，阻止迷走神经释放神经递质；③给予一种药物来阻断神经递质受体；④敲除受体基因。所有的操作都抑制了肿瘤生长，其中，注射肉毒杆菌的抗癌效应尤其明显 (*Science Translational Medicine*，2014)。在挪威已启动了一项针对胃癌患者的 II 期临床试验：对于那些不宜施行手术的胃癌患者，或已接受化疗但不再对化疗有反应的患者，在胃镜下注射肉毒杆菌治疗。

2. 激素干预：雌激素与乳腺癌的发生和进展有密切关系，抗雌激素治疗是治疗雌激素受体阳性乳腺癌的标准治疗。但雌激素类广泛存在于植物中。大豆异黄酮是一种广泛存在于植物中，与雌激素结构相似的生物活性物质。在理论上，植物雌激素可以和内源性雌激素竞争雌激素受体，从而减少内源性雌激素的作用，但人体干预试验未能证明其对乳腺癌有预防效果。

肠道微生物可影响全身的雌激素水平，因为它们含有葡萄糖醛酸酶等酶，可以使雌激素被再吸收。益生菌或专门针对 β- 葡萄糖醛酸酶活性菌群的抗微生物剂，可降低雌激素诱导的癌症风险。

3. 代谢干预：增加食欲的有效方法是糖皮质激素和醋酸甲地孕酮。糖皮质激素至少在 4 周内可以明显地改善恶液质的各种症状。甲地孕酮增加肿瘤病人食欲，增加脂肪为主的体重，为治疗恶液质的标准用药。

中国科学家发现，胆固醇与细胞免疫功能有关。治疗动脉粥样硬化和阿尔兹海默症显示出良好安全性的ACAT1抑制剂，比如阿伐麦布(Avasimibe)，可以提高小鼠CD8+T细胞的效应功能，在治疗小鼠黑色素瘤时，观察到很好的抗肿瘤作用(*Nature*，2016)。

逆转恶液质异常代谢的代谢调节剂，目前推荐用药有多不饱和脂肪酸酸，如二十二碳五烯酸(EPA)、DHA，非甾体类抗炎药及沙利度胺等。EPA是一种重要的Ω-3多不饱和脂肪酸，临床研究证实，能明显降低胰腺癌恶液质病人的白介素-6水平，逆转胰腺癌患者的体重丢失。EPA作为抗恶液质药物的应用前景被广泛看好。非甾体类抗炎药可减少急性时相蛋白、白介素-6以及皮质醇的水平，稳定全身蛋白质动员，甚至延长生存期。沙利度胺是肿瘤坏死因子抑制剂，可改善晚期肿瘤病人失眠，增加食欲。

4. 免疫干预：“不战而屈人之兵”，强化自身抗病能力，绕开肿瘤抗原性弱的难题，调动免疫细胞去对付肿瘤，是为免疫疗法。目前找到两个节点，即细胞毒性T淋巴细胞相关蛋白-4 (CTLA-4)、程序性细胞死亡受体1(PD-1)及其配体1(PD-L1)，应用这两个节点的抗体，可释放局部被禁锢的免疫潜力，产生较强的持久免疫反应。这两种抗体已应用于临床，治疗黑色素瘤、非小细胞性肺癌等。

有效的免疫治疗，需要较好的全身免疫状态。免疫反应包含所有细胞和组织的协调，但目前癌症免疫治疗的研究，主要聚焦于肿瘤微循环内局部免疫反应。系统反应需要各种组织协调，外周CD4 T细胞能防止新肿瘤产生，在免疫治疗时明显扩充（*Cell*，2017）。有认为，免疫细胞在肿瘤形成之前，就已出现功能障碍，因此免疫治疗越早越好。

综合改造

1. 运动干预：体力运动能抑制癌症启动和转移。神经传递介质多巴胺与运动有关，能抑制炎症反应，具有抗肿瘤特性。汤钊猷团队在裸鼠肝癌模型研究中发现，适度游泳(8分钟/天，9周)的鼠，前额皮质、血清

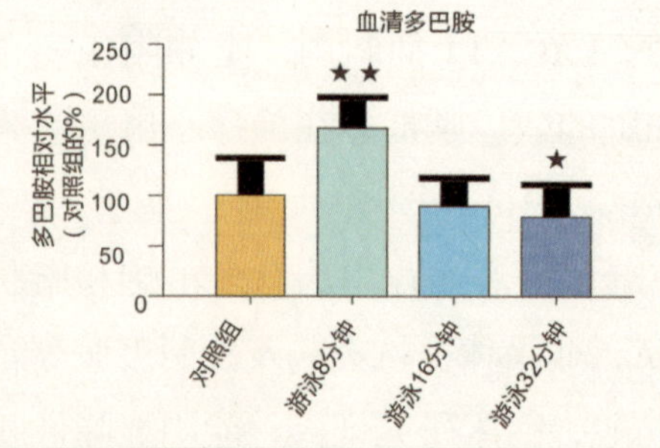

体内多巴胺（DA）水平，以适度游泳（8 分钟 / 天）最高（第 2 柱）

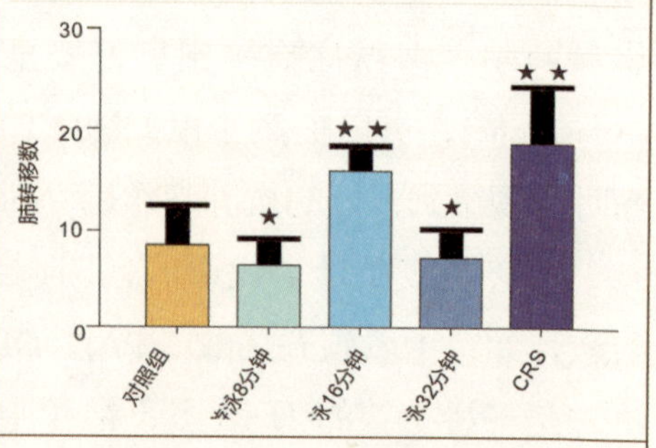

肺转移数在适度游泳组最少（第二柱）

（引自 *Oncogene*，2015）

和肿瘤组织内多巴胺水平升高，肿瘤生长受抑制，肺转移较少，生存期较长；而过量游泳的鼠 (16~32 分钟 / 天，9 周) 则有相反作用（见图）。进一步研究发现，适度运动引起的多巴胺水平升高，主要通过抑制细胞外信号调节激酶磷酸化和转化生长因子，从而抑制肿瘤进展 (*Oncogene*，2016)。

运动可减轻体重，消除肥胖，而后者与肿瘤的发生、发展存在关系。脂肪组织能分泌具有生物活性的脂肪因子。肥胖时，机体脂肪组织过量，脂肪因子的分泌就会失调，进而机体就会出现代谢紊乱。

在各种各样的脂肪因子中，抵抗素是肥胖引起肿瘤的一种关键性因素。抵抗素也可以通过调节炎症反应，间接发挥作用，促使肿瘤发生、发展。瘦素是最早发现的由皮下脂肪分泌的一种脂肪因子，在很多癌症中有表达，包括胃癌、乳腺癌、甲状腺癌、前列腺癌和结肠癌，能激活肿瘤细胞增殖。

前已述及，炎症因子与肿瘤的发生、发展密切相关。脂肪组织分泌的脂肪因子抵抗素可通过激活炎症因子，促使肿瘤发生、发展。

2. 中药干预：汤钊猷团队发现，由黄芪等五味草药组成的复方中药合剂“松友饮”，能逆转化疗药促进癌症进展的“反作用”。将癌细胞在体外暴露于奥沙利铂后，生存下来的细胞运动力和侵袭力增强，从而促进转移（见下图）。加用松友饮后，奥沙利铂促进残癌转移的反作用即减低，从而改善奥沙利铂治疗效果（见下图）(*BMC Cancer*，2010)。

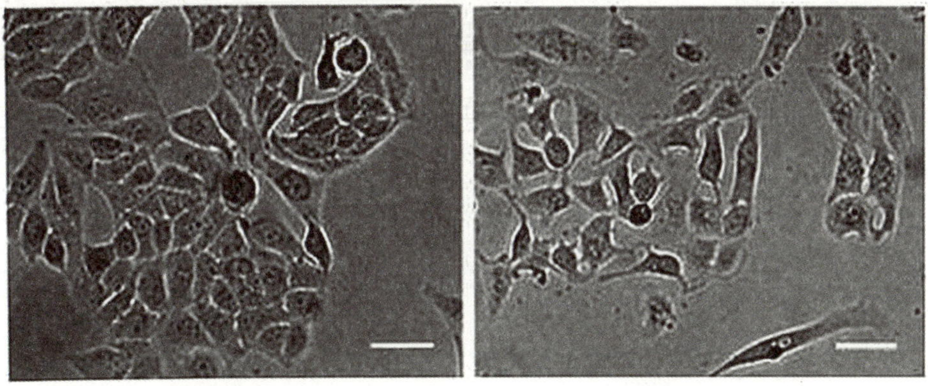

MHCC97L　　MHCC97L–Oxa

化疗奥沙利铂促残癌转移，残癌呈间质细胞表型，肺转移增多。左图显示未给予化疗药时，癌细胞呈圆形或椭圆形，团聚比较紧密；右图显示给予化疗药后，癌细胞变长变尖，相互离散，提示易于游走和转移（引自 *BMC–Cancer*，2010）

进一步研究发现，松友饮能降低肝星状细胞分泌的促进癌生长和转移的细胞因子，减低癌细胞的侵袭性和转移能力。接受松友饮的荷瘤鼠，肿瘤细胞穿过基底膜的数量少于未接受松友饮的鼠，肺转移结节也最少（见下图）(*BMC Compl Altern Med*，2013)。

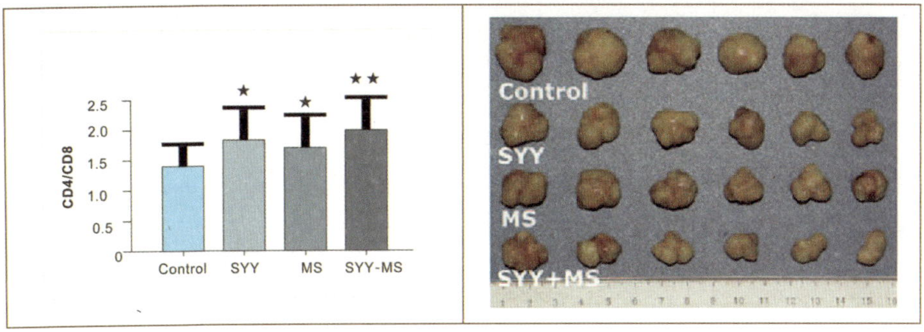

松友饮（SYY）+ 适度游泳（MS）可增强免疫，抑制肿瘤生长和进展。左图显示松友饮（SSY）+ 适度游泳组（MS）CD4/CD8 的比率最高，说明免疫功能增强；右图显示不同组的肿瘤大小，松友饮 + 适度游泳组最小（第 4 行）（引自 *Plos One*，2013）

松友饮加适度游泳，可增强免疫功能，抑制肝癌的生长和转移。汤钊猷团队用肝癌细胞系制作鼠肝癌模型研究，发现松友饮加上适度游泳的鼠，与单用松友饮或游泳组鼠相比，外周血 CD4/CD8 比率明显升高，血清和脾中转化生长因子 (TGF-β1 和 Treg T 细胞) 明显降低，提示可通过强化免疫功能，实施控制癌症的作用 (*Integr Cancer Ther*，2016)。

3. **营养干预：**尚无证据显示，某一种食物可引起癌症或治疗癌症。癌症时营养干预的关键是“平衡”，包括各种营养素之间的平衡，动物性食物和植物性食物之间平衡。

已证明饮食中碳水化合物占总能量大于 85% 或低于 40% 都不利于健康。膳食应富含纤维。膳食纤维的吸水性使粪便的体积增大，刺激肠道蠕动，减少有害物质在体内存积和再吸收的时间。高脂饮食与癌特别是乳腺癌和肠癌之间存在因果关系，因此，脂肪应适量。蛋白质不会促进癌细胞生长，对营养不良者，应给予足量供应。

研究结果表明，维生素包括类胡萝卜素、维生素 C、叶酸、维生素 B12、视黄醇和维生素 E。上述维生素具有降低一些癌症的危险性。

无证据表明，全素食物可减少癌症的发生或复发，但植物性食物含有多种具有生物活性的物质，包括葱属化合物、叶绿素、二硫醇硫酮、异硫氰酸盐、类萜化合物、异黄酮类、蛋白酶抑制剂、植酸、多酚类、葡糖异硫氰酸盐、吲哚、类黄酮类、植物固醇、皂苷类、香豆素类等。动物试验结果表明，上述这些物质具有一定的抗癌作用。

4. **生活方式干预：**精神、饮食和运动均属于生活方式内容。要消除与癌症发生相关的不良生活方式。很多癌症的发生与不良生活方式有关，包括抽烟和过度饮酒。中医养生值得参照。

改造微环境，不让癌细胞作恶

癌细胞为什么会形成？其实，正常细胞变成癌细胞是“有目的”的。美国普林斯顿大学生物物理学家奥斯汀(Robert Austin)说：“癌症存在是‘有目的’的，它是生物个体承受压力时，为了生存的自然反应。”

细菌在营养缺乏的情况下，会发疯似的复制和突变，发挥出新的生存技能；遇到抗生素作用时，在核染色体基因和质粒上，发生耐药性突变，其目的是对抗抗生素的毒杀作用。

奥斯汀认为，如同细菌一样，生物个体细胞也有相同反应，在遭遇到不利的微环境时，例如化学毒物(化疗)、辐射、细菌毒素、烟草成分、激素等，也会自发突变，变成癌细胞，其目的也是对抗不利因素。

癌细胞形成后，为应对组织微环境中的各种应激压力，又分泌特异的生长因子、趋化因子、细胞外基质蛋白和蛋白水解酶等，作用于周围的正常的间质细胞，使之转变成有利于肿瘤细胞生存、增殖和侵袭的间质细胞，形成肿瘤组织特异性的微环境。

奇葩的是，人体的部分正常细胞在遇到危害时，为了逃脱灭亡而发生突变，目的本是“逃难”，最后却变成癌细胞，反过来再去伤害没有突变的原为“同胞”的其他细胞，造成一场“癌祸”。

汤钊猷院士倡导的“中国式控癌”，其重要内涵是“改造”，包括改造癌细胞本身、改造微环境、改造机体。

转移是恶性细胞的特征，也是危害身体的主要因素。早在一百多年前，英国病理学家 Paget 就提出，癌细胞只有遇到适合环境时才会转移，这就是“种子与土壤学说”。进一步研究发现，癌细胞转移依赖于微环境(土壤)，

“天人合一”
“适者生存”

微环境也可以影响癌细胞。换句话说，既然癌细胞生成的目的是对抗不利的微环境，我们也能让微环境变成抑制癌生成的因素，从而阻抑其癌细胞达到“目的”。

癌肿微环境中，至少有四大因素促进癌细胞生长，就是炎症、缺氧、巨噬细胞和免疫细胞。

炎症可促进癌生长。现已证明，阿司匹林能消除炎症，抑制炎症的促癌作用。牛津大学的学者观察了 17 825 位患者，与对照组相比，阿司匹林试验组降低癌症远端转移率，主要是降低最初诊断和随访期间转移性腺癌的发生概率，特别是结肠直肠癌。这意味着，每 5 位癌症患者中，阿司匹林辅助治疗可防止一位发生癌转移。此外，阿司匹林还能降低晚期腺癌患者的死亡率 (《柳叶刀》2012 年 3 月)。

缺氧情况下，癌细胞更具侵袭性，增殖最快。当细胞缺氧时，细胞内会产生一种活性氧自由基，引起炎症、突变和癌变。改善机体氧供应，应作为控癌的手段之一。有人主张高压氧治疗癌症，值得研究。

肿瘤相关巨噬细胞 (TAM) 是浸润在肿瘤组织中的巨噬细胞，可以分泌多种细胞因子，在肿瘤发生的初期，能够识别并清除肿瘤细胞。但随着肿瘤的发生发展，又对肿瘤的生长、侵袭、转移起着促进作用。

氯膦酸盐和唑来膦酸都是二磷酸盐，对巨噬细胞具有细胞毒性，可直接杀伤肿瘤相关巨噬细胞。近有研究表明，某些革兰阴性杆菌疫苗制剂和主要来源于花生、葡萄 (红葡萄酒)、虎杖、桑葚等植物的白藜芦醇，可减弱这种细胞的促肿瘤生长效应。

免疫治疗在多种癌症患者身上显示出显著的疗效，特别是免疫检查点抑制剂和嵌合抗原受体 (CAR)T 细胞疗法，能让黑色素瘤患者获得显著性的生存受益。

癌肿微环境对免疫细胞的作用有重大影响。这种微环境可抑制免疫细胞，尤其是 T 细胞激活，微环境生物屏障尚可阻止免疫细胞迁移进肿瘤部位，导致免疫功能减低。临床上应用的非特异性免疫促进剂 [如金葡素、A 型链球菌制剂 (沙培林)]，以及一些细胞因子 (如干扰素、白介素)、免疫细胞输注治疗，对某些癌症患者有效，其原理可能与改变癌肿微环境有关。

最后，可以作出以下推测：癌细胞形成的“目的”，是为了逃避不利的微环境。我们反其道而行之，改善微环境，就可阻抑其“目的”的实现，或者使处于萌芽状态的癌细胞“改邪归正”，或者让已经形成的癌细胞失去侵袭力。这可能就是“中国式控癌”中“改造”策略的基础。

汤钊猷评述

我们换一个角度看癌细胞，实际上，癌细胞是来自人体的正常细胞，它原先也是“人民的一分子”，只是由于自身和环境的影响而变坏，变成癌细胞。癌之所以危害机体，主要是癌可转移。

百余年来，人们主要认为种子（癌细胞）需要合适的土壤（微环境）才能生存，直到 21 世纪初，发现肿瘤与基质的相互作用，才认识到土壤也可以影响到种子，即癌细胞之所以获得转移的能力，是癌细胞与微环境相互作用、狼狈为奸的结果。重要的是，微环境既可促进癌的转移，又可抑制癌的转移。癌转移潜能是可双向改变的，既可变坏，也可变好，就如俗话所说：“近朱者赤，近墨者黑。”

21 世纪初的另一项研究成果，发现炎症与癌症的密切关系。将来医生给癌症患者术开抗炎剂，你就不要大惊小怪……改造机体尚有更多可供选择的东西，其中很重要的是提高免疫功能的治疗，神经系统的作用也不能忽视。

摒弃旧思维，实施整合治疗

2016年7月初，在第五届国际(广州)癌症论坛大会上，一位来自欧洲的皇室成员呼吁“我们要摒弃旧思维”。她说：“癌症是一系统疾病，要特别重视发挥人体自身的抗癌能力，采用无痛苦、顺乎人体生理功能的措施。”

她说，她的丈夫和兄弟均患癌，先后接受了手术、放化疗，不仅疾病很痛苦，治疗也痛苦，不久就去世。两年多前，她不幸得了双侧乳腺癌，因年事已高，不愿接受“治疗性痛苦”。她来到我院，接受了微创冷冻消融以及几个疗程的联合免疫治疗，同时服用中药。2016年6月，她来我院复查，各种影像、生化学检查显示，均无复发证据。她很高兴，说：“在中国，我接受的是整合治疗，我欣赏中国的这种文化和思维。”

摒弃旧思维，实施整合治疗，不仅是患者的心声，许多科学界人士也在大声疾呼：治疗方式不应该只针对肿瘤，而是要把病人当成一个复杂的系统来看待。在这个免疫系统、神经系统、循环系统环环相扣的个体里，一定有某个地方失衡了。治疗方式应该依照不同人的状况，想办法让这些系统回到平衡状态(引自 George Johnson：《癌症探秘》[*The Cancer Chronicles*])。

西方癌症治疗历史有二百多年，主要针对癌细胞及其相关分子。特别从20世纪70年代开始的抗癌大战，研究癌症的文章数百万篇。有人统计，78%是研究癌细胞系，9%是研究动物肿瘤，5%研究动物实验性肿瘤，8%研究散发肿瘤。这些研究结果，不一定适用于人类癌症治疗。迄今，主要癌症的死亡率没有明显降低，正如美国一篇评论文章所说：老的技术，少有突破，巨大失望。

一位来自美国的乳腺癌患者，2004 年 10 月接受左侧乳腺癌根治术，术后病理显示：中－低分化导管癌伴局灶乳头状病变形成，雌激素受体阳性。术后接受多程辅助化疗，2005 年 5 月再行左乳原瘤区扩大切除，后行左乳腺放疗，同时接受他莫西芬内分泌治疗，直至 2010 年 5 月停止。2010 年 4 月，发现右肺下叶转移，接受胸腔镜下右肺下叶切除术；2012 年 3 月，双肺多发转移，右上肺肿块达 5 cm，再接受化疗、内分泌治疗。

2014 年 12 月 13 日，她来我院就诊，当时不断咯血、消瘦、疲惫。先后接受右肺转移灶冷冻消融术、纵膈转移瘤冷冻消融＋碘粒子植入术、气管内肿瘤光动力治疗，术后接受联合免疫治疗，同时服用中药。2016 年 6 月，她在美国当地医院复查 CT，显示“总气管内、纵膈及心包右旁转移灶明显缩小”。最近看到她，她精神焕发，一如常人。

她的丈夫激动地说：“她在美国，该做的治疗都做了，只是到了这儿，才有了转机。我认为，是全身性整合治疗，尤其联合免疫治疗起了关键作用。谢谢这种中国式的治疗。”

“中国式控癌”强调整合治疗，强调东西方思维结合，微观和整体治疗结合，中西医结合。汤钊猷院士认为，中西医好比一个硬币的两面，可以互补。西医重视微观，中医重视宏观；西医评价疗效侧重于肿瘤大小的改变（肿瘤学反应），中医看重患者整体状态；西医治疗策略是消灭肿瘤，中医则是“扶正祛邪”，让患者生存下来；西医主要采取“围堵杀”，中医则是辨证论治，平衡整体。

我曾经为《为苍生而战》一书写过序言，该书记载李朝龙教授医学生涯的传奇一生。我特别感动的是，他治疗了“肝癌三兄弟”。广东省四会监狱里，半年内先后有三位狱警患上肝癌，均由李教授为他们做了手术切除。术后，他们十分注意康复，长期服用李教授为他们开的中药（华药），按照李教授的嘱咐，调整心态，注意饮食，动静结合。如今，他们已健康生存 10 年以上。

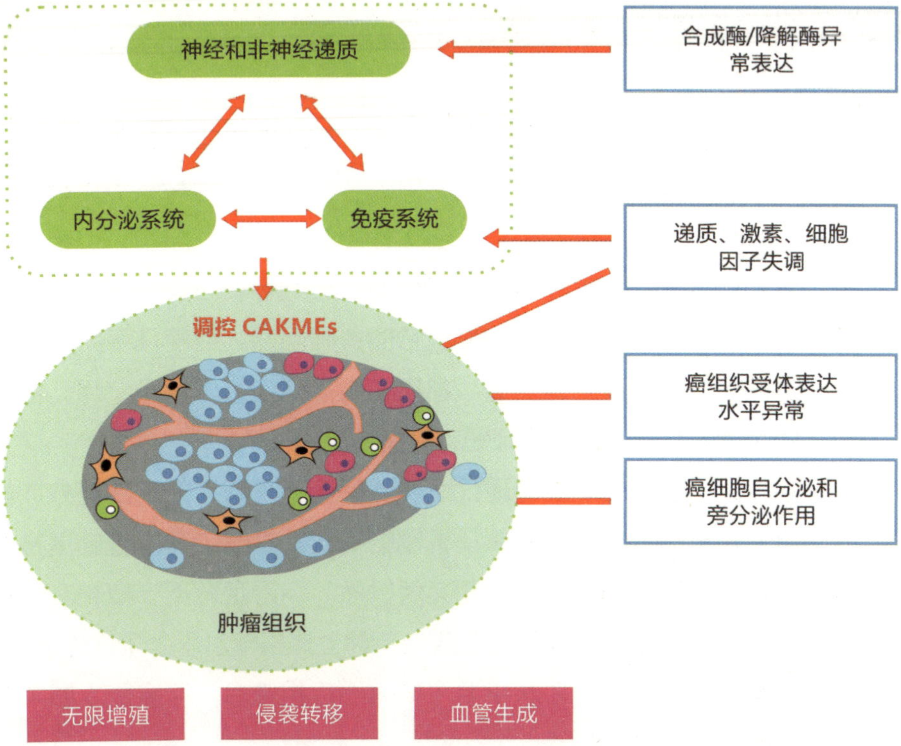

神经-激素-体液因素对癌症细胞及其微环境的调控作用（引自 *Lancet Oncol*, 2004）

我曾在医院接待“三兄弟”，他们精神矍铄，面色红润，看不出任何肝病迹象。一个可能是偶然，两个可能是巧合，三个则可能是必然了。我看了他们的病史，并不是“小肝癌”，但十几年“无病生存”，除了手术切除“彻底”，中药和康复功不可没。

目前认为，癌症不是单分子、单细胞、单器官疾病，而是一个以局部组织异常生长为特征的全身性疾病，神经-激素-体液因素参与对癌细胞及其微环境的调控。改变思维，从分子、细胞、组织和人体整体及其交互作用上进行研究，实施癌症的整合治疗，应该是当今癌症治疗的新策略。

汤钊猷评述

西医控癌，基本上采取从理论到实践的模式，当前分子靶向治疗就是最好的例子。即先弄清哪些基因与癌有关，然后针对这些基因作为靶点设计药物，但设计出的药物可行与否，仍然需要通过实践去检验。从 1998 年分子靶向药物赫赛汀投入临床至今，首先肯定了其疗效，但也发现它的负面问题。目前几乎所有针对血管生成的分子靶向药物，都存在生存期延长只有几个月，停药后促进残癌迅速反弹的问题，其副作用也不小。

传统医学由于没有现代医学的基础，采取了先实践有效，再用于临床，有条件再弄清其机制的模式。中医中药的基础是神农尝百草，是“知其然，不知其所以然”，肯定有不少糟粕。但一些经过实践检验的，如辨证施治，实际上是整体水平上个体化治疗，如果和西方医学分子水平上个体化治疗相结合，可能是发展中国特色控癌的重要途径。

精准医学和“中国式控癌”

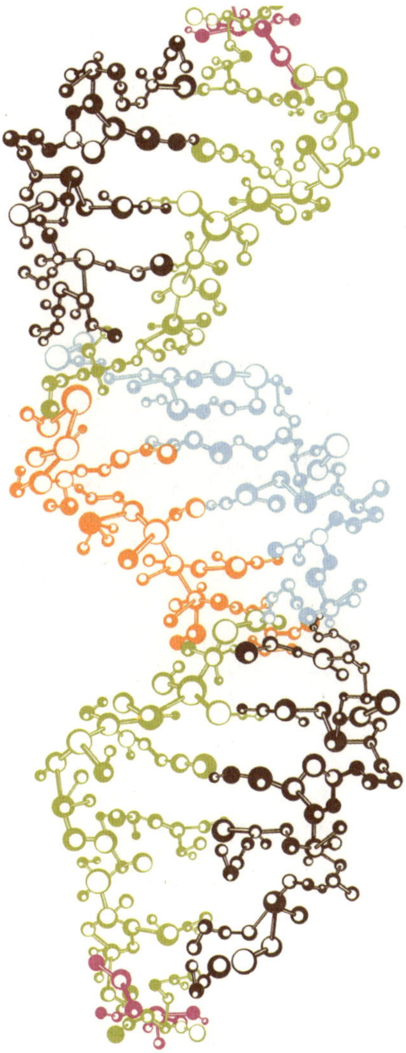

DNA 链，无数基因存在于 DNA 上。检测基因变异，可找到治疗靶点

什么是精准医学？

所谓“精准医学”(Precision Medicine) 系通过基因组、蛋白质组测定等医学前沿技术，对特定疾病类型进行生物标记物分析与鉴定、验证与应用，从而精确寻找到治疗的靶点，再根据检测结果“量身定制”，制定治疗方案。它是一种以个体化医疗为基础的新型医学概念与医疗模式。

癌症精准治疗主要基于五个方面的遗传学变异：①单个碱基的突变，如表皮生长因子受体 (EGFR) 基因突变；②额外的基因拷贝 (即基因扩增)，如乳腺癌 HER2 基因扩增；③ DNA 的大段缺失，主要是一些阻止或控制癌症发展的基因缺失；④基因重组，如 ALK 融合基因；⑤基因突变引起的表观遗传学改变，如甲基化、微小 RNA 等。

梦寐以求

2015年1月，美国总统奥巴马在国情咨文中宣布启动“精准医学计划”，随即在全球引起了强烈反响，世界上主要的国家和地区都对这一计划进行了解读，从医学研究、临床模式、基金资助、金融投资和产业发展等方面做出相应的分析，试图从中寻找发展的方向和机会。人们攻克癌症梦想的实现似乎就在眼前。

理想的精准医学正如奥巴马所言，“要在正确的时间，给正确的人以正确的治疗。而且要次次如此。”其中实际包括两层含义，“精”即精确，“准”即准时、及时，颠覆传统诊疗方式，从对“症”下药，改变为对“人”下药。

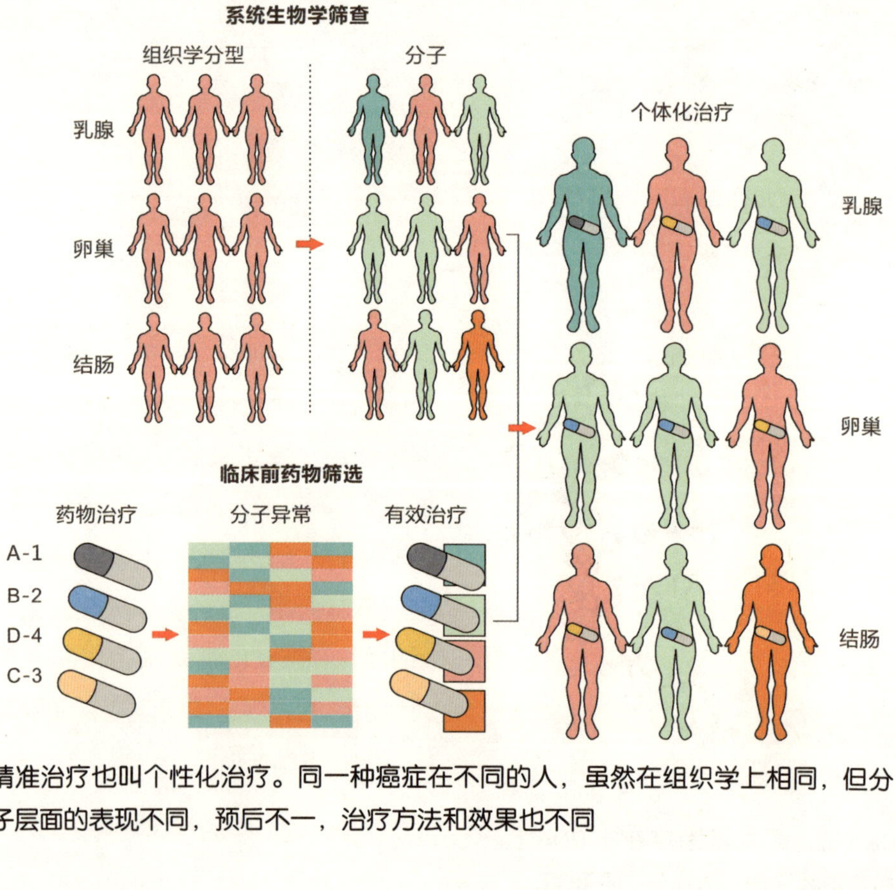

精准治疗也叫个性化治疗。同一种癌症在不同的人，虽然在组织学上相同，但分子层面的表现不同，预后不一，治疗方法和效果也不同

分子靶向治疗是精准医学重要内容，采用针对变异基因、蛋白或者特定的受体和通路的药物，靶向性治疗相关肿瘤。主要的靶向药物包括信号转导抑制剂、诱导细胞凋亡靶向药物、血管生成抑制剂和免疫节点抑制药，例如酪氨酸激酶抑制剂伊马替尼，主要治疗慢性粒细胞性白血病；针对 HER2 受体的曲妥珠单抗赫赛汀，最初适用于乳腺癌晚期治疗，后来发现也可治疗其他 HER2 阳性的癌症；易瑞沙（吉非替尼）和特罗凯（厄洛替尼），能够抑制肺癌患者表皮生长因子 (EGFR) 酪氨酸激酶胞内磷酸化；针对 EGFR 受体的西妥昔单抗（爱必妥）和帕尼单抗，主要治疗结肠癌；贝伐单抗（阿瓦斯汀）针对 VEGF，阻断肿瘤血管新生。

癌症靶向免疫药物有易普利姆玛，针对 CTLA−4，激活杀伤性 T 细胞，用于治疗晚期黑色素瘤；PD−1 抗体药物 OPDIVO(nivolumab, 尼鲁单抗）或 Keytruda，激活癌细胞凋亡途径，用于治疗晚期黑色素瘤及非小细胞肺癌等。

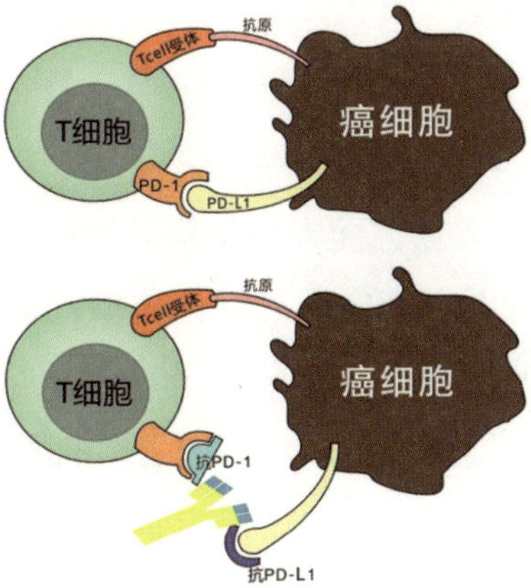

EGFR 基因突变和间变性淋巴瘤激酶 (ALK) 基因重排，是肺癌的常见驱动性分子事件，对肺癌患者进行 EGFR 和 ALK 等，以及对免疫检查点（PD−1/PD−L1）检测，依据检测的结果给予精准治疗，已经写入美国国立综合癌症网络的肺癌治疗指南中。

在适合的中晚期非小细胞性肺癌病例，序贯应用几种靶向药物，可使生存期得到延长（见下图）。这个方案被认为是精准医疗的完美体现。

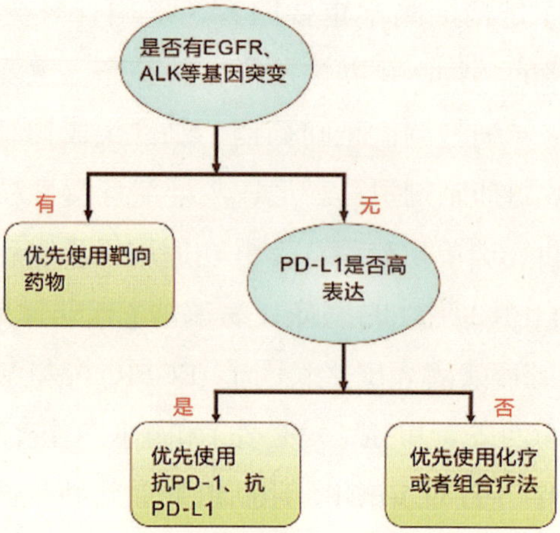

精准医疗的概念对病人和家属很有吸引力，尽管缺少有力的证据，肿瘤的分子分析和治疗已被直接兜售给了病人。精准治疗成为许多癌症患者，尤其常规治疗失败的患者梦寐以求的生存支柱。

“冷水”泼来

医学研究的对象是人体，而人体是极其复杂的。《自然》（*Nature*）曾刊登一篇题为《生命是复杂的》的评论文章，文中指出，“生物学家看到的越多，显现的就越复杂”。精准医疗的认识客体是高度复杂的——组成上的多层次（分子、细胞、组织、器官）、影响因素的多样性（生物因素、环境因素、社会因素）及相互作用过程的非线性，每个环节的不准确，均可导致不确定性产生。

2016 年有两篇分别发表在《自然》（*Nature*）和《新英格兰医学杂志》（*NEJM*）上，对精准医疗泼了冷水。

发表于《自然》的文章题目是“观点：精准肿瘤学的幻想”，作者是俄勒冈州健康科学大学 (Oregon Healthand Science University) 的肿瘤学家 Vinay Prasad。他列出了美国 MD 安德森癌症中心的数据：测序 2600 名癌症患者的基因编码，根据基因突变匹配靶向精准治疗药物，成功率仅有

6.4%。同样地，美国国家癌症中心入组了 795 名癌症患者(实体瘤复发后和淋巴瘤)，根据患者的基因突变标志物配对靶向性治疗药物，成功率也只有 2%。

Prasad 认为，根据患者的 DNA 编码测序信息来定制精准治疗，提出个性化治疗方案，基本上是在那儿自圆其说地炒作“精准医疗”。至今唯一发表的肿瘤精准治疗的随机对照临床试验 (SHIVA 试验)，结果是：试验组 99 名癌症患者，根据癌症基因的突变定制靶向精准治疗；对照组 96 名癌症患者，根据医生自己的经验制订治疗方案。试验组患者的中位生存期仅多出 1.3～2 个月。作者问：在如此微弱“优势”下奢谈肿瘤的精准治疗，何以服人?

作者在文章里说，尽管极个别案例的疗效让人振奋不已，但大部分癌症患者不能从靶向治疗中受益。他说：“的确有一小部分赢家。但这就像买彩票一样。难道值得我们投入上百万美元去找那几个患者，要是找不到呢？”他直言不讳地认为：“客观地说，精准肿瘤治疗的前景很不乐观。最好的结果仅是一小部分病人出现短暂的病情缓解，而绝对会发生的，则是副作用和昂贵的治疗费用。”

看来作者悲观至极，他感叹道：“若想获得精准治疗肿瘤，还不如让时钟倒转呢!”

发表于《新英格兰医学杂志》的文章作者是 IF Tannock 和 JA Hickman，分别来自加拿大和法国。文章指出，有 30%~50% 的病人能找到可以解释肿瘤恶变的相关突变，只有 3%～13% 的病人能够找到“精准”的药物。即使使用上了配对的药物，也只有一小部分 (30%) 病人有疗效。几个折扣下来，最后受益的病人仅占所有病人的 1.5%。

作者认为，所谓精准医疗存在以下问题：（1）现有的靶向药物多半只能部分地阻断癌细胞增殖途径；（2）为完全阻断恶性增殖途径，常合并用药或者加大剂量，但副作用很大；（3）肿瘤异质性，即同一个病人的肿瘤细胞有多个突变株，消灭了一部分细胞，另一部分又长出来了；（4）也是由于肿瘤异质性，一开始有效的药物，很快因耐药性而失去效果。

作者认为，肿瘤的精准治疗很难满足以下条件，即与肿瘤相关的驱动突变在所有癌细胞中都有，而且针对该突变的药物绝对有效，以及肿瘤异质性本身可以控制。

作者同样感叹道："有人认为，随着诊断的完善和新药的不断上市，精准医疗会解决这些问题，但这仅仅是一种幻想！"

在上述两篇文章发表之前，其他学者也在2013年《自然》提出类似质疑。Marte 认为，肿瘤的异质性提示癌症不是一种疾病而是多种疾病，不同病人各异，而且随着环境的变迁继续演变成复杂的相互影响的不同癌细胞；Komarova 则指出，癌症是一个移动靶（*Nature*，2015）。

靶向治疗犹如一把双刃剑，在杀死部分肿瘤细胞的同时，带来进一步的选择压力，促使新的突变的发生。新突变的癌细胞不仅对抗原先药物，而且侵袭性更强，更"凶猛"。

有学者因此质疑：既然精准治疗的靶子在不停地移动，怎能谈得上"精准"？发表于著名杂志《柳叶刀》（*Lancet*，2016）年的一篇文章认为，在完成证实性研究前，精准肿瘤学仍然是一个需要严格检验的设想。斯坦福大学科学家根据大量基因试验论文分析，在 2017 年《细胞》（*Cell*）上指出，倡导者关于基因技术的应用基础只是一种期望，而永远无法达到。文章认为，试图测定一个人的所有 DNA 序列，则可以利用基因技术治疗相关疾病，比如寻找前列腺癌等的致病基因，就可以修改、编辑这些疾病基因而治疗甚至预防这些疾病，无异于"水中月，镜中花"。

中国式"精准治疗"

对绝对确定性的质疑，并不意味着一定要持彻底的怀疑主义。科学发展正是从不确定性到确定性，又从确定性到不确定性的无限循环过程，在此过程中，不断认识与接近客观真理。对于精准医学而言，我们要学习、实践，也要质疑。正如计算机及人工智能之父图灵所言："我们的目光所及，只能在不远的地方，但是可以看到，那里有大量需要去做的工作。"

实现对疾病状态的精准观测和个体化治疗，是医学发展的必然要求。精准医学的精神实质与中国传统医学理念一脉相承。中医理论辨证论治、同病异治和异病同治等治疗原则，均体现了个体化治疗的精神。中医的系统论治和整体论治的治疗原则，十分关注各种复杂因素之间，复杂因素与整体之间的相互关系，包括不同器官之间的相互影响，体内外环境间的相互影响等，这种认识和实践方式与将癌症作为全身性慢性病治疗的现代认识不谋而合。

汤钊猷院士认为，靶向治疗是几十年来分子生物学研究收获期的产物。要学习，不学就落后，也要质疑，不质疑就会盲从。在引进和应用现代理论和技术的同时，要有“中国元素”。他倡导的中国式控癌，其核心就是“消灭”加“改造”，靶向治疗属于“消灭”，能否加上“改造”呢？

汤钊猷院士主张：要补台，不是拆台，就是在精准治疗基础上，采取措施，增强疗效，减少或消除这些治疗的副作用或反作用。

2015 年《自然》发表一篇美国 Obenauf 等多个作者联合撰写的文章，显示由 BRAF、ALK 或 EGFR 激酶抑制剂实施的靶向治疗，能诱导癌细胞内信号网改变，分泌大量“蛋白质组”，构成一种微环境，促进耐药性癌细胞生长、播散和转移，又使药物敏感性癌细胞生存下来。作者认为，应设计一种药物针对不同信号通路，即针对所有靶点，但现在看来难以实现。

目前可以“补台”的“改造”措施有：（1）联合其他治疗措施。（2）靶向药物多数作用于肿瘤血管，引起缺氧和炎症，这两者均促进癌细胞生长。因此应纠正缺氧，消除炎症。（3）设法减少癌细胞的“恶性”，即降低其侵袭力。

汤钊猷院士团队研究表明，丹参酮 IIA 可使血管正常化，改善缺氧，抑制癌转移；由黄芪、丹参等五味中药组成的“松友饮”，可以降低癌细胞侵袭性，提高机体免疫力。

多吉美是目前治疗晚期肝癌的“标准”药物，但副作用大，且在应用一定时间后，不仅不能继续控制肿瘤，反而促进疾病发展。汤钊猷院士团队完成了多吉美（索拉非尼）和阿司匹林的联合试验。在实验肝癌动物模型发现，单用多吉美可使肝内肿瘤缩小，但主瘤周围出现多个小转移瘤，且发生肺转移，是为多吉美的反作用，如果同时应用阿司匹林，则反作用不会出现。这就是汤院士所讲的“补台”。

事实上，靶向治疗不是精准医学的全部，肿瘤精准治疗应是手术、放疗、化疗及生物治疗（靶向治疗、免疫治疗）等各种治疗方式综合运用。我们将微创消融、全身性非特异性免疫与靶向药物联合起来应用，产生较好效果。另外，我们的研究发现，肿瘤冷冻消融后，一些显示癌细胞“恶性”的标志物降下来，提示癌细胞恶性程度减低。

举例如下：

女性，71岁。右侧肺门部肿块，大小3.5厘米。病理显示为中分化腺癌，EGFR突变。血液CEA 34微克/升。给予易瑞沙口服，一个月后，病变缩小80%，CEA降至5微克/升。继续服药。4个月后，右肺肿块再增大，达4.3厘米（图A），CEA升至102微克/升。加用化疗（培美曲赛+顺铂+贝伐单抗），共4周期，无明显效果。全身骨扫描显示：第六胸椎及右侧髋臼摄取放射性增高灶，考虑骨转移。停用易瑞沙，改用特罗凯，每天口服150 mg。联合伊班膦酸钠治疗

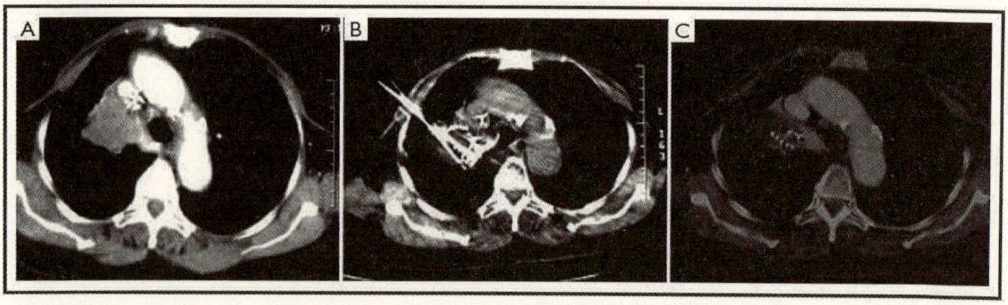

肺癌冷冻消融治疗：A显示右侧肺门部肿瘤；B显示在接受经皮冷冻消融；C半年后复查CT，未见活动性病变

骨转移。一个月后复查，肺内病变无明显改变，CEA80 升至 110 微克 / 升。在 CT 引导下，对右肺门肿瘤给予冷冻消融（图 B），同时给予免疫调节剂（胸腺肽皮下注射、高聚金葡素舌下服），停用特罗凯，再用易瑞沙。一个月后复查，肺门部病变基本消失（图 C），骨转移改善，CEA 降至 3.5 微克 / 升。半年后复查 CT，报告“无癌症证据”。随访五年，未复发。

本例肺腺癌，接受靶向药易瑞沙，初期效果明显，但维时仅 4 个月，后病变加速发展，化疗无效。改用二代靶向药特罗凯也未产生效果。于是给予冷冻消融加非特异性免疫治疗，再用易瑞沙，产生明显持续疗效。其原因，看来是免疫治疗产生效果。冷冻不仅能局部消除肿瘤，还能产生“冷冻免疫”，降低癌细胞侵袭性。非特异性免疫调节剂则能促进全身性免疫。

穆吉克在《众病之王癌症传》中说：“无论如何，人类抗癌的故事都会充满创造力和毅力，也会充满傲慢、狂妄、专制、误解、空想和骗局。”精准医学是癌症治疗领域的巨大进步。但如同任何理论和成果一样，有其局限性。将中国元素结合进广义的精准治疗概念中，建立“中国式”精准治疗，无疑是肿瘤治疗的一种创新，也是对“中国式控癌”的贡献和完善。两者结合，相得益彰。

汤钊猷评述

“精准治疗”是近年来医学界的一个热词，精准医疗的概念对病人和支持肿瘤研究的机构很有吸引力。然而，癌症不是一种疾病，而是多种疾病，不同的病人病情各异，异质性非常强。可以说，癌症是一个移动的靶，这意味着精准医疗受到限制。

对西方医学，既要学习，又要质疑，洋为中用，才可能赶超世界水平。质疑不是否定一切，而是一分为二看问题，肯定长处，同时找出问题，做针对性的研究；质疑是补台，不是拆台；质疑的目的是进一步提高疗效。因此，对于精准医疗，既要学习，也要质疑，不能盲从。

2 查房手记

“以正合，以奇胜”，不仅能使战争取胜，也是指导抗癌战的重要战略思维。但一定要记住，“正”是基础，“奇”是灵魂，二者不可偏废。对于抗癌战而言，只是按部就班办事，难有突破，但不在“正”的基础上奇思乱想，也难取胜。

查房手记：肺癌

早晨上班时，小梁问我："院长，你记得新加坡一位患肺癌的大学教授吗？"小梁是护士出身的癌症康复服务人员，负责照顾在我院的东南亚患者，对患者比我还熟悉。

"记得呀，现在他怎么样？"我正挂念这位教授，于是迫不及待地问。"好着呢！他昨天来院复查了。"看着小梁的神情，我心里好像有一块石头落地了。

我迫不及待去到病房看他。看他带来的 CT 片，胸水消失了，心包积液也没有了，原来的左上肺病变变小了，当地医生报告："活性减低"，纵隔淋巴结没有进一步增大。

这位教授五十多岁，他的肺癌已有两年，在左上肺，5×6 厘米大小，活检是腺癌。那次在新加坡见面时，CT 显示已有胸腔和心包积液，纵隔淋巴结肿大，提示肺癌已发生转移，属于 IIIb 期。他在新加坡已接受了能接受的全部治疗，包括放化疗、分子靶向治疗。看了他的病情报告，我心情格外沉重：一是常规方法不可能帮到他了，生存期看来有限；二是也许我们的那套"中国式治疗"(即"消灭"和"改造"并举的方法)能帮助他，但仅仅是"帮助"，不能担保。

几周后，他来到我院住院治疗。给予 CT 下冷冻消融治疗；检测了免疫功能，给予相应的"调整"处理(主要非特异性免疫促进剂和补气健脾中药)，并嘱他出院后坚持服用能促进免疫功能的中成药。

肺癌的凶险，让我不无担心。现在他回来复查，看到他病情好转，格外欣喜。

中国式治疗获美国教授赞赏

作为世界“第一大癌”的肺癌，其治疗仍然是最大挑战。2016 年 7 月，在我院召开的第五届国际癌症治疗论坛上，来自美国纽约的 Doru Paul 教授发表了演讲，题目是“肺癌免疫治疗：2016 年新进展”，主要讲 PD-1 拮抗剂对肺癌患者生存期的影响。

他列举了许多发表于世界著名杂志的研究成果，应用 PD-1 拮抗剂 Nivolumab(即 Opdivo，纳武单抗)的患者，中位总生存期 12 个月，应用紫杉醇化疗者为 9 个月，不予治疗的对照组为 7 个月。中位无进展生存期，即用药后病情停止发展的时间，用 Nivolumab 的患者仅增加两三个月。有一份研究显示，用该药者，中位无进展生存期甚至短于化疗病例。

会后第二天，我办公室里来了 4 位外国医生，其中就有 Paul 教授。他们来自罗马尼亚，Paul 则在美国和罗马尼亚两地兼职。同来的还有泰国亲王席琳·荣颂。

我赞赏了 Paul 教授的研究有水平，他收集的资料十分丰富，他却说：“不，我们是来请教的。我报告中的那些药和方法，在罗马尼亚没有几个人用得起。我欣赏你们的那套‘中国式治疗’。”

美国纽约霍夫斯特拉大学诺斯威尔医学院教授 Doru Paul

Paul 教授讲了当前肺癌治疗最困惑的问题。在基因筛查普遍开展的今天，肺癌分子靶向治疗已取得很大进展，可让患者延长生存期。遗憾的是，延长的时间是以月计。PD-1 拮抗剂是另一新的领域，但患者生存期延长仍然有限，费用则是“天价”。患者的目标不是生存几个月，而是几年，甚至更长。

如果为了多生存几个月，花费几万元、几十万元甚至上百万元，而且还要承受不完全清楚的不良反应，“价值”到底有多大?

科学研究和临床实践不能完全等同。有专家说，医学不等于科学，这话有道理。也许未来这些科学研究将会给临床治疗带来理想效果，但这个“转化”需要时日，可能很长，而临床医生和病人无法等待。

这也是为何汤钊猷院士提出“中国式控癌”，需要“中国元素”和适应中国国情的“中国思维”，就是病人至上，中西互鉴，与癌共存。

病人至上就是不放弃。对于肺癌病人，即使晚期，治疗仍是有效果的。2012 年，我曾花了一个月随访 2007 年以前在我院治疗的晚期癌症病人，他们都是“山穷水尽”的患者，其中肺癌 98 例，治疗后生存 1、2、3、4 和 5 年者分别有 37、15、11、10 和 7 人，有一人已生存 10 年。生存率虽然不高，但须知，他们均是预期生命不超过半年的患者。

《孙子兵法》中的抗癌策略

中西互鉴，就是正如汤钊猷院士所说，“学习西方”与“超越西方”相结合。“超越”就要有中国文化。

汤钊猷院士用《孙子兵法》的智慧解释抗癌策略。孙子说“百战百胜，非善之善者也”，主张“穷寇勿追”。就是说，除了追杀(手术、消融、化放疗)之外，还应该“给出路”，让癌细胞“改邪归正”，至少停止“为非作歹”。为此，第一，改造残癌，一些中药及其制剂可能有效；第二，改造促癌的微环境，炎症，缺氧都促进癌细胞生长；第三，改造机体，主要提高机体免疫功能。

运用中医“辨证论治”思维，参照美国“Coley 毒素”设计，我们将多种生物学制剂组合起来，按照机体免疫功能指标，选择性应用，形成个体化联合免疫疗法 (P-CIC)，应用于癌症病人，发现有良好的改善免疫功能作用。

上述晚期肺癌患者之所以能生存超过预期的时间，就是得益于“超越西方”的中国式策略。

当然，对晚期癌症，彻底消除是不可能的。应用特殊方法检测外周血液中肿瘤细胞 (CTC) 是当今癌症诊断学的重大进展，誉为“液体活检”。一些癌症病人经过治疗后，CT 等影像检查找不到癌瘤，但血液中可查到几十个乃至上百个癌细胞。少数正常人也可查出 1~2 个，这说明，“与癌共存”是很常见的。

我们希望消除癌瘤，但更希望病人活下来，长期活下来。我在广东江门随访到一位五年前曾在我院治疗的晚期肺癌病人，当时他曾被认为只能生存三四个月，如今他依然活着，但肿瘤仍存在，颈部有多个淋巴结转移。他的儿子兴奋地告诉我：父亲现在吃得下，走得动，好开心，已活过 90 岁，还想活到 100 岁。

汤钊猷评述

对于患了较大肿瘤、一时无法手术根治的，要争取做到“和平共处”“带瘤生存”。为达到这个目的，关键是两条：一是如孙子所说“藏于九地”，首先保存自己，不为癌所灭。二是“攻其不备”。光“藏于九地”不行，需要对敌作适度斗争，采取游击战术，攻其不备，逐步削弱癌的力量，改变“敌强我弱”的态势。

查房手记：胆管细胞性肝癌

几乎每次查房，都看到胆管细胞性肝癌患者，好多人是追着我而来的。他们说："徐教授，你能活下来，我们也能呀！你要为我们想办法，让我们跟着你抗癌！"

其实，今天（2016年7月17日）我心情十分不好。明莹走了！世界失去了一位了不起的发明家。

2016年7月17日，起身打开手机，跳出一个微信："我妹妹今天走了，走得还安详。我真后悔，不该让她回X国的，如果在复大，一定会让她走在'与癌共存'的路上。她那么能干的一个人！谢谢徐院长、牛院长和医生护士让她在生病的日子里有那么好的记忆！谢谢！"

微信是明莹姐姐发来的，我心里一阵阵揪痛。

明莹姐姐几周前曾给我发来微信："院长，我是陆明莹的姐姐，一直想与您联系……我妹妹5月中旬后情况很差，可能化疗的副作用加重病情发展，不能吃，喝水都吐，吐出来的均是苦胆液，人急剧瘦了下来，被转到了临终关怀医院……后有所好转，现在可以进些流食，以营养液为主，每天呕吐少了……我期望她能回广州治疗，但她太虚弱，经不起长途飞行。这里的治疗远不能和复大比，怎么办？给她增加什么营养为好……想到您，只有再请教了！"

当时我在美国开会，没有注意，直到一周前看到微信，马上回复："对不起。我刚看到（微信）。千万不要化疗了，不可能有效的，只会摧毁全身免疫功能。目前是加强营养，提高免疫……"

好懊恼！为什么不早点回复？当然，即使早回复，我也无回天之力。

明莹是一个改变人类生活方式的人。现在几乎人手一部的手机，上面的摄影镜头就是这位华人科学家发明的。

2016年初，她坐着轮椅来到我院。她患的是胆管细胞性肝癌，为了追求“纳米刀”消融治疗，不远万里，来到我院。当时她全身黄疸、满腹腹水、时时昏睡，癌魔将这样一位伟大的女性折磨得濒临死亡。当时我的心境是：尊敬、崇拜、忧虑、痛惜。

我要求治疗团队千万要“手下留情”，用相对没有痛苦或少痛苦的方法，为她“一点点”“一步步”治疗。经过腹腔热化疗、联合免疫、微创消融等措施，一个月之后，她的黄疸、腹水几乎全消退，肿瘤标记CA9-9大幅下降。她站起来了，每天散步。

在一次患者聚会上，她讲的“这里是我选对的地方”那句话，让我欣慰、感恩，但也让我忧虑：未来她会怎样？

我对胆管细胞性肝癌太有感触了。十二年前，我患了这种肝癌。手术后，不少人建议我接受化疗，我问：这种癌细胞对化疗敏感吗？

四年多前，比我小五岁的妹妹也得了胆管细胞性肝癌，肿瘤呈多发性，无法手术切除，在家乡医院接受了化疗，差点送了性命。后来来我院接受冷冻治疗，消融掉80%的肿瘤。她很幸运，几乎“无进展”生存了3年半。

几年前，我写了一本书《跟我去抗癌》。之所以有胆量说“跟着我”，是缘于两个病人。一位是一家大型国企的老总，患胆管细胞性肝癌，肿瘤比我的小，在某医院开了刀。这样一位位高权重的领导，自然会得到“最高标准”的治疗。手术后，先化疗，再放疗。三个月后，癌症复发，几乎全身都有转移。再一位是山东的老板，同样患胆管细胞性肝癌，同样是手术—化疗—放疗，也是很快发生转移。

他们都在生命危急的时候找到我，说要“跟我抗癌”，当然，此时难以亡羊补牢。

我院一位主治医生统计了近年住院的 69 例胆管细胞性肝癌患者，除一例术后两年尚未复发，其余均在接受过“根治性”肝叶切除后复发，多数在一年内转移，最短的仅在术后一个月，表现为残肝和肝外转移。这 69 位患者中，有 61 例术后接受了化疗。令人惊奇的是，转移发生时间在接受化疗者与未接受化疗者之间差异无显著性。

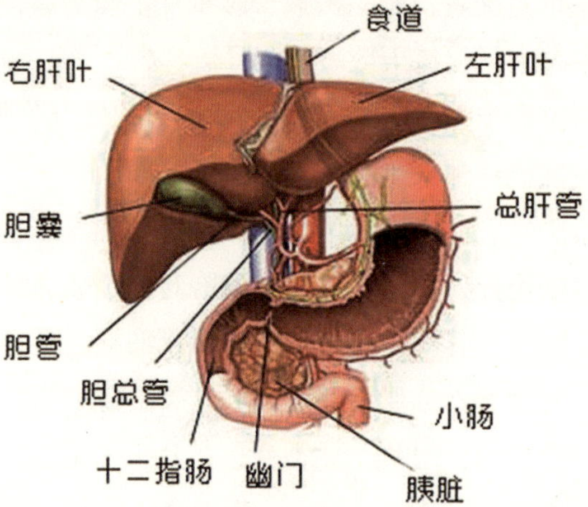

肝和胆管解剖图

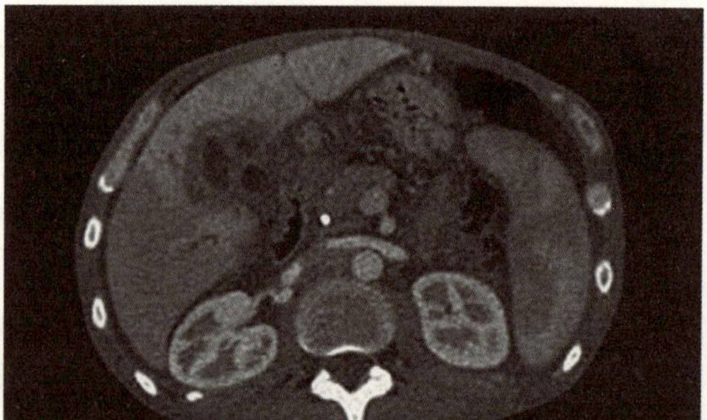
胆管细胞性肝癌 CT 图

化疗是最常用的标准治疗，但只对少数癌症有明确效果，对胆管细胞性肝癌则“无能为力”。2016年，有几份文献综述论及胆管细胞性肝癌，结果：

1. 预后很差，5年生存率5%~10%；
2. 手术是主要治疗，但能切除的仅10%~40%；
3. 辅助化疗不能提高生存率(*Clin Med Insights Oncol*，2016)；
4. 化疗加放疗也不可能显著延长患者生存期。

我费解的是，像明莹那样的胆管细胞性肝癌，X国医生为什么要给她化疗？上述这篇综述，就是这个国家的人写的。可能是按程序办事。明莹姐姐说：“如果在复大，一定……”我不认为我们医院强于老牌X国医院，但汤钊猷院士提出的“中国式抗癌”是中国特色，也许“消灭”与“改造”并举的“中国方案”，可帮助到她。

中国的《孙子兵法》中，一条重要策略是“穷寇勿追”。优秀军事家在围攻敌人时，绝不会团团围住，而是留下一个缺口，让穷寇逃跑。这是因为受围之敌必然绝地反抗，最后只能玉石俱焚。

癌细胞是正常细胞发生突变的产物，再强的化疗药物也不可能将其斩尽杀绝，特别是“癌干细胞”，对化疗无例外“抵抗”。更重要的是，化疗有“反作用”，即不仅不能杀灭癌细胞，反而会激发癌细胞，变得更恶性。明莹姐姐讲“可能化疗的副作用加重病情发展”，就印证了上述观点。

汤钊猷评述

20 世纪 40 年代化疗兴起，为抗癌战增添了新的武器，使淋巴瘤、睾丸肿瘤等一些癌症可能得到根治，但化疗最大的弊病是敌我不分，你要彻底杀癌，患者也因白细胞下降等问题而丧命。接受化疗患者的生活质量是人所共知的，恶心呕吐、腹泻、头发掉光，等等，无须细说。

对于各种杀癌疗法，过去对其作用已知之甚多，但对其副作用则知之甚少。孙子所以说“百战百胜，非善之善者也”，杀癌疗法即使每次都能大量消灭癌瘤，但也同样带来一系列反作用。化疗可破坏癌及其环境，产生强大的筛选压力，使耐药细胞扩增……治疗失败是这种进化特性所引起的。

查房手记：胰腺神经内分泌肿瘤

最近，病房里来了几个胰腺内分泌肿瘤患者，两例接受了不可逆性电穿孔（纳米刀）消融，两例接受了冷冻消融。四位患者手术过程都很顺利。

胰腺神经内分泌肿瘤少见，但对该病，人们应有所闻，因为“苹果”创始人乔布斯患的就是这种病。

2003 年 10 月，乔布斯被查出胰腺肿瘤。2004 年 7 月 31 日，乔布斯在斯坦福医学中心接受了韦勃 (Whipple) 手术，这是一种治疗胰腺肿瘤的标准手术，需要切除部分胰腺、胆囊、部分胃和肠道。术后，乔布斯出现严重营养不良。后来，他接受了无数最新的治疗，包括化疗和靶向治疗。然而，几年后还是发生了肝转移，接受了肝移植。换肝不久，新的肝脏上又长出肿瘤。2011 年，在饱受疾病和治疗带来的巨大痛苦后，这位奇才离世，终年 56 岁。

近十多年来，我们应用冷冻消融，治疗了 20 余例胰腺内分泌肿瘤。下面两位患者印象深刻，他们患的是与乔布斯同样的疾病。他们没有进行乔布斯所接受的那些传统的“高级”治疗，而是接受了“中国式控癌”治疗。他们活下来了，更重要的是，他们“轻松”治疗，没有遭受到乔布斯所经受的痛苦。

例 1

LL，男，28 岁，马来西亚人。反复发生昏迷和抽搐一年，于 2011 年 6 月入院（复大肿瘤医院）。CT 显示：胰腺体部肿瘤，伴左侧胸腔、肾上腺、肝、心包转移。活检和基因测试显示：多发性胰腺

神经内分泌肿瘤 MEN1 型。血糖 0.8~1.4 毫当量 / 升(正常为 5~6)，胰岛素显著升高。化疗无反应。在 CT 引导下，患者接受了胰腺肿瘤经皮冷冻消融。术后，血糖迅速上升，并一直保持正常范围内。

患者昏迷抽搐症状完全消失。其后，又接受肝和肾上腺内转移灶冷冻治疗。患者“无进展生存”七年多。

例 2

RLR，女，45 岁，英籍菲律宾人。自诉 2013 年 2 月无明显诱因出现间断性腹泻，大便呈水样；血钾减低；胃液 pH 7.0。2013 年 6 月 4 日至当地医院检查，上腹部 MRI：胰腺占位，肝脏多发占位。CA19-9 161.5 单位 / 毫升。未行特殊治疗。

2013 年 6 月 23 日，患者入我院，给予 CT 引导下胰头部肿瘤穿刺活检，加经皮冷冻消融术并腹膜后神经阻滞。术后背痛消失。活

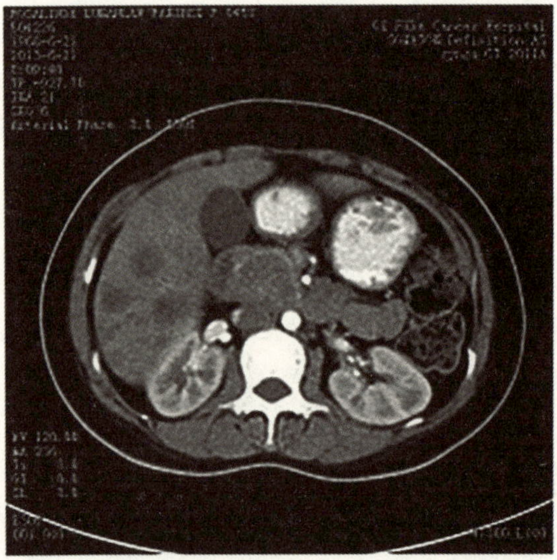

治疗前，CT 显示胰腺头部肿块，伴肝内多发性转移

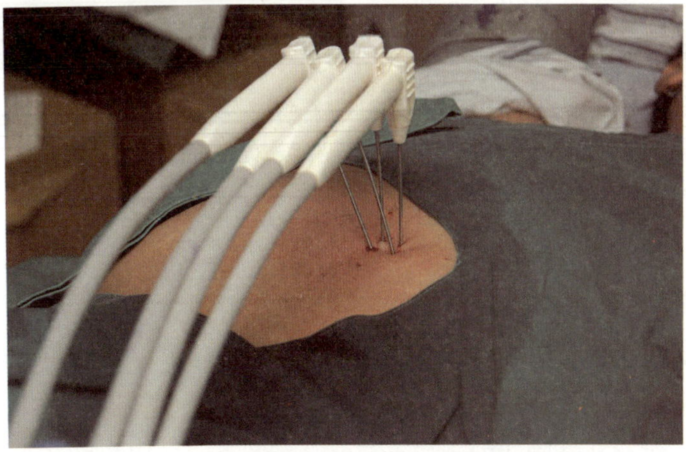

冷冻探针经过腹部皮肤插入胰腺肿瘤中

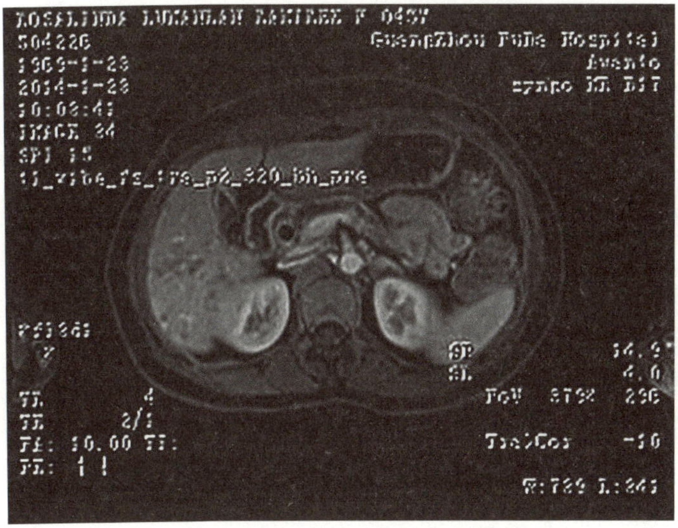

治疗半年后，胰腺肿瘤明显缩小，肝转移减少

检显示：胰腺神经内分泌肿瘤，免疫组化显示 VIP(血管活性肠肽) 染色强阳性。

2013 年 7 月 3 日，给予微血管介入小剂量化疗。2013 年 7 月 15 日及 7 月 31 日，分两次做肝转移瘤冷冻消融术。患者 CA199 指标逐渐下降，腹泻停止。

2014 年 1 月 22 日患者返院复诊，大小便正常。上腹部 MRI 显示：胰腺肿瘤明显缩小，肝转移显著减少（见上图）。最后诊断：VIP 瘤，WDHA 综合征。随访至 2016 年 4 月，患者仍健存，无进展生存三年。

上述两个病例均为恶性胰腺神经内分泌肿瘤。

例 1 肿瘤发生于胰岛 β 细胞。正常时该细胞分泌胰岛素，维持正常血糖水平。糖尿病是由于胰岛 β 细胞衰竭、分泌胰岛素过少所致。如果 β 细胞发生增生和变成恶性细胞，则大量无节制分泌胰岛素，引起血糖降低。该患者血糖已降至非常低的水平，以致引起反复昏迷和抽搐，需要持续输注葡萄糖。

更为严重的是，患者的肿瘤已转移到胸腔、肝、心包和肾上腺等部位。显然，无法手术治疗。一般主张化疗，但实际上化疗无效。患者接受微创性冷冻治疗后，血糖神奇般上升，长期维持在正常水平。

这是世界上首例冷冻治疗取得显著疗效的胰岛肿瘤病例，有关报道已在美国著名专业杂志《胰腺》（*Pancreas*）上发表，受到关注。

例 2 是一名极罕见的恶性胰腺神经内分泌肿瘤患者，主要发生于胰岛的 VIP 细胞。VIP 是一种肽类激素，肿瘤细胞大量分泌这种激素，导致肠道大量分泌水分，抑制肠道吸收钾，以致引起水样腹泻和血液钾离子水平减低（低血钾），又由于 VIP 抑制胃酸分泌，以致引起胃酸缺乏。上述症状集合起来，就是所谓水样泻—低血钾—无胃酸（WDHA）综合征。

由于 WDHA 综合征极少见，临床上常常误诊。该患者在英国没有得到正确诊断。我们给予冷冻为主的综合治疗后，出现神奇效果：腹泻停止，血钾恢复正常，胰腺肿瘤消失，肝内转移明显减少。患者“与癌共存”，生存下来了。

上述两例在冷冻消融后，均接受了以增强机体免疫功能为目标的中西综合治疗，即奉行了“消灭＋改造”策略。

汤钊猷评述

手术、放化疗等杀癌疗法在不同医院都应用，但如果按常规单独应用，其效果是可以预期的，而如果将这些方法加以综合应用，特别是采用“消灭 + 改造”模式，则疗效迥异。

孙子说“火攻有五”，目前局部消融治疗广泛开展，但如何选择，同样要结合“癌情”“人情”“医情”和“院情”来决定，重要的是如孙子所说，“因五火之变而应之”，即重视局部消融的匹配治疗，从而使疗效进一步提高。

查房手记：四例胰腺癌

2016 年 2 月 26 日，在北院查房，共查 14 例患者，其中 4 例胰腺癌，印象深刻。

例 1:

女性，58 岁。胰腺体尾部导管性腺癌。去年 11 月底第一次入院。当时剧烈腰背部疼痛，血液 CA19 98 000 单位 / 毫升。检查肿瘤 3×4（厘米），伴有胰周淋巴结转移。给予超声和 CT 引导下不可逆性电穿孔（纳米刀）消融，术后疼痛明显缓解。此次患者回院复查，一般情况良好。主诉左上腹含糊性隐痛，口服非甾体止痛剂后可缓解。CA19–9 降至 600 单位 / 毫升。给予超声引导下对胰周转移淋巴结作无水酒精注射，同时做联合免疫治疗。

例 2

男性，65 岁。腰部疼痛 1 个月，胰腺颈部占位性病变 3~5 厘米，伴胰周部淋巴结肿大。活检显示：腺癌。2016 年 1 月，在超声和 CT 联合引导下，对胰腺体尾部肿块和胰周淋巴结做经皮纳米刀消融，术后腰痛迅速缓解。一周前回院复查，腰部有轻度疼痛。磁共振复查显示原先胰腺肿块处活性消失 90%。在超声引导下局部给予酒精注射消融，同时做联合免疫治疗。

例 3

男性，61 岁，香港居民。胰腺头部肿块 3 厘米，胆总管受累，引起阻塞性黄疸，血清胆红素 65 毫摩尔 / 升。给予在超声和 CT 双重引导下，经皮纳米刀消融。患者术后第二天下地行走，准备出院回香港医院作内镜下胆总管置管。

例 4

女性，62 岁。2015 年 11 月在国内某大城市医院接受手术治疗，切除胃、十二指肠、胆总管和胰腺头体部。术后接受了化疗。2016 年 2 月 15 日入本院。CT 检查：肝内多发性转移，原胰腺头颈部有肿大淋巴结。给予经皮肝动脉 HepaSpherin 微球介入。近日在 CT 引导下对肝内主要转移灶做经皮冷冻消融，同时对转移淋巴结注入 ^{125}碘粒子，其后做联合免疫治疗。

胰腺癌近年来发病率明显上升，是消化系统最常见的第四大肿瘤。迄今，胰腺癌的治疗仍是世界性挑战。对于上述 4 个病例的治疗，前 3 例是接受纳米刀消融。3 例被诊断出来时，均已有胰腺周围淋巴结和血管受侵，手术切除已不可能进行。

对于不能切除性胰腺癌，消融是当前最重要的替代治疗。冷冻和纳米刀是常用的消融手段。2012 年美国批准纳米刀用于治疗“软组织肿瘤”后，纳米刀治疗胰腺癌受到了全球关注，这是因为，纳米刀能非常清晰地消融所设定的“靶区”，对病变附近的大血管、胃肠壁无明显损伤作用。纳米刀是通过高压短脉冲电流造成细胞膜纳米级穿孔，不冷又不热，不会引起明显炎症。而我们知道，炎症是造成癌症发展、转移的重要因素。相应地，纳米刀对病人全身造成的影响小，因此术后恢复快。

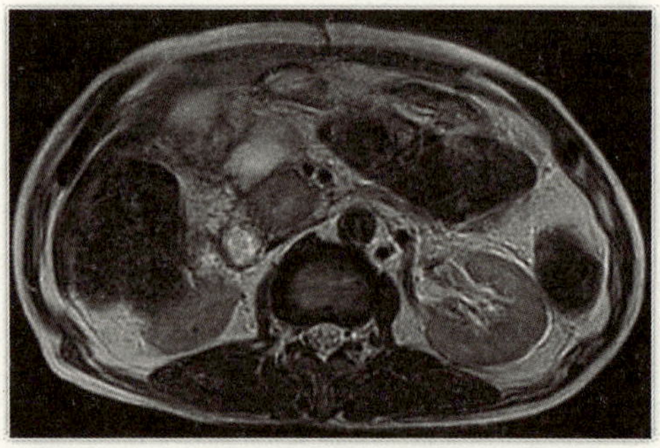

胰腺头颈部肿瘤

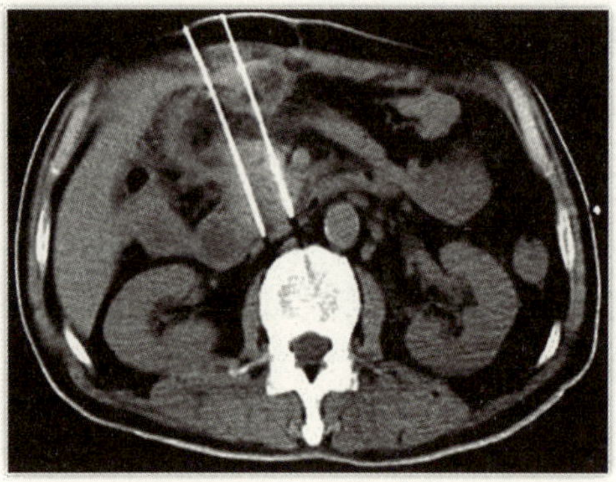

图中白线显示纳米刀电极针插入肿瘤中

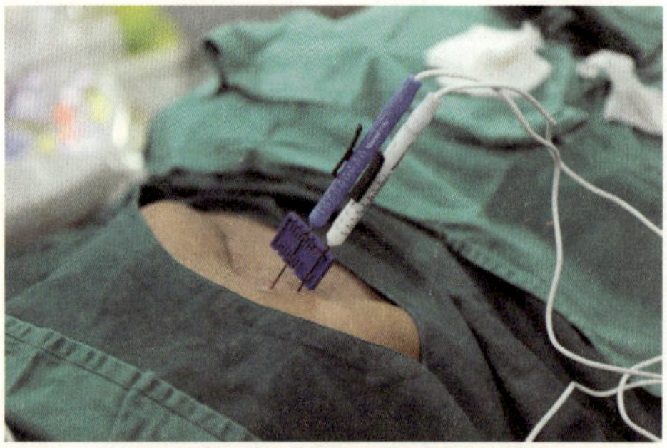

纳米刀消融治疗中

统计美国、欧洲、澳大利亚数十家大医院的报告，纳米刀治疗的胰腺癌已有3000多例，近期效果均良好。我院从2015年7月率先在中国内地开展纳米刀治疗以来，已有50余例胰腺癌接受了纳米刀消融治疗。初步的随访显示，该技术消融效果确切，不良反应轻，安全。

上述前3例接受的纳米刀治疗，是正确的。当然，远期效果尚有待观察，但近期病情已稳定下来，至少疼痛显著改善。第4例在外地医院接受了手术治疗，这是“正规治疗”，遗憾的是，术后第3个月病变就复发，出现多发性肝转移。何以如此快地出现转移？是手术前已有肝转移未被发现？抑或手术促进了转移？

2007年，有一份来自美国的报道——“揭开癌症‘越治越扩散’之谜”，说“以手术、化疗或放射疗法治疗癌症，有时可能导致癌细胞扩散”。“手术促癌”，这方面我手头没有直接证据。记得有人曾在实验性动物模型比较了冷冻和手术后癌症转移，发现手术后转移发生早，也更严重。认为手术后β转化生长因子(TGF-β)水平上升，该因子导致癌细胞扩散。冷冻和纳米刀是局部消融，组织损伤小，而且被消融的癌细胞死亡后释放抗原，后者激发免疫细胞，产生抗肿瘤免疫，可减少转移发生。

当然，我们无意否定手术。迄今，手术切除仍是癌症，尤其早期癌症根治的主要手段，但要掌握适应证。上述第4例患者是否确有手术适应证，不敢评论。由于胰腺癌在诊断时常已有转移，因此在评价患者病情、掌握手术指征时，应格外慎重。

这次查房要解决的主要问题是后续治疗，第一、第二和第三例患者接受了纳米刀消融，但不可能全部消除所有肿瘤，残癌是必然的。我不大主张化疗，这是因为对于胰腺癌患者(尤其是中晚期患者)，化疗延长生存期的作用十分有限，至少我们的这些病例是这样的。FOLFIRINOX被认为是能改善预后的化疗组合，但能适应这种治疗的病例不多。

中国古代有一本很著名的书《孙子兵法》，书中有一句话“穷寇勿追”很有哲学思维，就是说，对身陷绝境的敌人不要穷追猛打，逼迫过甚、过度猛打，必然自己要付出重大代价，同时会让穷途末路之敌负隅顽抗，甚至“狗急跳墙”，变得更疯狂。正确的方法是“劝降”，让其“归安”，和平共处。

有证据显示，化疗有“反作用”，即不仅不能杀灭癌细胞，反而使癌细胞更疯狂。这已经有大量实验证据。上述第四例患者，手术后用过化疗，是否是其“反作用”促进转移，不敢断言。建议对这几例患者，主要采取联合免疫治疗。

最近，我在2016年《世界胃肠药物杂志》（*World J Gastrointest Pharmacol Ther*）杂志上看到一篇报道。日本5个单位的作者报告他们应用树突状细胞（DC）为基础的疫苗治疗胰腺癌的结果。他们用链球菌免疫佐剂OK432处理DC细胞，制成“Vaccell”疫苗，发现与其他方法处理的DC疫苗相比，更能诱导辅助性T细胞活性和白介素-12产生，引起更强的抗肿瘤效应。在255例不能手术的胰腺癌患者中，他们试验了这种疫苗的效果，发现凡是出现阳性延迟性超敏皮肤反应(DTH)者，生存期明显长于DTH阴性者。作者又将HLAI限制性肽加入DC细胞培养液内，结果显示这种处理的DC疫苗能更有效延长胰腺癌患者生存期。

在日本，OK432是最常用来治疗癌症的免疫促进药物，国内有类似药物，例如高聚金葡素，是从金黄色葡萄球菌提取而来。将该药舌下含服，目的是舌下淋巴结丰富，吸收后可直接刺激免疫功能。

自然界里总是一物降一物。老鼠的天敌是蛇，蚊子的天敌是蝙蝠，蝗虫的天敌是鸟。天人合一。人类对付体内“叛变”的癌细胞，可能也依靠天然的杀敌勇士，其中包括自然杀伤细胞(NK)。

我看到不少文献，发现体外扩增和高度激活的NK细胞在体内外试验中，有强力抗肿瘤活性。韩国有人给人多形性胶母细胞瘤移植性鼠输注异体人NK细胞，静脉注射或肿瘤内注入，发现可以引起肿瘤细胞凋亡，阻止自发性肺转移(*BMC Cancer*，2015)。另一份临床试验显示，异体NK细胞对淋巴瘤和进展性复发性实质性癌肿有效。作者用的NK细胞数最高为每公斤体重3×107(即3000万)，连续3次输注。在17例可评价的病人中，8例(47.1%)的疾病趋向稳定。对癌细胞具有杀伤作用的CD8+T细胞增加，

T 细胞相关性细胞因子上调；相反，对癌细胞不是抑制，而是促进的调节性 T 细胞、髓源性抑制细胞和 β 转化生长因子（TGF-β）生成减少。作者认为，大量异体 NK 细胞输注不仅是安全和可行的，而且是维持机体有效免疫反应的重要措施 (*Cancer Immunol Res*，2016)。

因此，对上述 4 例胰腺癌患者，建议给予细胞过继免疫治疗。同时，建议采用中药调整脾胃功能，也有助提高免疫。对第四例患者，我曾给予 8 味中药，包括丹参、黄芪、枸杞、山楂、陈皮、厚朴等，病人服后，原先上腹胀痛明显缓解，进食改善。

汤钊猷评述

《孙子兵法》“形篇”说：“不可胜者，守也，可胜者，攻也。守则不足，攻则有余。善守者，藏于九地之下，善攻者，动于九天之上，故能自保而全胜也。”笔者以为，治疗癌症也雷同。如果患者身体好，肿瘤小，好比我强敌弱，可以采取手术，“一刀把他切除”。早期癌症作“根治性切除”的效果都不错。如果肿瘤大，估计不能切除，好比敌强我弱，就要采取躲避敌人的办法，而且要让敌人找不到。

查房手记：晚期乳腺癌

2016 年 4 月 22 日上午，在南院区查房，连续看了 4 例乳腺癌——

例 1

51 岁，于 2015 年 12 月 21 日第一次入院。主诉发现右乳房肿物一年，局部溃烂两个月。双侧乳腺肿大，有肿物，坚硬，右侧溃烂，大量渗液，下肢麻木，不能行走。右侧胸腔中量胸水，呼吸急促。CT 和 MR 显示：双侧乳腺肿瘤，伴脑、骨、腰椎、肺、纵隔淋巴结、肝脏、肾上腺多发性转移。活检显示浸润性导管癌，免疫组化显示 PR/ER 阴性。针对乳房内肿瘤和转移灶，给予两次携药微球 HepaSpherin 血管介入治疗，两次相距 14 天。微球内载药为表阿霉素，每次 50 毫克。两个月后出院。3 月 11 日第二次入院，再给予携药微球血管介入治疗。4 月 3 日出院。4 月 18 日返院复诊，双侧乳腺肿瘤、肝、肺、纵膈淋巴结和腰椎及颅内转移病变缩小。患者下肢感觉恢复，行走自如。体重增加，右侧乳房皮肤溃烂基本愈合。

例 2

46 岁，2013 年 1 月接受左乳腺癌局部切除。术后接受化疗。病理学检查显示导管低分化性癌。ER/PR 阴性。2014 年 3 月出现左侧腋窝转移，2015 年 2 月出现左乳腺内上象限肿块，同年 7 月初左侧腋窝结节表面破溃渗液。给予携药微球 HepaSpherin 血管介入治疗，每2周一次，共6次。左乳腺及腋窝肿瘤基本消失。给予左乳房肿块经皮冷冻消融。

例3

42岁，左乳腺癌术后3年，在当地多次接受局部手术切除，同时化疗。病理学检查显示未分化性癌，ER/PR阴性。2015年11月20日第一次入我院，当时左乳腺肿瘤溃烂、渗血，肿瘤大达16厘米。左腋下淋巴结肿大。给予携药微球HepaSpherin介入化疗，每2周一次，共4次。肿瘤逐步缩小，渗液明显减少至消失。2016年4月14复查乳房内肿瘤进一步缩小，腋下肿大淋巴结大部消失。

例4

53岁，2014年春，发现右乳房内肿块进行性增大，活检显示右乳浸润性导管癌。2014年9月，右乳腺肿瘤局部破溃。于2015年1月2日入我院。PET-CT示：右乳房内巨大软组织肿块，乳窝、左腋窝见多发转移淋巴结，伴肝肺多发转移。ER/PR阴性。针对乳腺内肿瘤和淋巴结、肝肺转移，先后给予5次携药微球Hepa Spherin介入化疗。近期复查显示右侧乳房内肿块以及腋下淋巴结明显减小，表面皮肤溃烂愈合，肝肺转移灶消失。

上述四例患者中，例1和例4未接受过手术，入院时已是IV期乳腺癌；例2和例3接受过手术和化疗，但不久复发，为III期乳腺癌。ER/PR均阴性，未接受内分泌治疗。在一般情况下，首选全身化疗。但患者全身状态较差，在与患者沟通后，给予携药微球Hepa Spherin介入化疗。治疗后全部病例的肿瘤，包括乳腺内癌瘤和转移灶均显示退缩，为进一步治疗创造了条件。

Hepa Sphere介入原来用于肝细胞癌化学栓塞治疗(TACE)。一般的

TACE 主要用碘化油作为栓塞剂，但该药对肝细胞有损伤作用，“携药”作用有限。近年来，携药微球已逐步取代碘化油，以 Hepa Sphere 最为常用。这是一种特殊的可膨胀性微球。在干燥条件下，该种微球 30~60 微米大小，在生理盐水内胀大约 8 倍。将其置于化疗药表阿霉素溶液内，可迅速吸附表阿霉素。吸附该药的微球注入血管内后，可逐步深入至肿瘤内血管远端，引起肿瘤缺血坏死，又由于肿瘤血管发育不全，血管壁呈“泄漏”状，微球泄漏入瘤组织内，微球内化疗药慢慢释放出来，在局部形成高浓度化疗环境，对癌细胞发挥持久“毒杀”作用，疗效持续一个月左右。由于化疗药剂量小，主要集中在肿瘤内，全身的化疗药甚少，因此不会引起全身性毒副作用（见 *Cardiovasc Intervent Radiol*，2014）。

Hepa Sphere 血管介入治疗乳腺癌，关键是选准动脉及其分支，插管准确，尽可能将导管插入动脉远端，常需采用微导管。近两年来，我们已有 50 余例进展期乳腺癌治疗的经验，90% 以上均取得局部肿瘤和转移性结节显著缩小的效果，有 48% 的患者在治疗后顺利接受了肿瘤手术切除。副反应轻微，包括 49% 的病例术后发热，16% 局部疼痛，32% 白细胞降低，4% 脱发。无一例发生骨髓抑制。

汤钊猷评述

我以为，在遵守规则的同时，重点应该思考如何出奇制胜，尤其对那些目前治疗效果很差的癌症或较晚期的癌症。要思考如何在规范治疗的基础上，发挥患者和家属的主观能动性。

“以正合，以奇胜”，不仅能使战争取胜，也是指导抗癌战的重要战略思维。但一定要记住，“正”是基础，“奇”是灵魂，二者不可偏废。对于抗癌战而言，只是按部就班办事，难有突破，但不在“正”的基础上奇思乱想，也难取胜。

查房手记：腹腔癌转移，大量腹水

患者女性，61 岁，英籍华人。腹胀，逐渐加剧两个月，2016 年 1 月 13 日入院。

体检：消瘦，不能行走，腹部明显膨隆。超声检查提示：腹腔大量积液，肝左叶探及大小约 7.8 × 4.5（厘米）低回声肿物。血液 CA125 248 单位 / 毫升。于 2016 年 1 月 25 日行气管插管全麻下腹腔镜探查及活检。腹膜和肠系膜、肠管表面分布多个癌结节。腹水血性，常规检查显示为渗出液。癌结节病理学检查：转移性胆管细胞性癌。

给予腹腔热化疗灌注（丝列霉素和顺铂）和光动力治疗，术后置管引流；对肝左叶占位性病变作经皮不可逆性电穿孔消融。术后 CA125 降至 114 单位 / 毫升。腹腔渗液逐步减少，近期基本消失。患者全身情况明显改善，已能下地行走。

该患者入院时，腹腔内大量腹水。根据腹腔镜、影像学检查和病理学检查，胆管细胞性肝癌腹腔转移的诊断可以确定。经过腹腔热化疗和光动力治疗，以及对肝病变作不可逆性电穿孔即纳米刀消融后，目前腹水基本消除，肿瘤标记降低，肝内肿瘤“稳定”。治疗应该说是成功的。

胆管细胞性肝癌的首选治疗是手术切除。该例患者已有腹腔转移，显然，手术不可能进行。纳米刀消融是微创技术，对该患者是适合的。化疗可以应用，但效果有限。2013 年有人报告一份 II 期化疗治疗进展性胆管腺癌的研究，他们采用吉西他滨、顺铂和多吉美。39 例患者治疗后，中位无进展生存期 6.5 月，总生存期 14.4 月（*Br J Cancer*，2013）。

多吉美（即苏拉菲尼）是治疗晚期肝细胞癌的靶向药，但对于胆管细胞性肝癌，未能显示能给患者生存受益。2012 年有一份 II 期研究显示，接受多吉美治疗后，39% 稳定，中位无进展生存期 3 个月，总生存期 9 个月 (*Invest New Drugs*，2012)。多吉美和特罗凯 (erlotinib) 联合治疗也未显示有更好效果 (*Br J Cancer*，2014)。

该患者年龄较大，入院时腹水甚多，全身情况较差，没有给予全身化疗。近年来发现，治疗糖尿病的药物二甲双胍，能减少发生胆管细胞性肝癌的危险性。进一步研究发现，该药作用于胆管细胞性癌细胞内 AMPK/mTORC1 途径，增加癌细胞对某些化疗药 (如多吉美、5-FU) 的敏感性 (*Oncol Rep*，2014)。该患者伴有糖尿病，可坚持应用二甲双胍。

腹腔热化疗已成为腹膜癌的主要治疗手段。腹腔内化疗能产生化疗药腹腔内高浓度和血浆内低浓度，血浆—腹腔屏障可保持这种正梯度。腹腔内给药另一优点是：药物最终被吸收入门静脉，进入肝内，可以抗肝内微转移。

腹腔内化疗应在减瘤手术中或手术后立即给予，延迟给予不仅会使纤维素变成疤痕，捕捉住腹腔内游离癌细胞，阻止化疗药接触这些癌细胞，同时引起化疗药在腹腔内分布不均匀。

加热能增强腹腔化疗作用。第一，加温的直接细胞毒作用。39° C~45° C 的温度能中止细胞增生和杀伤细胞。热可以改变细胞膜结构，导致细胞膜形态、细胞内钠与钙水平和膜电势改变。虽然此温度不会损伤 DNA 本身，但会影响 DNA 多聚酶，因而会影响 DNA 修复，导致细胞周期停止和细胞死亡。

第二，间接作用：增加化疗的细胞毒活性。高温还能增加药物穿透性，促进药物被肿瘤细胞摄取，增加肿瘤细胞对化疗药的敏感性。

最新研究显示，局部加温可刺激免疫功能，通过免疫机制导致肿瘤细胞凋亡，其机制是——

- 增加肿瘤细胞表面抗原的表达，使瘤细胞更容易被自然杀伤细胞 (NK) 和 CD8 T 细胞溶解；
- 肿瘤细胞被加热后，释放热休克蛋白，该蛋白是强力肿瘤抗原，能激活 NK 细胞和抗原提呈细胞，促进免疫功能；

- 加热肿瘤细胞释放外泌体，该物质内也有丰富肿瘤抗原，刺激免疫；
- 肿瘤内 NK、T 和树突状细胞 (DC) 能被热直接激活；
- 加热后肿瘤内血管通透性和粘附分子表达增加，促进免疫细胞从淋巴系统进入肿瘤内 (*Int J Hyperthermia*，2014)。

任何可用于系统治疗的化疗药均适用于腹腔化疗。国际经验首推丝列霉素，其次是顺铂、5-FU 和表阿霉素、紫杉醇。一般药物分子大小与腹腔 - 血浆浓度比率之间有相关性。例如，紫杉醇在腹腔内峰浓度超过血浆内 1000 倍，且持续 24 小时以上，主要因为该药分子较顺铂为大，后者仅超过 12 倍。腹腔内高浓度药物使细胞内药物浓度相应增高，从而减少耐药。

文献报告的腹腔热化疗，主要是治疗卵巢癌腹腔转移。生物学上，卵巢癌具有特殊性。癌细胞易从主瘤上脱落，通过生理性腹腔循环进入腹腔，选择性侵入腹膜表面的间质上皮，形成微转移，再通过弥漫形式聚集，形成 1 毫米大小转移灶。由于缺乏血管新生，这些微转移或游离癌细胞不会被手术或系统化疗清除。

III 期试验显示，腹腔化疗能明显改善卵巢癌患者生存期：腹腔顺铂治疗组患者总生存期为 49 月，高于仅接受静脉化疗者的 41 月。最近一份 III 期研究中，先给予减瘤 (卵巢、输卵管或腹膜转移)，使残存肿瘤小于 1 厘米，然后随机接受紫杉醇、顺铂静脉或腹腔输注，发现腹腔化疗能提高生存率。根据上述结果，美国在进展性卵巢癌治疗指南中加上了腹腔化疗。

腹腔热化疗的副作用有腹痛、肠管损伤。紫杉醇腹腔输注 175 mg/m^2 时，有剂量限制性毒性，但如果 60 mg/m^2 每周一次，则毒性较低。联合应用顺铂和紫杉醇，显示能延长患者生存期。但是否增加毒性，尚有待观察。

由于紫杉醇为疏水性，需采用聚氧乙烯蓖麻油作为载体，而这种载体可引起严重过敏反应、异常脂蛋白和外周神经毒性。使用水溶性制剂，例如多西紫杉醇或白蛋白结合型紫杉醇，可以克服这些副作用。

腹腔热化疗治疗胆管细胞性肝癌腹腔转移，尚少见诸文献。最近 (*Eur Radiol*，2016) 有报道，区域性 (腹腔) 化疗比之肝动脉灌注化疗能更有效地带来生存受益。43 例进展性肝门部胆管癌中，接受区域性热化疗者的中

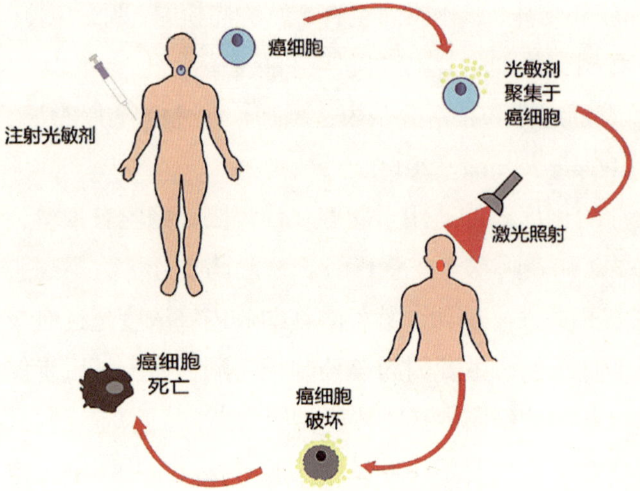

静脉注射光敏剂，48 小时内，光敏剂聚集于癌细胞内，再用 630 纳米红色激光照射肿瘤，光敏剂被激活，与氧作用，产生单态氧使癌细胞破坏。

位生存期为 20.3 月，长于接受肝动脉灌注化疗者 (总生存期 13.2 月)。我们这位患者取得良好效果，值得欣慰。

我们这例患者的治疗效果尚可能与光动力治疗 (PDT) 有关。光动力疗法是一种化学、物理学和生物学三种原理的结合。静脉 (也可口服) 的光敏剂，被癌细胞优先摄取，再用一定波长的激光照射肿瘤部位。在氧存在的条件下，光敏剂被激发，释放氧离子，后者具有细胞毒作用，可将肿瘤细胞杀灭。由于目前所用的激光仅能深入组织内 2~5 毫米，因此，特别适用于治疗胸膜、腹膜表面的微小肿瘤。

在裸鼠腹膜癌模型，有学者比较了应用甲基 ALA 作为光敏剂，进行 PDT，发现减瘤 –PDT– 降固醇酸 (clofibricacid) 能明显延长鼠生存期。光敏剂主要积聚内转移瘤内，仅很少量存在腹腔器官内。未发现 PDT 引起肠管坏死等严重副作用 (*Asian Pac J Cancer Prev*，2016)。

美国一份 II 期研究，报告了 22 例非小细胞性肺癌伴胸膜转移，手术中联合光动力治疗。手术前 24 小时静脉注射光福林，2 mg/kg，在手术切除可见的肿瘤后，用 630 纳米激光照射胸腔，剂量 30 J/cm^2。6 个月时胸膜转移局部控制率 73.3%，中位总生存期为 21.7 月。光福林在肿瘤内水平远高于正常组织（JCO 2004）。

美国报道 100 例腹膜癌，包括 30 例卵巢癌、37 例胃肠癌和 30 肉瘤，接受腹腔光动力治疗。结果：中位无进展生存期和总生存期分别为 2.1 月和 20.1 月，在胃肠癌分别为 1.8 月和 11.1 月，肉瘤为 3.7 和 21.9 月 (*Clin Cancer Res*，2006)。

美国另一份 II 研究中 (*Ann Surg Oncol*，2001)，41 例播散性腹膜肿瘤，包括 14 例胃肠癌、12 例卵巢癌和 15 例肉瘤，接受减瘤术和光动力治疗后，中位生存期 21 月，中位无复发时间 3 个月。

腹腔光动力治疗有可能损伤肠管，因此应控制光剂量。腹腔内大范围光敏剂被激活，可引起全身炎症反应或毛细血管泄漏综合症。为了减少腹腔内副作用，有主张对肠系膜、大肠和小肠，宜用 532 纳米绿光照射，剂量 2.5 J/cm^2，用平切光纤。也有主张在 630- 纳米红光照射前，腹腔内充以用生理盐水稀释的脂肪乳剂 (0.01%)，以增加光线的散射性。630- 纳米激光照射腹腔剂量：胃 5.0 J/cm^2；横膈、肝、脾 7.5 J/cm^2；盆腔和腹股沟 10 J/cm^2；在右侧横膈、腹股沟和盆腔内肿瘤部位，光剂量可达 15 J/cm^2。

该患者是一位外籍著名科学家，我们为她治疗取得的近期效果而高兴。下一步任务是防止疾病再进展。目前应用联合细胞免疫，进一步观察她的免疫功能，并及时予以调整，对于稳定病情有重要意义。我们不可能“根治”她的疾病，应尽可能让她“与癌共存”。

汤钊猷评述

我很欣赏孙子的“不战而屈人之兵”。我们有没有可能不用动手术、化疗而征服肿瘤？孙子说“合则利而动，不合于利而止”，这个“利”就是患者获益，国家获益。

现在有一个时病，往往是跟风决策，而不是认真结合患者的情况和需求，从方方面面进行计算然后决策。所谓“跟风”，是指跟文献之风，跟业界研究方向之风。文献和业界之风往往反映当前的趋势，是必须重视的，但如果不加思考，不加批判，不结合自己情况而盲目紧跟，有时会出错。

查房手记：复发性后腹腔软组织肉瘤

患者女性，65 岁，新加坡华人，腹内肿块反复发生，已有 9 年，先后在国外几家医院接受手术切除 7 次，组织学显示为平滑肌肉瘤。初次 CT 显示肿瘤大小为 42 × 26 × 32（厘米），其后每次手术前肿瘤均超过 30 厘米。起初手术间隔时间较长，第一次和第二次手术之间相隔三年。随着时间推移，手术间隔期越来越短，最近三次手术，

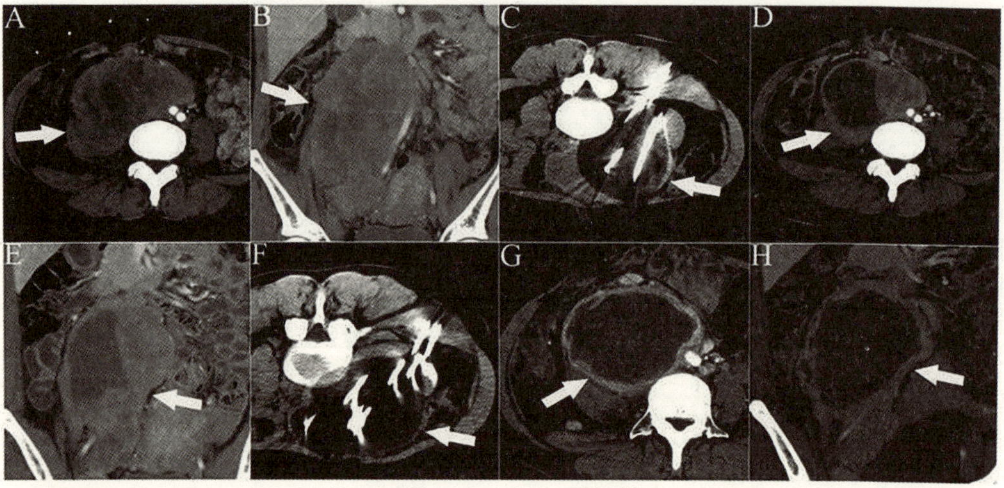

图示是一位 32 岁女性患者治疗前后的 CT 对比，该患者腹胀腹痛一个月，诊断为复发性后腹腔软组织肉瘤，接受两次冷冻消融。

图中白箭头指示病变，白线指示冷冻探针，探针周围暗区系冰球。A、B 图分别显示横断和冠状面增强 CT 上病变，同时显示主动脉矢状面；C 图为第一次冷冻消融，使用 11 根探针；D、E 图为第一次冷冻后一个月的增强 CT 横断和冠状面，分别显示病变坏死、缩小；F 图为第二次冷冻，使用 10 根探针；G、H 图分别显示第二次冷冻后一个月的增强 CT 横断和冠状面，肿瘤明显坏死和缩小。

相隔仅5~7个月。每次手术均切下3公斤以上的瘤块。近三个月，肿瘤再发，CT上显示肿瘤从右肾下长出，已侵犯右肾和输尿管，出现肾积水。新加坡一家医院准备给她再次手术，她和家人拒绝，于是来我院，希望接受冷冻消融治疗。

为了讨论上述病例，先来复习一篇文章。该文章发表在2015年美国*Oncotarget*（《肿瘤靶向》）杂志上，由中山大学第一附属医院和我院联合撰写的，题目是“CT引导下经皮冷冻消融治疗复发性后腹腔软组织肉瘤：安全性和有效性研究”。该杂志影响因子6.5，这在临床系列的杂志中算是比较高的。

文章回顾分析两家医院72例患者冷冻消融治疗的结果。结果显示：术后患者中位无进展生存期和总生存期分别为37.0±7.7个月(范围4~39月)和43.0±5.9个月(范围6~54月)，肿瘤越小的患者，生存期越长。但不管肿瘤大小，治疗后肿瘤反应均相似。

多因素分析显示，肿瘤大小、侵袭以及有无转移，是影响患者预后的主要因素，肿瘤≥10 cm者，生存率较低。不良反应轻微，主要是1和2度，包括发热（19例）、局部疼痛（11例）、呕吐（10例）、冻伤（6例）和神经损伤（1例）。发热主要见于肿瘤较大的肿瘤患者。

结论：微创性经皮冷冻消融，是治疗复发性后腹腔软组织肉瘤安全而有效的方法。

后腹腔软组织肉瘤是起源于后腹腔的恶性肿瘤，占所有恶性肿瘤0.15%。由于解剖位置特殊，临近腹腔内的重要器官和组织，治疗特别困难。手术是局限性肿瘤的主要治疗手段，5年生存率为60%。术后复发常见，一般须再切除，但反复切除困难很大。化疗和放疗常采用，然而效果有限。

局部治疗如射频消融、微波消融和冷冻消融常被推荐应用，其中，冷冻具有消融效果确切、在CT上可见到冷冻消融过程和止痛等优点。

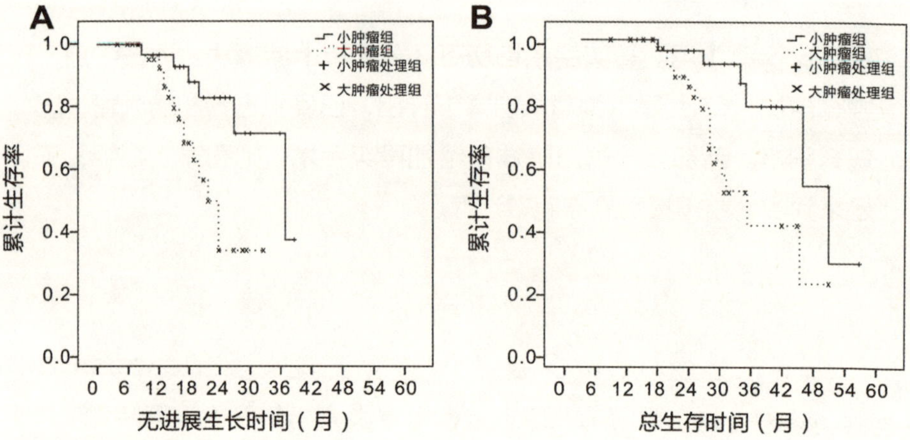

图示复发性后腹腔软组织肉瘤冷冻治疗后生存率，图 A：小肿瘤 (<10 cm) 和大肿瘤 (≥ 10cm) 无进展生存率，差异显著；图 B：大肿瘤组和小肿瘤组的总生存率，差异显著 (P=0.015)。

对于多次复发的后腹腔软组织肉瘤，切除加冷冻可以考虑。术后如何预防复发是一大挑战，提高机体免疫功能应作为首选的预防措施。有些中药对肿瘤干细胞有抑制作用，且能减低肿瘤细胞的“恶性”，不妨应用。

汤钊猷评述

对早中期肿瘤而言，每一个具体的战役应尽可能速战速决，但癌症是复杂的慢性病。对早期癌症，也许一个胜仗（如根治性手术）便解决问题，但多数癌症，包括根治性手术后，仍有癌症转移复发的问题，为此不能认为手术后便万事大吉，还需要作长期预防转移复发的考虑，打持久战。后腹腔软组织肉瘤包括很多组织类型，以脂肪肉瘤和平滑肌肉瘤为多，常需要反复手术。微创消融，如本文报道的冷冻消融，如能代替手术，不啻是一个很好的选择。

查房手记：转移性胰腺癌

日前查房，在同一病区，看到两例胰腺癌，均已有转移。

例 1

Litasarikarwita 女，56 岁，印尼籍

● 2013 年 2 月因上腹部不适、皮肤和巩膜黄染就诊于当地医院，PET-CT 检查显示胰头癌，4.1 × 4.7(cm)，肝脏多发占位，诊断为胰腺癌肝脏多发转移。活检病理：胰腺中分化腺癌。诊断为胰腺癌 IV 期。接受吉西他滨化疗，1.6 g，8 次。白细胞降至 1.4×10^9/L，体重减轻 3 公斤。复查 CT，肿瘤无缩小。

● 2013 年 5 月 6 日入我院治疗。当时 CEA206 毫微克 / 毫升，CA19-9 值为 975 单位 / 毫升。给予区域性动脉灌注化疗：吉西他滨 1.6 g 加顺铂 80 mg；胰腺肿瘤经皮冷冻消融加 125 碘粒子 35 粒植入。术后第 4 天复查，CEA 降至 136 毫微克 / 毫升，CA19-9 降至 474 单位 / 毫升。

● 2013 年 6 月 26 日，给予胰腺肿瘤碘粒子植入、肝转移瘤冷冻消融以及碘粒子植入。口服替吉奥 40mg，一日两次，一年后自行停服。

● 2013 年 12 月，PET-CT 复查：胰腺头部冷冻和碘粒子植入后改变，肿瘤活性受抑制，肝 S4、S8 新发转移灶，肝内胆管和胰管扩张。再次给予胰腺肿瘤和肝内转移瘤冷冻消融和碘粒子植入。

● 2014 年 3 月 CT 复查：胰腺肿瘤活性部分强化，肝 S8 有新转移灶。给予更换胆道支架、肝转移瘤碘粒子植入。

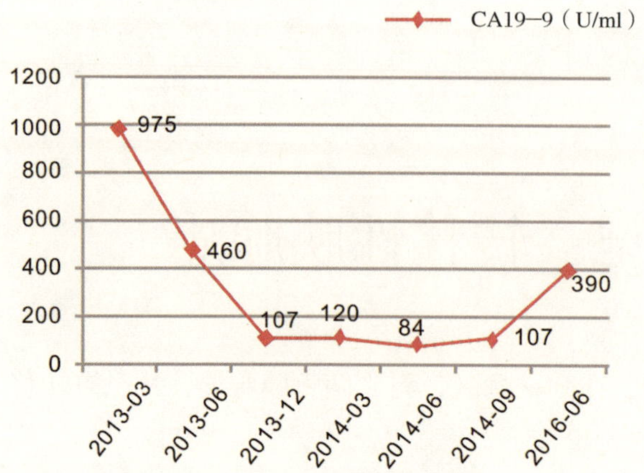

患者 CA19–9 数值变化曲线图

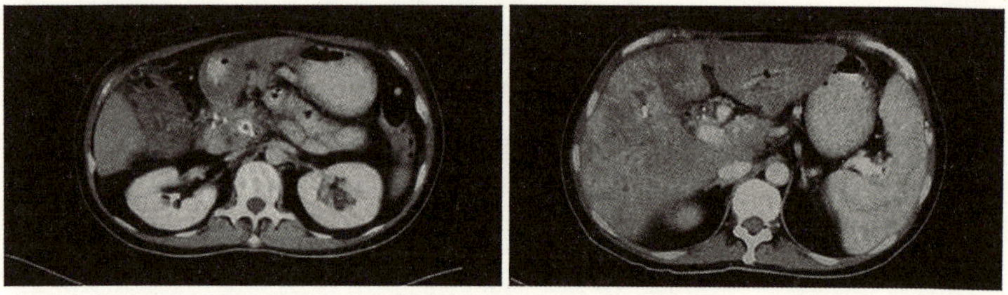

2016 年 7 月 CT 显示胰腺内原发灶（右）和肝转移（左）稳定

● 2016 年7月12 日，患者入院复查：全身情况良好，无特殊主诉。CT 显示：胰腺原发性肿瘤和肝内转移灶稳定。给予区域动脉化疗和联合免疫治疗。

例 2

杨 ××，女，64 岁，中国江苏籍

● 2015 年 10 月出现上腹部不适，两个月后患者出现尿黄、巩膜及皮肤黄染，CT 检查提示：胰头部占位伴周围脂肪间隙模糊、小淋巴结、胰腺萎缩，胰管扩张，肝内外胆管轻度扩张，考虑为胰腺恶性病变。

● 2015 年 12 月 30 日，行 ERCP 术及胆总管塑料支架植入术。

● 2016 年 2 月，行十二指肠镜下胰腺肿块穿刺活检，病理：胰腺腺癌。

● 2016 年 1 月 15 日接受化疗：吉西他滨 1.4 g，第 1、8 天，加上尼妥珠单抗 400 mg。

● 2016 年 1 月 29 日接受放疗。

● 2016 年 2 月 16 日减量化疗：尼妥珠单抗 400 mg，第 1、7 天，加上吉西他滨 1 g，预计第 1、8 天，每 21 天为一周期。但因血小板下降，36×10^9/L，白细胞降至 2.8×10^9/L，未给予第 8 天的吉西他滨化疗。

● 2016 年 3 月 8 日复查腹部 CT，显示疾病"稳定"，行原方案减量化疗：尼妥珠单抗 400 mg+ 吉西他滨 0.8 g。

● 2016 年 4 月患者持续间断发热，体温最高为 40.4℃，复查 CT 提示：双肺多发结节，右下肺及左上肺炎症，双侧胸腔积液伴肺组织膨胀不全，胰头部占位，胰周及腹膜后淋巴结转移，肝内多发转移瘤，较大者位于肝 S7 段，直径约为 3.4 cm，新出现左肾上腺转移，约 1×1（cm）。

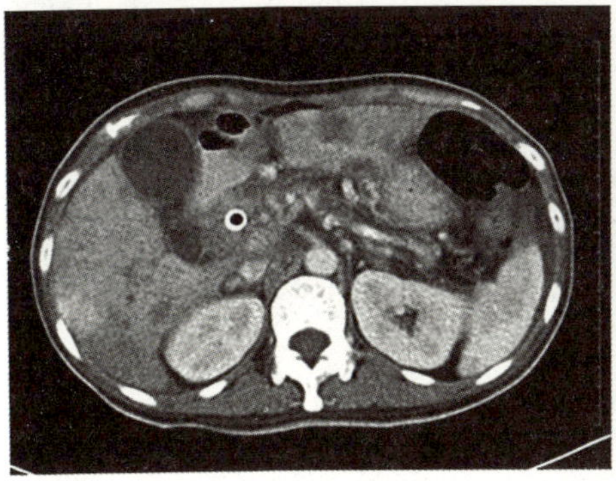

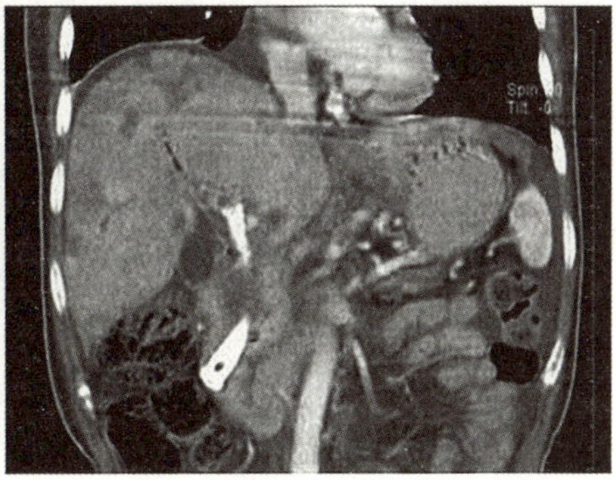

2016 年 7 月 4 日 CT：胰头部占位性病变，胰周及腹膜后淋巴结转移（左），肝内多发性转移（右）

● 2016 年 5 月 23 日，B 超胆囊穿刺引流术，辅以抗感染治疗，给予更换胆总管金属支架。

● 2016 年 7 月首次入我院。消瘦，进食少，外周血小板小于 40×10^9/L。CT 显示多发性肝内转移，胰头部占位性病变，胰周及腹膜后淋巴结转移（见上图）。

上述两个病人均为“与癌共存”，但前者已生存三年多，目前健康状况良好，预计还能继续生存下去；后者虽然从起病到现在仅有 8 个多月，但目前全身情况很差，处于反复感染、发热、疼痛的痛苦状态下，预计生存期仅几个月。

反思两位胰腺癌患者的治疗经过和结果，需要联系汤钊猷院士提出的“中国式抗癌”策略。“消灭”与“改造”并举是中国式控癌的主要模式。

上述第二个病例接受的治疗仅仅是“消灭”：化疗—放疗—化疗，这是按照美国 NCCN 指南进行的。在化疗期间转移加剧，肝内转移灶增加，发生肾上腺转移。化疗的不良反应包括感染、白细胞和血小板降低，一直持续了几个月。

第一个病例能取得如今的效果，得益于“中国式控癌”。初期她也接受“消灭”性化疗，但治疗后肿瘤标志不降反升，后来，她接受的是局部“消灭”，包括冷冻消融、^{125}碘粒子植入（近距离放疗）、区域性化疗，加上“改造”性治疗，主要是联合免疫治疗，以及小剂量化疗，目的在于抑制免疫抑制性 T 细胞。

“改造”包括改造癌细胞本身、改造癌细胞生长的微环境以及患有肿瘤的机体。看来，能让像转移性胰腺癌这样恶性的肿瘤患者生存下来，主要依赖“改造”。

最近，阿拉伯著名的半岛电视台属下的报纸 *FEATURESHEATH*(24 June，2016)，发表了自由记者 Raluca Pietroiu 写的一篇长篇报道（见下图），文中记述了丹麦胰腺癌病人和她的医生的故事。节录如下——

ALJAZEERA

FEATURESHEALTH 24 JUNE 2016

CHINA'S CANCER DOCTOR FOR THE VERY SICK AND VERY RICH

Dr Xu Kecheng wanted to find a way for advanced-stage cancer patients to live with the disease rather than die from it.

CHINA'S CANCER DOCTOR FOR THE VERY SICK AND VERY RICH

Dr Xu Kecheng wanted to find a way for advanced-stage cancer patients to live with the disease rather than die from it.

facility that opened in 2011. Xu has won a slew of awards from the Chinese government and other institutions, including the Bethune Medal, which is considered China's highest medical award.

Yet scepticism about the hospital has lingered through the years. In 2008, a Danish newspaper covered the case of a patient from Copenhagen who sought treatment for her stage-4 pancreatic cancer at Fuda. Ulrik Lassen, the chief physician at Copenhagen University Hospital Unit for Experimental Cancer Treatment, was quoted as saying Fuda's treatments were "unethical" for offering patients false hope.

And in 2014, when Xu gave a presentation in Perth, Australia, together with an Australian patient, the vice president of a regional chapter of the Australian Medical Association, Andrew Miller, accused Fuda of quackery. Both Lassen and Miller haven't responded to requests to expand on their concerns.

Gurli Gregersen, the Danish patient profiled in the 2008 story, is still alive today. The 68-year-old retired teacher was diagnosed with stage-4 pancreatic cancer in 2007. She underwent a few rounds of chemotherapy, after which her Danish doctors told her to go home and enjoy the last months of her life with her family.

But Gregersen's daughter wouldn't hear about her giving up. She had read a story about Fuda and suggested Gregersen give it a try. The retiree sold her apartment to pay for the treatment and flew to Guangzhou in the spring of 2008. She received cryosurgery, immunotherapy and other treatments, and then flew back home.

"I was just expecting to live a little longer, maybe half a year. I would have been happy," Gregersen said. "But then I could see I was not tired, I was not getting skinny, and I didn't have pain. You know, it got better and better."

Since then, Gregersen has taken annual trips to Fuda for immunotherapy and other minimally invasive procedures. The doctors and nurses there have become her second family, she said. She now lives an idyllic retiree life – she has a small house in the country outside Copenhagen, where she gardens, knits, takes long walks on the beach, looks after her grandchildren and spends time with her friends visiting museums and art galleries. She even started attending an evening class on Chinese history.

2008 年，丹麦报纸报道了一位哥本哈根的患者，因患第 4 期胰腺癌而去复大寻求治疗。但哥本哈根大学实验性癌症治疗科主任医生 Ulrik Lassen 表示怀疑，认为复大的治疗给病人提供的是虚假的希望。

Gurli Gregersen，一位丹麦病人，从 2008 年生存到今天。2007 年，这位 68 岁的退休教师被诊断为 4 期胰腺癌，她接受了几个周期化疗后，丹麦医生告诉她，回家吧，与家人共享生命的最后几个月吧。但 Gregersen 的女儿没有放弃，她阅读了关于复大的故事，建议母亲试一试。这位退休教师卖掉了自己的公寓，在 2008 年春飞往广州。她在复大肿瘤医院接受了冷冻治疗、联合免疫治疗和其他治疗，然后飞回丹麦。

“我仅仅期望生命稍微延长一点，可能半年吧，让我开心一些。”Gregersen 说，“(现在)我没有感到累，没有皮包骨，没有疼痛。你知道，我越来越好。”此后，她每年来到复大接受联合免疫治疗和其他微创治疗，她现在过着田园诗般的生活……她的丹麦医生回避讨论她在中国接受的治疗，甚至当她带回在广州做的最新扫描结果时，仍然质疑(在中国)做的治疗。

我不会因为丹麦医生对我们的怀疑而不快，相反，这是可以预期的。2009 年，在 Gregersen 生存一年后，我和我的同事，就曾与她的丹麦医生们，面对面交锋。事至今天，身患胰腺癌的 Gregersen 女士，已健存九年，他们仍不敢面对事实。这就是西方某些医生的傲慢，无道理的傲慢。

其实，几年来，围绕治疗策略，我与不少外国医生的争论从未停止。只要中国还在崛起，这种争论就要继续下去。汤钊猷院士说：“变革是硬道理。”学习西方，也要藐视西方，更重要的是，超越西方。自信、自立、自力，就能自强，就会真正建立起有中国理念、中国元素和方案的中国式治疗。

汤钊猷评述

40 多年前，美国发起的抗癌战略有一定成效，一些癌症的发病率和死亡率已下降，但离最终攻克仍任重道远。由于癌症发病上的多因素、多阶段的特点，攻克癌症的进程将是渐进的。临床和基础的密切结合，是技术上攻克癌症的关键所在。我通过 40 余年临床实践的反思，结合癌症防治和研究的进展，感到对癌症的治疗，仅消灭不够，还要注意消灭后对残癌的改造（使之改邪归正）和对机体的改造（增强抗癌能力）。上述两例病人中，例 1 的治疗也许是偶然，希望从无数“偶然”中找到一些“必然”。

查房手记：化疗的出路何在？

作为从事癌症治疗的医生，几乎每天都有无奈、无解、忧虑甚至痛苦的时刻。就在几天前的一个上午，我就遇到三位病人——

例 1

患者 Q，男，50 岁，江苏人，企业家。2014 年 4 月，超声检查发现肝“占位”。5 月 4 日做了肝 8 段肿瘤切除，肿瘤 3×3（cm）。病理：中分化胆管细胞性肝癌。术后采用 FOLFIRNOX 化疗方案，共 6 次。

2015 年 1 月，MRI 显示肝内多发性占位性病变。2015 年 2 月 2 日至 5 月 18 日，采用希罗达加贝伐单抗，共 5 次。其间复查 MRI，显示肝内肿瘤进展。从 2015 年 6 月 14 日起，改用 FOLFIRNOX 加安维丁。随后做 MRI，显示新转移灶。2015 年 9 月 1 日及 11 月 8 日分别做了射频消融。病程中发现骨转移，接受射波刀治疗。

2016 年 3 月 24 日，患者接受不可逆性电穿孔消融（纳米刀）。4 月接受多吉美治疗，5 月 27 日接受肝冷冻消融。6 月 3 日，接受后路胸椎肿瘤切除重建内固定。9 月使用 Keytruda 100 mg 静脉输入，每两周一次，出现全身红疹，被迫停药。随后检查发现肺内“转移结节”和胸水……

例 2

患者W，女，55岁，河南人，博士，公务员。2016年7月，CT检查显示胰腺尾部占位3.4×2.8（cm），伴肝多发性转移。穿刺活检诊断为胰腺癌。8月至10月接受FOLFIRNOX化疗，共4周期。10月25日接受经皮不可逆性电穿孔消融。11月25日CT复查，胰腺肿瘤稳定，改口服替吉奥。12月21日，血液CA19–9升至969单位/毫升……

例 3

患者S，男，73岁，江苏人，退休教授。2016年3月查出胰腺癌，接受Whipple手术，切除胰、十二指肠、第一段空肠、胆囊及胆总管，加扩大的淋巴结清扫。病理：导管腺癌。分期：T1bN1M0。CA19–9从术前的400单位/毫升降到40单位/毫升。

患者术后接受辅助化疗，吉西他滨联合奥沙利铂，6个周期，CA19–9升至100单位/毫升。再次化疗，采用化疗药加靶向药（吉西他滨联合厄罗替尼），但两个周期后，CA19–9超过200单位/毫升。查看患者带来的CT片，发现其肝内小块低密度区，疑“肝转移”。

化疗出路何在？

上述三位患者几乎都陷入困境，他们向我提出共同的问题：化疗是按“指南”正规进行的，为什么化疗不仅无效，反而出现转移？化疗出路何在？

这是一个十分难解的问题。一个解释是，患者接受手术时已经有转移存在。研究发现，5%的癌症在没有被查到原发性癌瘤的情况下，已有癌细胞扩散。在小鼠实验中，80%的转移起源于早期扩散的癌细胞，而不是来自大型肿瘤。大多数扩散的癌细胞处于休眠状态，化疗和靶向治疗对其无能为力。早期扩散的癌细胞会逃逸常规治疗，即使原发性肿瘤已被消除。

更可能的解释是化疗本身的原因。在新近由美国分子和细胞生物学专家编著的《癌症思辨》一书中，有这样的叙述——

“目前，癌症的主要标准治疗是系统性应用细胞毒性药物……患者通常接受最大或近乎最大耐受剂量的(化疗)治疗，目的是摧毁肿瘤。很遗憾，即便是严酷的治疗方案，肿瘤的应答也常常是暂时的，治疗会因出现抗药性癌症细胞群体而频繁失败。

“一个高剂量的药物治疗或者甚至特异性标靶介导的癌细胞杀戮治疗，可在癌肿中启动一个新物种形成事件……结果，这些新的物种(癌细胞)展现新的表型，其中包括高度侵袭性的表型。”

这是当前癌症治疗中一种矛盾：治疗早期“有效”，很多癌细胞被杀死，肿瘤变小，但一段时间(几个月甚至数天)后，耐药的癌细胞“死里逃生”，逆势而长，有的癌细胞变为新的“物种”，比原来的细胞更有“侵袭性”，更快更凶猛地威胁人的生命。

如何解决这个矛盾?

2009年美国RoberGatenby在著名杂志《自然》(*Nature*)发表一篇文章——“在抗癌大战中改变策略”(*A change of strategy in the waron cancer*)。他说：“代之以追求辉煌的胜利，应该在适宜的条件下，从困惑的僵局寻求可能的好处。治疗的策略应该立足于控制癌症，而不是试图治愈它。”作者又指出：“抗癌大战如果沉湎于寻找灵丹妙药，使用高剂量化疗试图进行总攻击，结果看来只能是失败。”

早在2004年，《自然》杂志就发表了一篇有关“节奏疗法”(Metronomic therapy)的文章。作者Kerbel和Kamen分别来自加拿大和美国。文章首先从应用“高剂量”化疗即“最大耐受剂量”(MTD)疗法，加自体骨髓干细胞移植治疗转移性乳腺癌说起，认为这种疗法不能给患者提供“任何生存受益”，主张采用小剂量的节奏疗法。

节奏化疗是采用小剂量，频繁给药。其给药方式可以每周、隔天或每天给药，每次剂量相当于MTD每次剂量的1/10～1/13。常用可口服的药物，如环磷酰胺、卡培他滨、足叶乙甙(VP－16)、UFT等，以便长期应用。

小剂量节奏化疗有何优势？

许多临床试验显示，节奏化疗能产生比传统高剂量化疗更好的临床效果，主要表现在：

1. 不会产生骨髓抑制，减少促进骨髓恢复的生长因子需求量，即使产生骨髓抑制，也能较快恢复。其他不良反应（如恶心呕吐、脱发等）也较少，患者容易接受。

2. 不会大幅度改变癌症演变进程，“减少基因组混乱”，减少基因组突变和异质性，减少“离群者”产生，从而“减少通过快速进展而触发快速药物抵抗的机会”，即减少耐药性形成。

3. 临床研究证实，高剂量化疗耐药的患者，接受低剂量节奏化疗时，会重新“敏感”。

4. 目前已有大量临床试验证明，节奏化疗能延长患者生存期，维持

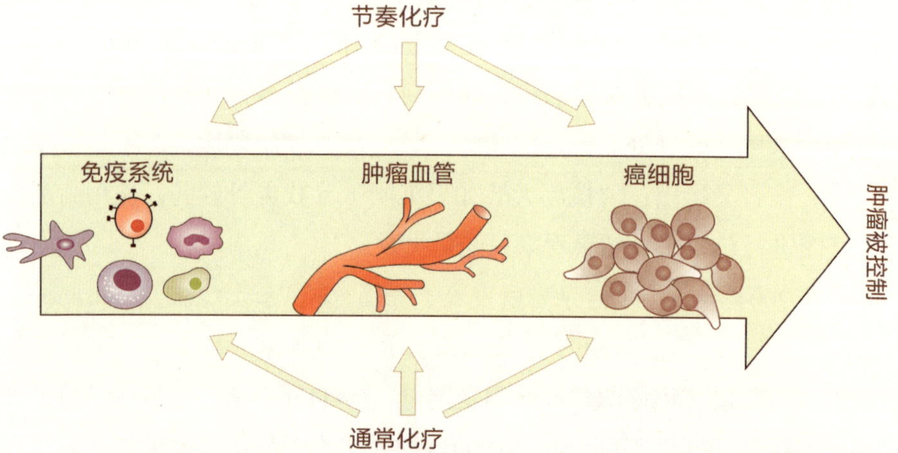

节奏化疗能抑制肿瘤血管内皮细胞，调节免疫功能，从而控制癌症发展

患者良好的生活质量。持久低剂量节奏疗法并非直接杀灭癌细胞，而是抑制肿瘤血管内皮细胞，通过抗肿瘤血管新生发挥作用。

5. 节奏化疗能抑制调节性 T 细胞 (Treg)，后者通过抑制肿瘤特异性和肿瘤非特异性效应细胞，抑制抗肿瘤免疫反应，促进肿瘤进展，促进肿瘤进展。抑制和消除调节性 T 细胞活性，能增强抗肿瘤免疫反应。许多临床和临床前研究显示，低剂量化疗能抑制调节性 T 细胞功能，促进淋巴细胞和记忆性 T 细胞增殖。

汤钊猷院士提出的“中国式抗癌”，强调“改造”，包括改造癌细胞，改造微环境和改造机体，实现“消灭”“改造”并举。最近，汤院士又引用老子在2500年前说的“天下之至柔，驰骋天下之至坚，无有入无间”，“强大处下，柔弱处上”。主张抗癌治疗不宜“以硬碰硬”，而应“以柔克刚”。

节奏化疗可能就属于“以柔克刚”之术，此乃化疗的出路之一也。

汤钊猷评述

“百战百胜，非善之善者也”。我也不是否定打仗（抗癌）。我现在主张少开刀，虽然开刀是有史以来癌症疗效取得大幅度提高的疗法，但开刀等也会引起残癌恶性程度增加。

肝癌放疗后，这个病灶是消灭了，但癌跑到其他地方。化疗后，癌细胞往往变得更活跃，到处乱窜，侵犯他处。介入治疗也可以促进癌转移增加。即使是现在最昂贵的多吉美（靶向药），治晚期肝癌，用了这些药后，常可促使癌细胞播散出去。

查房手记：癌症能“自愈”吗？

一次查房，一位病人紧拉我的手不肯放开。他是广东省生命之光癌症康复协会一位会员。作为会长，虽然记不住他的名字，但我对他有不浅的印象。他高高的个子，左眼内侧有少许疤痕，更重要的，他跳舞特好，协会活动时他的国标舞，少不了我的掌声。

他于 2007 年患鼻咽癌，接受了放疗，后来又化疗；几年前，患泪囊癌，是鳞癌；一年后，肝内又有癌，好像也是鳞癌；近两年，癌肿转移到骨，最近，肺内又发生癌了……

他是笑着说的，我不知道他是“故作欢颜”，还是“视死如归”？他说：“会长，我还能活下来吗？”又问：“癌症能够自愈吗？”

癌症自愈？按照定义，癌症是一种无限制的，不受控制生长的，还能到处转移的细胞“集团”。一旦生了癌症，似乎很少有不治而愈的。但是久病成良医，特别是我们康复协会会员，经常接受“癌症教育”，他的问题不无道理。

事实上，癌症可以自发性退缩。这个名称来自英文“Spontaneousregression”，系指在没有接受常规有效治疗情况下，肿瘤部分或完全消退（消失）。

2016 年 7 月在美国波士顿召开的“2016 世界介入肿瘤学大会 (WCIO)”上，来自 MD 安德森癌症中心的一位教授做了一份报告，题目是“细菌治癌”，一开始就讲了“癌症自发性退缩”，谈及在 1976 年美国国立卫生研究院曾主持召开“癌症自发性退缩专题会议”，列举了从 1742 年至 1903 年文献中 11 份癌肿自发性退缩的病例报告。

据估计，每8万到10万名癌症病人中，有一例会发生癌症自发性退缩。几乎所有癌症均可自发性消退，包括肾细胞癌、白血病、淋巴瘤、恶性黑色素瘤、神经母细胞瘤。非小细胞肺癌自发性消退者极少，从1950年至2004年见诸文献约20例，多数为鳞癌。

但有人认为，如果能全程观察患者癌症自然病史，自发性退缩者可能不太罕见。近年一份挪威对女性乳腺癌6年随访研究，发现未治疗的患者中，1/5自然退缩。是否真正如此，不敢肯定。

笔者用“癌症自发性退缩”关键词，查阅了近几年国外文献，发现一些自发性退缩的癌症病例，多数是日本报告，列举如下——

● 2001年，日本国立癌症中心医院报告一例75岁男性，肝细胞癌，伴多发性肺转移。曾接受全身化疗，无效，因此不再接受任何抗癌治疗。4个月后，肺转移明显减少，甲胎蛋白显著下降。其后8个月内，肺转移继续减少，但肝内病变进展。

● 2015年日本大阪城市大学报告73岁女性，患左乳腺癌，活检显示侵袭性导管癌，接受部分乳房切除加腋下淋巴结清扫。术后6年，CT随访显示多发性肺转移。给予化疗，但副作用大，停药。半年后，肺转移退缩，其后4年6个月内，肿瘤继续自发性退缩。

● 2015年日本Saiseikai Yahata综合医院报告一例74岁女性，因直肠癌接受切除手术，分期II期。未接受化疗。7个月后肝转移，接受肝部分切除。切除标本显示大部分肿瘤已经坏死。

● 2015年匈牙利国立癌症研究所报告一例女性，转移性肾细胞癌，接受治疗已5年，其间怀孕，中断治疗，几周后肾细胞癌进展，给予终止怀孕。几天后，CT显示肺转移显著自发性退缩，最大的肿瘤在一周内从30立方厘米缩小至3.5立方厘米。

● 2015年Chung报告一例67岁男性，患非小细胞性肺癌，在第五次化疗后进展，停止化疗后肿瘤退缩，其后13个月内病变继续缩小，全身情况明显改善。

但上述病例的癌症仅有暂时性改善，可能不是真正的自发性退缩。

历史上最有名的癌症自发性退缩，当推美国纪念斯隆凯特琳癌症中心医院 William B Coley 的报告。这是一例左颈部肉瘤患者，接受两次手术，肿瘤仍生长，在左耳下状如一串葡萄。最后再手术，部分切除肿瘤，伤口发生严重化脓性链球菌感染，发生高热。未给予抗感染治疗。奇怪的是，每发一次热，患者肿瘤的溃疡就改善一些，肿瘤也缩小，最后完全消失。此后七年内，患者一直健康，无癌症迹象。

回顾历史上癌症自发性退缩，有趣的是，常合并细菌、真菌、病毒或原虫感染或接种疫苗之后，病史中常有急性发热。

前述 MD 安德森癌症中心那位专家，在演讲中特别强调了细菌在癌症自发性退缩中作用。他认为，细菌感染，尤其是急性发热时，体内免疫功能被调动，尤其是 T 淋巴细胞，从而对癌细胞发起攻击，引发肿瘤自发性退缩。

再回到我那位会员的问题。他身上有这么多癌肿，但现在看起来不像病人，我反问他："你认为，你是靠什么活下来的？"他说："开心、跳舞，还有，我做了 90 次细胞免疫治疗。"

对呀！从某种程度上说，他的肿瘤也有"自发性退缩"成分。我回答他："活在当下，向死而生。维持免疫，坚持不懈。"

汤钊猷评述

"明君贤将，能以上智为间者，必成大功。"提示抗癌战要采用先进理论和技术，对癌细胞进行策反和改造，有可能达到"改邪归正"，从而减少杀癌疗法的损伤。策反癌细胞要从多方面入手，特别是针对癌症的关键环节，如肿瘤干细胞和免疫炎症微环境……中医中药也有"策反癌细胞"的能力。

3 治癌故事

控癌战如同世间一切事物一样，都有其共同规律，那就是辩证法。事物是对立统一的，对立面是可以相互转化的，不变是相对的，变是绝对的。孙子说“兵者，国之大事”。不能贸然开战。决策关系到生死。

治癌故事：“极乐世界”的造化

一千多年前，中国航海家郑和航行到沙特，望着那片沙漠之地，赞叹是“极乐世界”。2016 年 1 月，世界目光聚焦这个极乐世界。中国领导人访问沙特，签订多项协议，中国核电将落户沙特，中国援建的沙特最大炼油厂开工建设……

随后的几天，我收到一个英文短信，翻译成中文是：“你们的习主席访问我们国家了，娜娜看到习主席，又蹦又跳，不断欢呼：我叫粤悦，我也是中国人。我们好激动呀！”发信息的是娜娜的父亲。同时发来几张照片，娜娜正在和姐妹、弟弟玩耍。还有一段视频，娜娜在游泳池边，身上套了一个救生圈，边走边说：“中国爷爷，我去游泳了。”

从照片看，娜娜长高了，面孔依然是那么秀丽，两个大眼睛圆圆的，似乎会说话。娜娜家住沙特麦加，那是伊斯兰的圣地。看到娜娜的照片，我仿佛看到娜娜正在中国援建的麦加轻轨上向我们招手，又仿佛看到娜娜在爸爸妈妈携带下，正在挤满了人的清真寺朝觐。

“她真是‘极乐世界’的造化呀！”我情不自禁感叹道，思绪一下子回到五年前——

那是 2011 年 7 月的一天中午，在我院工作的叙利亚医生赛义德 (Zaid) 给我看一份邮件，上面写道：“娜娜，年龄 9 个月；诊断：恶性畸胎瘤；曾予化疗但无反应；肠梗阻、肠穿孔、腹腔感染，可能有败血症？恳求得到救治。”附有一张照片。照片的女婴，皮肤焦黄、肢体瘦削、肚皮膨大，鼻腔和腹部插了几根管子。

我让赛义德给娜娜父母亲打去电话。原来，他们是沙特的平民，住在麦加。娜娜是他们的第二个小孩。娜娜出生第三周，小肚皮开始变大。一个月后，娜娜出现呕吐，并越来越严重，整天哭闹。他们带娜娜到当地的医院看病。医生检查发现娜娜腹腔内有巨大肿块，并有腹水。给予腹腔穿刺，引出“血性”腹水，从中找到“癌细胞”。医生推断：娜娜患的是畸胎瘤，而且是“恶性”的，手术切除“不可能”。他们给娜娜化疗。

化疗后，娜娜的腹内肿瘤没有缩小，而是继续增大。医生更换“效力”更强的药物，并加大剂量，一直用到第七个周期，娜娜的病情无丝毫改善，化疗的副作用却迅速出现：头发全掉了，发生高热、心肺功能衰竭，被迫接受气管插管，先后两次被送进 ICU 抢救。娜娜整天哭闹，显然是疼痛所致。为了止痛，医生给她静脉注射吗啡。

娜娜父亲在电话中反复说“我们已经向全世界呼救了”，声音里含杂无奈、忧伤，最后传来哭声。“我们是从半岛电视台播放的专题片上，得知复大肿瘤医院曾经成功治疗过一名恶性畸胎瘤患儿，在绝望中我们似乎看到星光。”他的声音又透射出祈求和期望。

此后十几天内，我和我院的医生，与娜娜的父亲以及帮助他们的沙特记者一次次电话交流。但鉴于娜娜的病情如此严重，作为院长，对于收治娜娜还是有所顾虑。

到了 2011 年 10 月中旬，沙特驻中国使馆来电：“娜娜病情一天天在加重。基于中沙友谊，希望复大接受娜娜来中国治疗！”

2011 年 10 月 28 日，娜娜来了。如同邮件发来的照片那样，娜娜头发光秃，显然是化疗引起。皮肤焦黄干燥，缺少光泽，肢体消瘦如柴，腹大如鼓，一副典型的“恶液质”状态。身上有 3 根管子，一根是从鼻子里插入胃管，进行胃肠减压，试图缓解肠梗阻；第二根是锁骨下静脉插管，供胃肠外营养；第三根是腹腔内置管，放出腹水。

娜娜体温 39 摄氏度。她的父母说：几个月来，几乎每天都发热。11 个月大的小孩，体重 11 公斤，但估计肿瘤占据三分之一。她不断哭闹，但声音低弱无力，有种随时将会“断气”的迹象。她的父母不断要医生给娜娜注射吗啡，说：即使在飞机上，也要每个小时就注射一针。

初步检查的结果令人不安：贫血、白细胞很高，失水、电解质和酸碱平衡失常。娜娜已有半年以上不进食了，全部依赖静脉内营养，加上肿瘤的消耗、严重感染和肠瘘，出现上述表现是可以预期的。娜娜父母告诉我们，肠瘘是沙特医生给娜娜腹腔穿刺时，肠子被穿“破”引起的。当地的法国医生认为无法手术修补肠管，仅给娜娜做了腹腔引流。

我们为娜娜制定了初步的治疗方案：给予全身支持治疗，精确计算水、热量、蛋白质、电解质需求量，予以补充，纠正和维持营养和水电平衡；给予抗生素，尽快控制感染。

一周后，娜娜的皮肤变润滑了，有了弹性。血液化验：生化指标维持“正常”；体温开始下降。眼睛是心灵的镜子，娜娜的眼睛仍然透亮，小嘴不断嚅动，显示出生命的顽强，也让我们看到了希望。

在娜娜全身情况好转后，马上做了超声、CT、磁共振和 CT 血管成像等检查，发现娜娜腹腔内肿瘤已占据腹腔的 80%，肠管被挤到横膈下。肿瘤的 80% 是“实质性”的，20% 是囊液。

在超声引导下，我们首先穿刺右侧腹腔最大的一个囊块，放出液体 300 毫升。惊奇的是，引流出来的液体清亮，无血液成分，这让我们又看到了一丝希望：也许肿瘤不像原先认为的那样“恶性”！

第二天，再穿刺左侧腹腔的囊块，又放液 200 毫升。随后穿刺第三个囊块，又放出液体……

单纯穿刺放液不能解决娜娜的疾病，因为腹腔内囊块很多，相互之间不沟通；而且，囊液放出后，液体迅速长回。但放液让我们更清楚地了解肿瘤的大小、位置，也让我们思考：能不能切除如此巨大又如此复杂的肿瘤？

经过一个多月的支持对症治疗，娜娜的全身情况不仅稳定下来，而且有了改善。她能微笑，舞动可爱的双手。在病区为她举行的周岁晚会上，娜娜对着父母和照顾她的护士，清晰地讲出“爸爸”“妈妈”。

我们凭直觉，考虑娜娜的肿瘤可能是良性的。如果是良性，那切除就可以挽救一条生命；而如果不切除，即使是良性，患儿也不可能生存下来！

但手术并非那么简单。小孩只有 12 个月大，其间大部分时间是在肿瘤威胁中，她能耐受这一场大手术吗？阿拉伯人和我们在背景、文化上均有差异，娜娜的父母、亲属能理解我们的想法和实施的治疗吗？一旦手术失败怎么办……

而且，这是曾向全世界呼救、得到的回答都是“不可能”治疗，中国医生能挑战这一“不可能”吗？

我们考虑了各种可能性，包括建议患儿父母回国，找其他愿意承担风险的医院和医生，但娜娜父母对我们的建议直截了当地回答：“不可能。”

2011 年 12 月 10 日上午 9 时，挑战“不可能”的手术终于开始了。广州最好的儿外科肿瘤专家担任主刀，经验最丰富的麻醉师进行麻醉，使用了最先进的西门子小儿专用麻醉机，准备了充足的血液和抢救药品。切开腹壁，分开肠管，暴露瘤块，抽出瘤内囊液……手术按计划一步步进行。挂在输液架上的一袋袋血液，经过插在中心静脉的输液管，快速地流入异国患儿娜娜的血管里，恰到好处地补充手术中不断渗出的血液。

肿瘤一块块被取出，盘里肿瘤块不断在增加，4 个小时后，肿瘤几乎全部取出了，一称，共 2.5 公斤。

最困难的是肠管的修复。原来被穿“破”的肠管在哪里？如果不修复肠管破裂处，手术就不能算成功。但肠管穿破已有半年以上，局部感染、炎症和黏连混杂一起，不要说修复，就是将破的地方找到也极其困难。手术医生凭借丰富的经验，将小肠、结肠一点点分离出来，终于在 4 个小时后，在十二指肠与空肠交接处，如同大海寻针，找到破裂处，随之，用纤维外科手段，将小肠修补。

凭着医者的“灵性”，判断娜娜的肿瘤“可治”；凭着医者意志和技艺，为娜娜消除了致命的病魔。娜娜重生了。手术室外，娜娜父亲用电话、短消息和邮件，向在沙特焦急地等待的亲友、媒体报告了娜娜“起死回生”的消息。

术后，娜娜一天一个样，中东小孩天生的靓丽一天天显示出来，人见人爱……

也许是上天专门垂顾坚持不懈的人。娜娜的肿瘤最后证明是“良性”。

2012 年 1 月 7 日上午，我院南院区会议厅，“娜娜重生会”正在举行。娜娜穿上了中国式的新衣，衣服上绣上了精美的中文字“娜娜—粤悦 Lana—Yueyue”。“粤悦”是复大医生护士给她取的新名字，意即“幸福

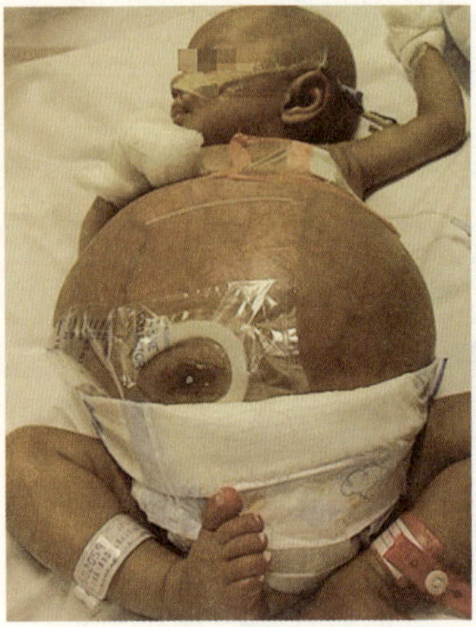

5 年前娜娜入院时

5 年后的娜娜（右 1）和她的姐姐、妹妹

在广东”。娜娜的爸爸说：“娜娜体内流的是中国人的血，她是中国的女儿，广东的女儿。”

沙特驻中国大使馆代表专程从北京赶来看望娜娜。他握着我的手，久久不松开，他的眼睛湿润了，说：“这是中沙友谊的印记呀！”我说：“她是你们‘极乐世界’的造化。”

汤钊猷评述

控癌战如同世间一切事物一样，都有其共同规律，那就是辩证法。事物是对立统一的，对立面是可以相互转化的，不变是相对的，变是绝对的。孙子说“兵者，国之大事”。不能贸然开战。决策关系到生死。

治疗肿瘤，我们要当成大事来抓。这个大事，我们要方方面面了解透彻，然后评估一下，是否可以取胜。最后，我们要知道是否可战。取胜是要“胜于易胜”，还要“出奇制胜”。这个病例的治疗之所以在中国取得成功，就是我们“当成大事来抓”，“出奇制胜”的结果。

治癌故事：窗情侨情和医心

寒窗数载，修得同学之情，不管分别多久，一旦相聚，往往也是无拘无束、有啥说啥——

一个多月前，我在北京开会，突然接到一个电话："你是徐克成吗？我是小卢呀，你记得我吗？"听那声音，好熟悉。我想起了，她是比我低3个年级的同学。虽然不是同级，她的姐姐却是我的同班同学。姐妹俩都是从印尼归来的侨生，性格却是天壤之别。姐姐内向，文静少语，穿着不断变换的时装，一看就知道是"华侨"。而妹妹却穿着随便，讲话如爆炒米花，常常手舞足蹈，像欢跳的小鸟，我们都叫她"小麻雀"。尽管如今她已70多岁，她仍然称自己"小卢"。

小卢在电话中讲话依然是直来直去，如数家珍："1998年我因肝门部肿瘤接受手术，手术是上海××医院的院长做的，病理报告是恶性软组织细胞瘤，现在是第三次复发。我丈夫是一名外科医生，考虑来考虑去，到处会诊，还是拿不定主意。香港侨友会的朋友认识你，把你的电话给我了，你可要救救我呀！"

我们已经几十年没有见面了。大学毕业后，她的姐姐分配到上海一家附属医院，她到了镇江一所大学的附属医院工作，是超声科医生，她的丈夫从事普通外科，当了科主任，成为当地有名的专家。

此后几天内，我们不断通过电话、微信联系。她告诉我，超声显示，她肝脏的肿瘤长得快有8厘米了。几天后，她来电说，做了核磁共振，结果和超声相似。她在网上看到我们医院开展纳米刀，问我是否适合她？她说："知道肿瘤复发后，我已放弃了手术和放化疗。如果纳米刀也治不了我的肿瘤，只好听天由命了。我几天没睡好觉了。”她停了好一会儿，“我现在又老又瘦，只有六十多斤。”电话那边的她好像哭了。

我也不自觉眼睛湿了。“曾记同窗日月酣，未忘分道日月愁”。我想起大学时期，班上有好多华侨同学。那时正是中国自然灾害困难时期，每个月定量供应 20 斤粮食，我们这些正长身体的男男女女，整天饿着肚皮。华侨同学有“侨汇”和“特供”，是同学中的“富人”。每次上街，他们总要请我们吃一碗“阳春面”或几根油条。那时我就问自己：哪一天，我们也能请华侨同学呀？

近十多年来，我经常去到东南亚访问，在与华人朋友聚会时，常常讲起学生时期“阳春面”和油条故事，在给海外华人华侨患者看病时，华侨同学的影子总时隐时现，似乎在“报答”我的华侨同学。

小卢，是同学，又是华侨，这里，既有同窗同学的“窗情”，也有同是炎黄子孙的“侨情”，加上“医者父母心”，哪能“见死不救”！

2016 年 3 月 14 日，小卢来到我院，陪同她的是她的丈夫、儿子和儿媳。我赶到病房，小卢扑上来，一把抱住我，连声说“救救我，救救我”。她的丈夫，虽也是低班同学，但不像小卢有她姐姐的关系，我对他印象不深，他却记得我，说：“徐老师，这里是她的唯一希望了。”

她住院了。病史显示：1998 年体检行腹部彩超时，发现后腹膜胆囊与左肝管之间有一软组织肿瘤，直径约 1.5 厘米，边界尚清，血流丰富。给予开腹手术，切除腹膜后肿瘤，病理显示恶性纤维肉瘤。术后给予全身化疗：阿霉素 + 顺铂 + 氟尿嘧啶，4 个周期。2011 年肿瘤原位复发，给予放疗，无效；行第二次手术，术中发现肿瘤与胰腺分界不清，给予肿瘤、十二指肠、胰头切除和胆肠吻合术。术后并发十二指肠漏、胰漏、腹腔感染、消化道出血，历经 4 个月后才恢复。2013 年再次肿瘤复发，位于腹膜后下腔静脉左前方，近肝门区，大小约 2.5 × 2.3（厘米）。近两年来，肿瘤逐渐增大，尤其近几个月内，增长加快，至今已增大至 7 厘米以上。

怎么治疗呢？肿瘤与下腔静脉、门静脉紧紧相连，手术切除不可能进行，唯一治疗就是“消融”。冷冻消融可以吗？但冷冻可损伤血管，一旦下腔静脉、门静脉受损，后果不堪设想；^{125}碘粒了植入呢？这是一种放射性近距离消融。她曾经接受过放疗，“没有任何效果”；化学消融可以吗？但对如此大的肿瘤，注射无水酒精不可能达到目的。唯一方法就是纳米刀消融了，行吗？

纳米刀就是不可逆性电穿孔，其原理是高压短脉冲作用于组织后，引起细胞膜发生纳米级穿孔，导致细胞凋亡。由于它不会损伤血管、胆管、胃肠壁，因此特别适用于消融临近这些结构和器官的肿瘤。在理论上，小卢的肿瘤适于纳米刀治疗。小卢夫妇正是追着这个技术而来的。

我们进行了认真会诊。我院已应用纳米刀治疗数十例胰腺癌和肝癌，80%以上取得良好局部“肿瘤学反应”，但治疗这么大的肿瘤，却没有经验。而且，患者曾做过胆管、十二指肠切除手术，以往每隔两个月就发生一次“胆道感染”，寒战、高热，甚至休克、消化道出血，纳米刀消融后，如果促发感染，能控制吗？

我们已经有类似的教训。正常人肠道内细菌全部在下消化道，小肠内“无菌”，肠道手术尤其胆肠吻合术后，肠道内环境改变，结肠内细菌上移，进入小肠，称为“小肠被污染综合征”。一旦细菌经过胆肠吻合口进入胆管，会引起严重“逆行性感染”。纳米刀的电脉冲会进一步“扰乱”肠功能，促发这种感染的发生。

小卢的丈夫说：“请相信我的观察和判断，我妻子唯一生存希望就在‘纳米刀’了。如果不消融，肿瘤马上侵及门静脉，引起门脉高压，引起上消化道出血；压迫下腔静脉，引起腹水、水肿、肾衰竭……”他讲不下去了。

他是夫妻亲情，我是“窗情”“侨情”，同样不敢想下去了。我对我院团队说：尽一切努力，干！

办法总比困难多。介入、麻醉、护理、内科和影像科，充分准备，设想了各种可能。3月21日，星期一，上午8点30分，小卢准时被送往CT室。放射医生开动CT扫描，找到腹部肿瘤，定位；超声医生将高频探头放上腹部，再次对肿瘤精确定位；麻醉医生装上心电监护，气管插管，麻醉。9点整，牛立志博士穿上手术衣，戴上消毒手套，在助手协助下，腹部皮肤消毒。9点15分，牛立志在超声监护下，将两根纳米刀电极针，经皮穿刺，插入肿瘤内。两根针完全平行，相距3厘米。CT再定位。开动纳米刀主机，消融，荧屏上电脉冲在行进……5分钟后，第一回合消融结束。牛立志将两根电极针逐区移动，逐区消融，先后在7个区域消融，整整花了3小时。CT扫描显示整个肿瘤的CT密度完全变低，提示整个肿瘤几乎全部被纳米刀消融了。

术后第二天，小卢下地行走，讲起话又是那么快如滚珠，又是那样手舞足蹈。3月25日，术后第4天，小卢出院了。我好开心，虽然病人不是我，但“窗情”“侨情”加上“医心”，无时无刻不在历练着我。我又好感激，因为成功治疗这位同学的肿瘤，给了我们至少有以下教益：第一，纳米刀不仅能消融小肿瘤，也能消融大达7厘米的大实质性肿瘤。用两根电极针，逐区消融大肿瘤，是一创新。第二，涉及肠胆道的消融，尤其纳米刀消融，会激发上行性感染，预先做好“清肠”，可避免该类并发症发生。第三，治疗最困难的疾病，医生和病人、家属都要有信心和决心。在为小卢的治疗作最后决策时，没有她的丈夫，一位资深普外科医生的“坚信这是唯一的也是深信成功的治疗”一句话，我们不可能有那么多智慧和自信。

汤钊猷评述

在癌症治疗中，医生和家属大多希望积极些。我们的临床实践也常证实积极比消极好。过去有些人说，患了癌症就不要去受开刀、放疗和化疗那个罪，不如吃得好些，到外面玩玩。但对于早中期的癌症，治疗与不治疗，积极和消极大不一样。有时一念之差就会丢失性命，即使晚期，积极的精神状态和消极也有很大区别。

治癌故事：明星绰绮和亮亮

世界上就有这样的巧合：近两个月我两次去马来西亚，均在机上的《星洲日报》看到名人患“肝癌”的消息。一次是 2015 年 12 月初，报上载柔佛三王子东姑阿都加里尔因肝癌逝世；另一次是 2015 年 12 月底，报载著名马来西亚艺人梁丽芳（艺名绰绮）因肝癌“安详地离开了我们”。

三王子患的肝癌是一般所说的肝细胞癌，这种肝癌是常见恶性肿瘤，在亚洲尤为多见，主要在乙肝和肝硬化基础上发生。

绰绮小姐的肝癌与三王子的不同，据媒体报道，她“在 2013 年 7 月发现患上家族遗传的罕见的多发性内分泌肿瘤 (MEN1 型)”，看来她的“肝癌”是这种肿瘤一部分，肿瘤并非独立于肝脏。如此有才华的艺人 30 岁就结束了生命，让马来西亚人深为惋惜，也令她患的罕见肿瘤和治疗过程充满神秘感。

多发性内分泌肿瘤是一种侵犯多种内分泌器官的遗传性肿瘤综合征，临床表现多样，主要累及甲状旁腺、内分泌胰腺、垂体前叶、肾上腺皮质、胸腺等内分泌组织，腺体产生激素过多，引起相应激素过剩的临床症候群。常见为 MEN-1 型，与 MEN1 基因突变有关。绰绮小姐的具体病情无法知道，但媒体称“在肝与肾之间长了一个 7 厘米的肿瘤”，曾接受手术，“切除 60% 肝脏，手术后暴瘦 7 公斤”，推测她的肿瘤长在肾上腺，或许转移到肝脏。

据报道，约 3.5 万人中有一个患这种多发性内分泌肿瘤，但并非太少见。2011 年 10 月 6 日，苹果公司对外宣布，前 CEO 乔布斯辞世，终年 56 岁。乔布斯的死因，很多人都认为是被称作“癌中之王”的胰腺癌，事实上，乔布斯罹患的并非普通的胰腺导管癌，而是多发性内分泌肿瘤。

遗憾的是，乔布斯接受的治疗有点不可思议。2003 年 10 月，他接受肾脏 CT 检查时，意外发现胰腺有问题，进一步检查，发现胰腺肿瘤，再做经内镜活检，发现是胰腺内分泌肿瘤。他拒绝接受手术，只接受所谓自然疗法，包括严格素食、大量新鲜胡萝卜和果汁，尝试各种草药、洗肠、水疗，甚至请过“灵媒”，不断发泄负面情绪。

2004 年 7 月，乔布斯的肿瘤增大增多，他被迫接受了非完整的 Whipple 手术，切除了部分胰腺。术后，固执的乔布斯仍坚持“自然疗法”。到了 2008 年，他的肿瘤扩散到肝脏，他“像海盗般骨瘦如柴”。2009 年 3 月 21 日，一个 20 多岁小伙子车祸死亡，捐出肝脏。乔布斯接受了肝移植，取出的肝脏布满了转移性肿瘤，意味着肿瘤已经扩散。但新的肝脏未能中止癌症的发展，最终夺去了这位改变世界之人的生命。

乔布斯的治疗过程至少有三个错误：第一，在发现胰腺肿瘤后，应该及时接受手术；第二，绝对不应该单纯依赖所谓饮食疗法和自然疗法；第三，肝移植是不适宜的，因为肿瘤并不限于肝脏。而且，移植后应用免疫抑制剂，使免疫功能降低，可促进肿瘤扩散。

但不是每个患类似病的人都像乔布斯那么惨。我应该感谢星洲日报，是这家大马最大的华文媒体，为我提供一机会，接治一位与乔布斯同病的多发性内分泌肿瘤患者，实施了创新性治疗，获得世界瞩目的效果。

2010 年 5 月，在星洲日报礼堂，应邀做“别让治癌变二度伤害”讲座的第二天，我为读者义诊。一位年仅 22 岁男青年，人称亮亮，由母亲和女朋友陪来。他身材高大肥胖，但步态不稳，神情呆滞。同来的还有一位杜有群女士，是亮亮他们家的朋友。

我看了亮亮的 CT，发现是胰腺病变，有 3 个，2~5 厘米大小；再看血液化验：血糖 40~55 毫克 / 升。问病史，病人食欲奇佳，需频繁进食，否则就“昏迷”。其母亲上腹部也有一肿块，已有七八年。当地医院的医生说，母子两人均不可能治疗了。他们几乎被“吓死”，无奈地准备放弃，等待“命运安排”。我诊断他和母亲均是患“家族性内分泌肿瘤”。亮亮的肿瘤有“功能”，血糖低是由于胰岛肿瘤大量释放胰岛素引起。我希望他和他的母亲尽快来我院治疗。

但亮亮没有及时来我院。直到近一年后，2011 年 4 月，杜友群女士来邮件求救，说“马来西亚大医院的医生告知家属，亮亮心脏与肺之间的肿瘤 7.5 厘米，是恶性的，扩散至脊椎骨，进入癌症第 4 期”。我当即答复，一定要在当地医院改善症状后来院，千万不能途中出问题。几天后，杜友群回复说，当地医生给胸腔放液几千毫升后，亮亮的呼吸有了改善。并说，亮亮天天闹着要来我院，说即使死了，也心甘情愿。

2011 年 6 月 8 日，在母亲和弟弟的陪同下，亮亮飞来广州。机场服务人员将他抬下飞机，我院的救护车开足马力，以最快的速度将他送入病房。亮亮处于半昏迷状态，血糖仅有 1.4 毫当量 / 升，这比正常最低值低了 80%。他呼吸急促，心跳 140 次 / 分钟，血氧饱和度低于 90，已到了极危险状态。从他们带来的 CT 片上可见，亮亮的肿瘤已发展到肺、胸腔、心包、纵隔、骨、肾上腺和肝脏。

亮亮的母亲有类似病变，在她的上腹部和左侧胸部有巨大肿块，与亮亮的病变属同一性质。

对于亮亮母亲的肿瘤，手术切除加冷冻可能会有良好效果。但是，亮亮的肿瘤已不可能切除。我将亮亮的病史通过邮件发给国内各大医院以及美、英、日等国的同行朋友，希望他们能够提出治疗方法，结果回复均是“无能为力”，“此病很少，无治疗经验”。

既然现有的方法无效，为什么不采用一些特殊的治疗呢？于是，我们采用了血管介入，将支配肿瘤的血管栓塞，再采用 CT 下经皮冷冻，将其胸腔和胰腺部的肿瘤一点点、一块块冻除……

奇迹终于出现。他的血糖迅速回复到正常水平，胰岛素降低到治疗前的一半。亮亮的病情一天天改善，先是在床上坐起来，随后在弟弟搀扶下下地行走，最后单独行走。他脸上总是挂着笑容，见人就说“好开心，好开心”。

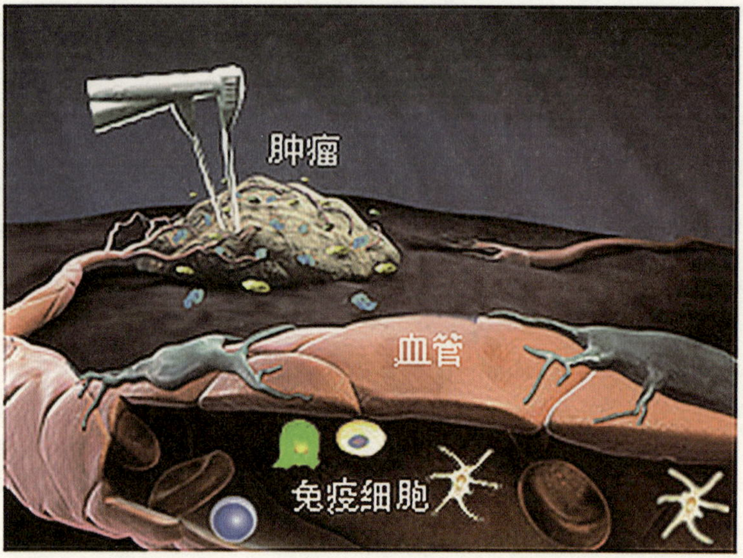

经皮冷冻消融可激发免疫功能，图示为冷冻以后，免疫细胞“跃跃欲试”被激发，这就是所谓“冷冻免疫”，即冷冻不仅直接消融肿瘤组织，且能通过激发免疫，消除残存肿瘤，减少复发

在美国 MD 安特森癌症中心当教授的朋友来电说：“这简直是不敢想象的。”

亮亮的肿瘤在体内仍存在，但他活下来了，活得很有“质量”，是典型的“与癌共存”。至于为什么亮亮能带着肿瘤生存？推测可能与“冷冻免疫”有关。肿瘤被冷冻后，释放肿瘤抗原，后者激发体内免疫细胞，从而强化机体抗肿瘤免疫反应，使瘤细胞“规规矩矩”，不要“为非作歹”。近年来，他一直在我院当义工。2015 年年底，他回到马来西亚，找到了“另一半”。2015 年 12 月底，他带着心爱的女友，再回医院看望大家，他说正在“度蜜月”。

汤钊猷评述

早诊断早治疗虽然较大幅度地提高了癌症治疗的疗效，但要进一步提高就十分困难。临床实践证明，对付肿瘤，光靠“消灭”不够，还要考虑“改造”。患者一定要学会如何“与瘤共存，和平相处”。对于晚期肿瘤患者来说，与其消灭肿瘤，不如控制肿瘤，因为有时“消灭”肿瘤时，反而会促进肿瘤的抵抗和复发。

在我从事癌症临床的早期阶段，将希望放在消灭肿瘤上，例如扩大手术范围，用加大剂量的清热解毒中药，等等，但结果适得其反，病人死亡更快。有的不能手术的肝癌晚期病人，在使用了最强的化疗药物后，10 天后虽然白细胞明显下降，隆起的腹部肿瘤也不见了，但好景不长，病人还是很快去世，解剖发现，患者肝内肿瘤至少是原先的 3 倍。

后来科学证明，化疗后癌细胞会产生耐药。还有些晚期病人肝癌已无法切除，采用全肝放射治疗后，虽然肿瘤也明显缩小了，但黄疸、腹水很快出现，病人最后死于肝衰竭。徐克成教授列举的亮亮那个胰腺内分泌肿瘤病例，治疗十分成功，给我们很好的借鉴。

治癌故事：生命的博弈

2016 年 4 月 1 日，早晨 7 点，我准时打开手机。北院区夜班总护士长报告：ICU 2 床，艾琳，左小腿肉瘤。体温 38.55° C，心率 135 次 / 分，血压 110/70 毫米汞柱。神志清楚，有些烦躁……

上午 8:30，ICU 主任刘医生报告：艾琳的心肺功能尚稳定，经过一夜补钾，血钾上升至 3.5 毫当量 / 升。继续抗感染中。

10:20，马来西亚驻广州总领事馆领事来医院探望艾琳。

11 点，麻醉师报告：已完成艾琳术前准备。

12:30，艾琳被送往手术室。

下午 1:45，我去到手术室。心电监护仪显示，艾琳心率 120 次，心律整齐，血氧饱和度 99%，血压 110/80 毫米汞柱。左大腿膝关节之上加了止血带。麻醉师说：上止血带后，患儿的心跳从原先的每分钟 140 次降为 120 次，可能肿瘤内坏死毒素被阻断，毒血症减轻。看来紧急手术是对的，如果不立即手术，仅仅“毒血症”就足以让患儿送命。主刀的覃教授正在切开小艾琳左小腿的皮肤，第一助手是钱博士。手术护士金莉随着覃教授的吩咐，快速递上各种手术器具。

2:15，肿瘤暴露，探查发现：肿瘤外部分有“包膜”，胫动脉紧邻肿瘤，部分与肿瘤黏连，胫神经未受肿瘤浸润……

3:34，肿瘤与周围组织完全分离开来……

3:39，覃教授和钱博士，一起托着肿瘤，放进金莉护士递上的金属圆盆内。瘤子好重，圆盆重重地落到器械台上，发出一声金属响声。金莉赶快用钢尺测量：肿瘤长 32 厘米，宽 29 厘米，厚 17 厘米。称量：3.9 公斤。

我回到六楼办公室，倚着一张沙发，瘫坐下去，全身的肌肉、血管似乎一下子松弛下来，近几天的一幕一幕在脑中放映开来——

八天前，星期二，副院长穆锋博士给我看一张 CT 片，图像显示一个小孩小腿部有一巨大瘤块。他让我注意肿瘤的边缘及其与血管的关系。我们去到 319 房。靠外的一张床上躺着一个小女孩，就是来自马来西亚怡保的艾琳，8 岁。她头上无一丝头发，面色苍白，几无血色，面孔瘦陷，肋骨间隙深陷，腹部状如小舟，脂肪几乎耗尽。再看下肢，右腿瘦如枯枝，小腿周径 5.5 厘米；用纱布裹着的左小腿粗如水桶，包裹的纱布下，从小腿后面长出一椭圆形瘤子，周径 61.5 厘米，双手丈量不能合拢，表面皮肤紫暗，部分皮肤溃烂。

穆博士告诉我，马来西亚做的活检，证明肿瘤是恶性梭形细胞瘤。我建议复查 CT 和 MR，了解血管情况，同时积极改善全身营养状态。

两天后，3 月 31 日，星期四，上午 11 点，3 区医生办公室，为艾琳第一次会诊，参加者除病区医生外，还有院长、副院长以及放射科、血管介入科、超声科和麻醉科医生。会诊议题：（1）是否需要手术治疗？（2）做什么手术？是截肢抑或切瘤保肢？

有人主张截肢，理由是：（1）患儿全身处于衰竭状态，贫血，血液中白蛋白仅 25 克 / 升，医学上称为“恶液质”，不可能耐受复杂的切瘤手术，截肢虽然也很危险，但相对简单。（2）肿瘤已生两年，特别是近几个月，生长极快，对内侵犯和挤压血管，引起肿瘤本身和临近肌肉缺血坏死，对外撑破皮肤，诱发感染，切除肿瘤几不可能。（3）小腿血管、神经很可能已受侵犯，即使切除肿瘤，术后肢体也是残疾，对患儿“无实际意义”。（4）患儿曾在马来西亚和广州多家医院住院，均被认为“唯一治疗就是截肢”。

另一种意见是应尽可能切除小腿肿瘤，保存肢体，理由是：（1）在 CT/MR 上，肿瘤的界限相对清楚，与主要血管、神经之间尚有间隙。在技术上，过去已有数例成功保肢切瘤的经验，只要认真操作，有可能保住神经血管，取出肿瘤。（2）小孩处于发育期，组织生长旺盛，只要有部分血管和神经保存，术后会很快复原。（3）肿瘤长在小腿，手术时在大腿下段上止血带，不会引起大出血，只要麻醉师配合，术中不会有大危险。（4）家属是为“保肢”而来，如要截肢，不会来中国，也不会来我院。

会诊结果：继续观察，进一步检查，再作抉择。

然而，几小时后，患儿病情突然加剧，出现发热、心率加快、呼吸较急促；血钾降低，仅 2.5 毫当量 / 升；血液中白细胞 19 000，中性细胞 86%；CT 上显示心包积液，肺部有散在炎症。患儿进入 ICU，接受抗感染、补充钾盐等处理。

下午 5 点，再次会诊。分析上述情况，有两种可能：一是感染加剧，特别是肺部感染；二是肿瘤坏死，毒素大量吸收，引起全身毒血症。两种可能均可致命。每个会诊者都明白：现在不完全是手术问题，而是如何挽救患儿生命。按一般常规，抢救几乎是挑战“不可能”。但是，我们注意到，艾琳的眼睛仍然透亮。

俗话说，眼睛是心灵的窗户。五年前拯救的沙特阿拉伯的娜娜，我们正是从她的明亮的眼睛获得信心。2011 年 10 月 28 日，年仅 11 个月的女孩娜娜急症入院。她腹大如鼓，鼻子里插着胃管，切开的气管内插着氧气管，腹壁上插了腹水引流管和肠造瘘管，尿道插了导尿管。CT 上显示腹腔内巨大肿瘤，占据整个腹腔空间的 80%。在沙特，当地的法国医生诊断为恶性畸胎瘤，给予化疗，又给予腹腔穿刺，穿破肠管，引起腹膜炎、败血症，几次进 ICU……

为救治娜娜，我们无数次会诊，有两种意见：一是“保守”，稍微“稳定”后，送回沙特，这实际上是放弃治疗。二是坚持治疗。经过一个月“坚持治疗”，患儿全身情况没有变坏，眼睛依然“透亮”。直觉告诉我们：原先沙特的诊断可能错误，肿瘤也许是良性！

2011 年 12 月 10 日，给娜娜手术，与死亡博弈。结果：肿瘤完全去除，2.5 公斤。如我们所预期的，病理检查显示良性畸胎瘤。一条鲜活生命获得“再生”，医生护士为她取了一个名字叫“粤悦”，意即在广州获得新生的喜悦。如今，小粤悦已经上学了。

与娜娜手术前相比，现在这位马来西亚女孩疾病的严重程度，有过之而无不及。不给予手术，让她父母带她回国，无可厚非，即使途中出现问题，也是“自然恶化”。这实际上放弃治疗，但我们医院没有“责任”；进行手术，即使是较简单的截肢，如果出现意外，则我们可能“好心办坏事”，声誉会受到损害，家属和外界可能会责难。

医学是科学、技术、艺术的结合，在很多时候，要启动哲学思考。作为总院长，我要求大家“多想想”，“换一个思维”。

多想想，就是不要首先考虑我们的“责任”“声誉”，医生的天职就是救死扶伤，病人至上，病人利益高于一切，而病人的利益就是维护生命。

换一个思维，就是不要仅看到困难，更要看到克服困难的有利条件。患儿病情急变，不管是由于感染还是毒血症，根源均在肿瘤，除去瘤子，也许就能“釜底抽薪”，“抽薪止沸”，扭转危局。患儿肿瘤长在小腿，比之沙特的娜娜肿瘤长在腹腔，相对容易切除。在止血带阻断血流下，探查和切除肿瘤不会比截肢更危险。另外，肿瘤虽长了两年，但仅限于局部，并没有扩散、转移到肺、肝等器官，不能排除肿瘤“相对良性”的可能性。如果真是如此，我们既拯救了一条鲜活生命，又让这位幼小的女孩有一个美好未来。

讨论、争议，达成共识：充分准备，尽快手术，千方百计，切瘤保肢。

18 个小时后，一场生命和死亡博弈、挑战“不可能”的手术开始了。

历史虽然不能重复，但常常惊人地相似。在成功救治娜娜五年后，经过六个小时的奋斗，复大肿瘤医院又一次在生命博弈中，抢救了马来西亚可爱的小艾琳，赢得胜利。

4 月 6 日，是艾琳手术后第 5 天，她已从 ICU 回到病房。下午，马来西亚一位拿督前来慰问。她玩着手机，笑着和拿督握手，竖起大拇指，和拿督照相。小孩的生命力真强，几天时间，她就长胖了，面部有了血色。我看着小艾琳那大大的眼睛，长长的睫毛，宽宽的双眼皮，就像欣赏一朵从暴风雨中幸存的正在绽放的小花。一场生命的博弈，换来了新的生命。

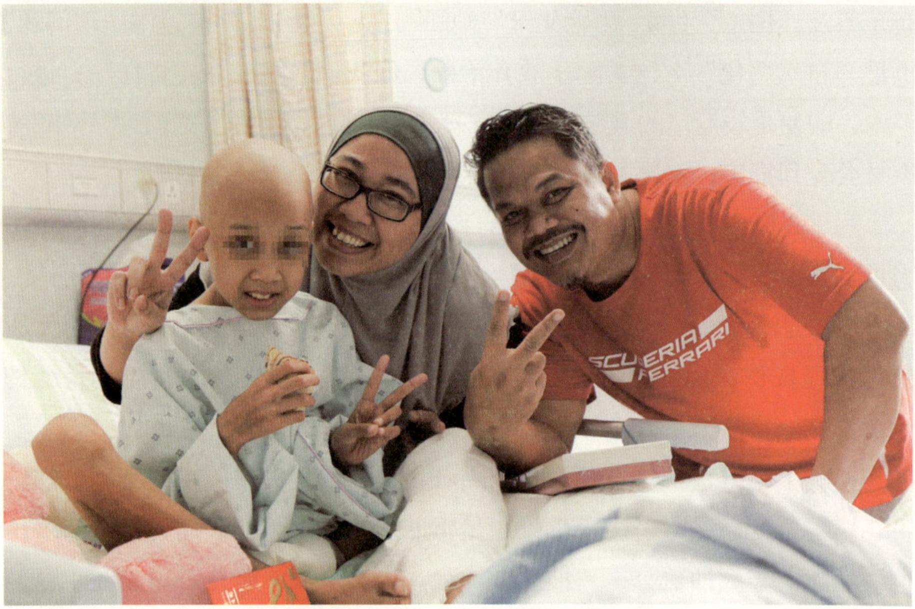

女儿手术成功，艾琳父母深感幸运和幸福

汤钊猷
评述

《孙子兵法》“谋攻篇”说：“故用兵之法，十则围之，五则攻之，倍则战之……故小敌之坚，大敌之擒也。”对于肿瘤已经较大但还能切除的患者来说，若身体情况允许，应该力争消灭肿瘤。“只有消灭敌人的有生力量，才能有效保存自己”，这是战争的一条原则，也适用于癌症治疗。

治癌故事：重新定义的“血缘”

2016 年 1 月 29 日，广州遭遇百年不遇的冷冬尚在继续，我和我的同事乘上飞向异国的飞机。虽然机舱内温度恒温，但随着飞机的远去，已感到来自即将见面者“血缘”的温暖。我们是去探望一位有中国“血缘”的病人朋友 L 先生。

所谓血缘，系指婚姻或生育产生的人际关系，包括父母、兄弟姐妹，以及由此派生的其他亲属。这里所讲的血缘却需要重新定义。

记得 8 个月前，我应该国一所大学邀请，对数百位年轻人演讲“癌症的真相和对策”。L 先生一直陪着我，我刚讲完，他马上上台，说：“你们知道吗？我是一个有中国‘血缘’的人。”台下一阵小小的窃窃议论。L 先生是该国一位名人，难免有不少人认识他。他没有激动，也没有提高声音，依然平和地说：“我的生命是中国给的。2014 年，在我生命垂危时，中国人输给我一万多毫升血！我的血管里流的是中国朋友的血，因此我有中国‘血缘’！”

台下一片寂静，随之，一阵热烈掌声，持续好长好长。L 先生站在台上，静静地看着，眼睛里冒出泪花，他平静地介绍了自己一年前在我们医院治疗疾病的经过。最后，L 笑了，招呼坐在台下的我上台，紧紧抱住我，再拉着我的手，高高举起，大声说：“他就是给了我新生命的 Dr 徐！”台下又是一阵热烈掌声。“我爱中国，我爱复大！”L 先生抬高声音说。

我无法控制自己的眼泪，匆忙寻找纸巾，擦去泪水。

L 先生讲的是发生在 2014 年 7 月底的事。一个星期天，他在一个“团队”陪伴下来到我院。“团队”中有议员，也有我的一位华人老朋友，他要求我们以最快的速度，当然也要以最好的疗效治好 L 先生的病。

L先生已近花甲之年，“他来这里治疗，是下了很大决心的，是相信你们的冷冻微创治疗而来的。”华人朋友叮嘱说。我理解，单从护送L的“团队”来看，就可猜想他是一个E类(Elite精英)人物，对他的治疗，在他的国家，一定经过了N次的研究、讨论和争议。

作为院长，我感谢每一位来院治疗病人的信任。对于L先生的到来，我理所当然感到压力，但我更多的是信心，因为氩氦冷冻从20世纪末开始应用于临床以来，全世界最多经验的就是治疗L先生患的那种癌症，效果相当于或超越传统的手术、放疗，也优于一般的射频消融。这种癌症的发生率近年来在中国明显增加，在我们应用冷冻治疗的数百例患者中，几无失手。

治疗结果相当理想。第二天，L先生就下地行走，5天后拔除插管。但就在他准备出院时，意外发生了：他的小便变黄，随后几天，眼白也变黄了，血液胆红素一天天升高，大便变黑，提示上消化道出血。他没有肝炎病史。超声和CT检查显示肝内有3~4厘米“占位”性病变，不像癌肿，更不像转移，考虑“血管瘤”或腺瘤。ERCP显示：胆总管扩张，内有血块。

诊断初步：肝内血管破裂，引起出血；血液进入胆总管，引起黑便。准备做肝动脉造影，但L先生原本有肾脏疾患，肾功能差，造影时注射的造影剂会导致肾功能损害加剧，甚至引起衰竭，后果不堪设想。

止血、输血，希望“保守”干预后出血自动停止。L先生的出血确实在两周后几乎停止了。偏偏就在他再次准备出院时，突然排出大量血便，同时呕血，血压第一次下降。输血，大量输血，但输进的血液赶不上出血，血压继续下降，心跳加快，手足发凉，L先生休克了。

全院大会诊。手术？外科专家说：在休克状态下手术，危险！而且肝内病变没有“病理”确诊，手术难以迅速找到病变，手术创伤也会加剧肾功能损伤；血管介入止血？可以，但必须输入的造影剂，可造成肾衰竭。

救命要紧！面对患者生命垂危，于是决定：肝动脉插管，找到出血灶，做血管栓塞，止血！同时，准备好血液滤过，马上将输入的造影剂滤出去，最大程度减少肾损害。

众多医生、专家聚集在介入治疗室，他们的眼睛盯着 DSA 外接视频。留日归来的朴相浩医生，迅速将导管插入 L 先生的股动脉，再入主动脉，进入肝动脉。造影，没有能显示出血灶。换上微导管，在几根肝动脉分支内，反复试探。

“找到了！”大家不约而同惊呼起来。在肝的右叶 S7 段，有一血管“染色”区，血液像喷泉一样喷出来。显然是一根动脉出血，难怪那么凶猛！

“止住了！”又是不约而同惊呼。朴医生将不锈钢圈通过微导管，一个个塞进出血的血管内。L 先生的心跳迅速减慢，血压一步步回升，肢体逐步变暖。

接着，L 先生接受了血液滤过。在 ICU 住了 48 小时后，面孔变得红润的 L 先生回到病房。他打趣说：“从死亡世界走了一圈回来，好幸福呀！”

L 先生回到自己的国家，重新开始了繁忙的工作。但再忙，他总不时想到中国。正如他说，这是“中国血液的正能量”。我应邀到他的国家讲课时，他乘着那辆标有特殊号码的车，总是跟着我，他说：“我是你们复大代言人。”

但是，命运多舛。几个月前，L 先生再次胆道出血，出血依然十分凶猛，以致无法登上飞机来到我院。一位华人医生研究了 L 先生在我院治疗的历史，毅然决然为他做了肝叶切除手术，消除了隐患。

L 先生的病牵动我们的心。这次去看望他，就是了却一个心愿：他可是我们复大的“代言人”呀。在一家有着 100 多年历史的酒店，L 一看到我，就甩掉拐杖，快步来到我面前，握手、拥抱。在酒店一个幽静的房间，他向我们介绍近几个月治疗经过，说：“为我手术的医生很感谢复大，他说，没有你们提供的资料，他不可能顺利完成手术。”他笑着说：“又是你们华人救了我。命中注定，我真正有中国血缘。”

他兴奋地与我们聊起了其他，国内的，国外的，过去的，现在的，以及将来的，那股热情，那种执着，那种信心，犹如来自血缘之亲，又似乎超越生物学血缘，成为更高层的、重新定义的、情逾骨肉的“血缘”。

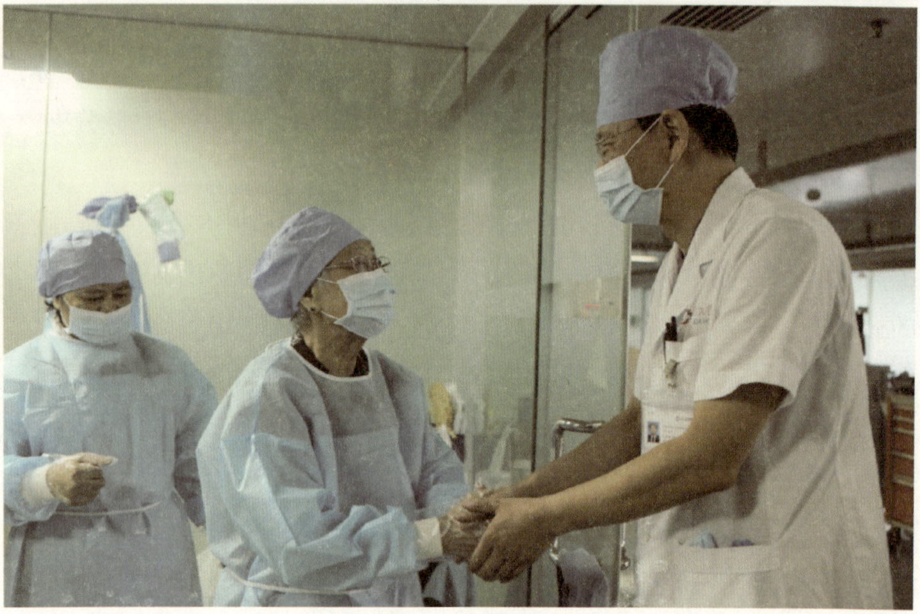

汤钊猷评述

孙子说:“兵者,国之大事,死生之地,存亡之道不可不察也。”生了癌,是否及时就医,是否正确诊断,抓紧治疗,关系到癌症患者的存活与否。如孙子所说“致人而不致于人”,掌握主动权,在相信科学的基础上,不要道听途说,要有自己的判断。同时要建立“战略上藐视,战术上重视”的与癌症斗争的正确思想。

如孙子所说,在看癌过程中,一切决策要“利合于主”,就是说,要以对身体有利为原则。既要抓紧,又要从容应对,不要过分急于诊治而损害身体,还要吃好睡好,毕竟癌症治疗还需要有较好的身体背景。

治癌故事：老乡“凯旋”回家

生命是一场旖旎多姿的单程旅行，其魅力正在于它的单程，在于它的有去无回。只有经历过与死神搏斗的人，才能体会到生命凯旋的真正含义。

2017 年 5 月 16 日，我的老乡施先生出院了，穿了一身裁剪讲究的浅灰色轻便装，重新长出的头发浓密整齐，丰满的面庞带着红润，他和送行的医务人员一一握手道别，笑容满面。南通那边，小宋来电告诉我：他们正准备迎接施先生的“生命凯旋”。一个多月前，正是小宋向我求救：救救他的朋友施先生。

小宋的母亲是我和我太太在南通工作时的朋友，过去来往甚多。2017 年 3 月 25 日，小宋从南通打来电话，说他的朋友施先生患肾癌伴多处转移，去过美国和香港治疗，转移有增无减，现正在南通最大的医院住院，“挂挂水，减少一点痛苦”。我说，我将回家乡参加中学同学聚会，到时可以看看施先生，小宋高兴地连声说：“叔叔，谢谢！南通见。”

3 月 31 日下午，施先生来到我临时休息的南通文峰饭店，比预约时间晚了近一小时。他的太太和女儿连连道歉，说施先生全身疼痛不已，在医院输了液，用止痛剂止痛，又输了血，因而耽误了时间。

施先生 54 岁，消瘦，贫血面容，坐在沙发里不断变换体位，他说“全身疼痛”，“吃止痛片仅能维持两个小时”。我看了他带来的病历和影像资料——

● 2015 年 1 月，PET/CT 检查发现左肾占位性病变，肿块 5 × 4（厘米）。1 月 19 日在南通接受“腹腔镜下左肾癌根治术”，病理显示：透明细胞癌 II 级。术后接受“干细胞免疫治疗”、白介素 -2 及干扰素治疗。

● 2016 年 4 月 CT 发现右侧肺多发性转移。

● 2016 年 6 月赴美国，接受舒尼替尼等靶向药物治疗两月余，但转移未能减少。

● 2017 年 1 月初发现膀胱、左侧肋骨、肺门淋巴结转移，右肺部转移瘤较前增大。

● 2017 年 1 月 6 日接受经尿道膀胱肿瘤切除。

● 2017 年 3 月在香港接受 PD-1 单抗静脉注射，先后共 3 次。

我为他做了简单体检：面色苍白；右侧咽部扁桃腺处见瘤块，表面不平、出血，已做活检，显示腺癌；下肢水肿。病历上记载：血色素 7~8 克，每 3~5 天输一次血。施先生告诉我："上午在医院输了血，否则就坐不住了。"

这是一例典型的晚期癌症。同来的小宋看到我有些迟疑，把我拉到一边，低声说："叔叔放心，病人家属已有思想准备，仅要求临终关怀。"

几天后，4 月 3 日，施先生来到我院住院。CT 和磁共振检查的结果令人震惊——

右肺多发性转移，右侧胸膜多发性转移，肝多发性转移，纵隔淋巴结多发性转移，右肾转移。此外，左肱骨、左肩胛骨、第 6 前肋骨、腰 1 锥体、腰 4 附件、骶骨、右侧髂骨、坐骨和髋臼均有转移，部分周围软组织受累。

我与病区医生制定治疗方针：立足"改造"，不予"严苛"治疗。除了止痛、营养，主要给予我们自己设计的"联合免疫疗法"，即 CIC，包括口服和注射多种免疫调节剂；重用黄芪等一组"补气扶正"中药。已有实验证明，这类中药组合能减低"癌性"，抑制癌干细胞，"改造"微环境。

两周后，他的下肢"有些松动"，疼痛减轻，水肿消退；咽部转移瘤开始缩小；体重增加 2 公斤。4 周后，其咽部肿瘤消失（见下图），全身疼痛减轻九成，左胸壁转移瘤缩小。CT 显示，肝、肺的转移也"稳定"下来……"改造"取得初步成效。

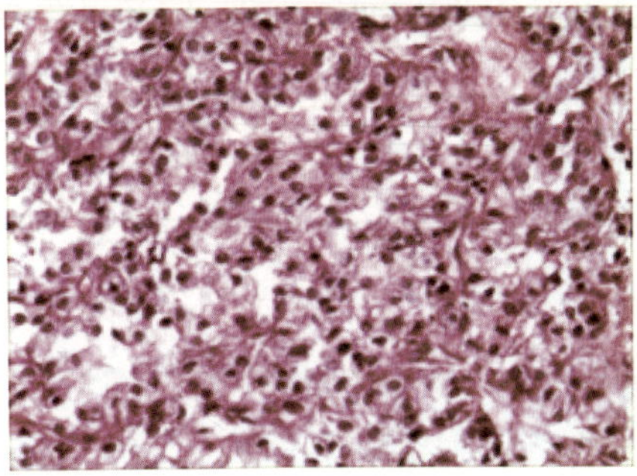

肾切除标本，组织学显示肾透明细胞癌

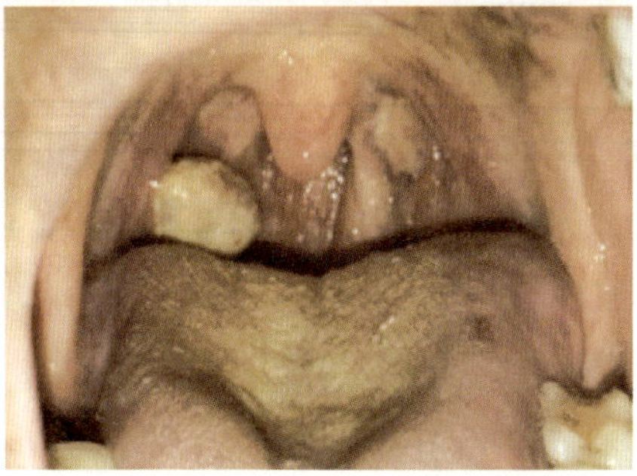

联合免疫治疗前，右侧扁桃体肿块

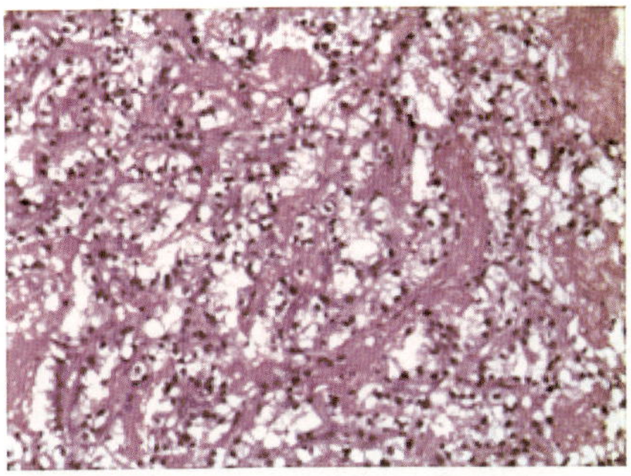

右侧扁桃体肿块活检显示透明细胞癌，提示来自肾

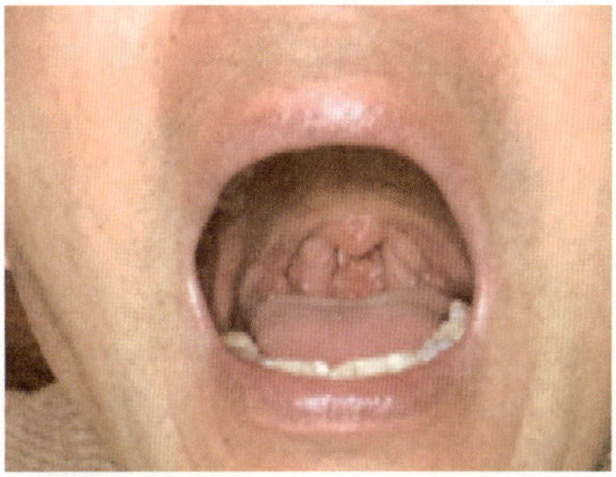

联合免疫治疗后，右侧扁桃体转移消失

5 月 5 日，采取了“消灭”措施：在 CT/ 超声引导下，给他的肝等器官的转移灶做了不可逆性电穿孔 (即纳米刀) 消融。

施先生的女儿留学新西兰，一年前特地回国照顾父亲。她虽然不是医生，但对父亲的病情观察细致入微，手机里储存许多影像资料。她告诉我，她爸爸的所有转移瘤均在“全面缩小”。她和妈妈每天陪爸爸走路一小时，“我们特地上街吃广东早茶，他吃得特别香”，施太太兴奋地补充道。

肾癌占成人恶性肿瘤的 2% ~ 3%。我国肾癌发病率呈逐年上升趋势，在男性恶性肿瘤中，处第 10 位。病理上，透明肾细胞癌最常见，占所有肾恶性肿瘤的 85%。手术切除是首选治疗方法。在《指南》中尚无有效辅助治疗方案能预防复发或转移。

2005年12月，美国FDA先后批准了索拉非尼、舒尼替尼、替西罗莫司、贝伐株单抗联合干扰素(IFN-α)、依维莫司、帕唑帕尼、阿昔替尼以及厄洛替尼八种靶向方案，用于转移性肾癌患者的一线或二线治疗。

但正如汤钊猷院士在他的《消灭与改造并举》一书中所告诫的，化疗和靶向药物治疗均为“双刃剑”，既能抑制癌细胞，也能增强癌细胞的“恶性”，促进癌症进展。所以，汤院士提出是“控癌”，而不是“抗癌”，一字之差，体现两种不同治疗理念——“抗”，主要指“消灭”；而“控”，既有“消灭”，又要“改造”。消灭与改造并举，是汤院士几年前就提出的“中国式治癌”的主要内涵。

施先生从美国治疗回来时，转移变得格外严重，是疾病本身的发展，还是靶向药物舒尼替尼“双刃剑”的后果，难以判断，但后来的转机，确确实实发生在“改造”性治疗——非特异性“联合免疫治疗”后。最为神奇的是，经活检证实，咽部转移确确实实消失了。而正是这种“改造”，改善和稳定了患者的全身状态，为“消灭”性治疗——纳米刀消融创造了条件。

从准备“临终关怀”到开开心心出院回家，从“肿瘤学反应”来说，几乎达到“CR”，即“完全缓解”，对于一个晚期癌症病人来说，无疑是生命奇迹。这是生命的凯旋，归功于“控”的智慧。

2017年10月4日，借国庆假期回家乡探亲之机，我去施先生家探望。他神采奕奕，容光焕发。他的女儿兴奋地说，她的爸爸现在特别希望见朋友，每周至少3次请朋友来家中聚餐。

但我心中不是那么平静，因为按照“常规”，施先生能否长期维持“CR”，是有很大挑战的。

最近，约翰霍普金斯癌症中心的科学家提交了一组研究数据，显示腺癌95%是由于DNA随机复制错误带来基因突变而发生的，也就是说，找不到原因。肾透明细胞癌就属于这类。如何让施先生长期生存下来，看来“常规行道”不行，必须“换道而行”。

汤钊猷评述

徐教授又赐我新作，读后喜悦之情难以言表。如此广泛癌转移的病人能够全面好转，实在是奇迹。这不禁使我想起老子的一句话——“柔弱胜刚强”。病人早先所用的“以硬碰硬”策略似乎收效甚微，而后来采取“以柔克刚”的办法看来起了作用。当前对付癌症，新药新疗法层出不穷（硬件），然而“软件”（控癌战略）却少受关注，此例可以为鉴。

治癌故事：“促膝谈心”以后

俗话说，时来运转，顺水顺风。运气属于有心者。时光到了2017年，元旦后第一天，上午我刚上班，老王满脸笑容来到我面前，手上晃动着检查报告，连连说：“这是真的吗？这是真的吗？”

老王手上的报告是上海胸科医院发的，上面写道“未见明显癌症病变”；再看血液化验：CA125，仅比正常高零点几个单位。“原先数值是一百几十呀！”他说。

老王说，从我院回去后就到了上海。他的家乡虽在江苏，但与上海就一江之隔，因此多数人一旦患了癌症这样的大病，首先会到上海。老王去到上海治疗肺癌最专业的胸科医院，本来想咨询一下，能否做放疗，“加强疗效”，因为他尽管接受了许多“改造”式治疗，但心总放不下来。按常规，放疗之前，给予CT复查。结果出来了，胸科医院的医生看看CT片，惊奇地看着他，说：“哪里有癌呀！”

“我当时真不相信自己耳朵，感到好像太阳从西天出来了。”老王激动地回忆在上海一幕。

我有点“唯心”了：“运气”太好了。几天前，刚接到黄女士的圣诞“大礼”。圣诞节的上午，正在我院一区住院的来自温州的黄女士，也是边笑边说，给我送来她的检查结果：血液CA125从一个月前的400多降到正常，胸部CT显示“无活动病变”。黄女士患的是复发性小细胞性肺癌，伴胸腔、脑和骨转移。作为温州一家大医院的护士长，她了解这个病的真相，本来准备“放弃”。如今这样一个结果，她当然开心，说：“院长，我好开心，好感谢。原来，能让我活一个月，跟家人好好告别，我就满足了，现在，我可以回家与家人过春节了！”

老王的治疗结果，他本人不敢相信，我也压根想不到。半年多了，为了老王，我的压力好大呀！他是我的老乡，又是当地德高望重的老干部。几年前，患了左肺肿瘤，活检为腺癌。接受化疗和靶向治疗，肿瘤一度“稳定”，但很快又长大，并出现骨转移。到了2016年8月，左肺肿瘤长到8厘米。他到了我院，一番准备后，接受了CT下微创冷冻消融。一个月后，肿瘤坏死，中心形成大空洞。他很高兴，但我很忧虑：肿瘤仅部分消融。

果然，一个月后，老王突然大咯血，是肿瘤侵蚀了血管。牛立志博士果断在胸腔镜下为他切除了左上肺叶。血成功止住了。

老王咯血时，我正在国外出差。回院后，我马上到病理科，看到切下的肺叶标本。肿瘤很大，切缘从肿瘤中心穿过，镜下满布癌细胞，这说明：没有被切下的肺仍有大量癌细胞。这是预料的，因为手术是抢救，不是“根治”。我忧心忡忡：下一步怎么办，能活下来吗？

老王在家乡民望高，生病后帮助他的人无数。他几乎去了中国所有最有名医院，也找过中国主要的治疗肺癌“大家”。虽然年过70，但他脑清心灵，又特别好学，完全了解自己病情。他让病区医生转告我，要与我“推心置腹”地促膝谈心。

谈话在他的病房进行，只有我们两人。他的老伴被他支走去市场买东西了。

王：“院长，您是专家，又是我老乡，您跟我讲真话，我能活到春节吗？还有3个多月呢。”

徐：“王书记(他曾是市委副书记)，我也正想跟你实话实说。也许能活过春节，但更长困难。”

王：“化疗可以吗？”

徐：“可以，但化疗不可能让你长期活下来。”

王：“我已准备了PD-1抑制药，可以用吗？我怕副作用，一位南通老乡用了这个药，出现广泛皮炎，差点死了。”

徐：“我们没有太多经验。有文献报告治疗组的患者有效率是26%，中位无进展生存期是4个月，不比化疗为好。而且，你的EGFR有突变。

文献显示，有突变者 PD-1 抑制剂效果差，不超过 5%。”

王：“说实话，我幻想活上至少一两年呢！”

徐：“按常规，这几乎是不可能的。”

王：“常规不行，非常规的可以吗？在你的《与癌共存》书中，我看到一位企业家病情与我相似，不是已活了快十年了吗？院长，有什么好方法我都可接受，只要能活下来，当然不要让我痛苦。”

徐：“正想跟你谈这些。你看了我的书《与癌共存》，其实最重要的是汤钊猷院士写的序言。汤老师说治癌光靠‘消灭’不行，要考虑‘改造’，包括对残存癌的‘改造’，使之改邪归正，也包括对机体的‘改造’，提高机体自身抗癌能力。”

王：“我看了，对‘改造’特别感兴趣。我又看了王振义院士写的序言，他讲的‘非特异性免疫治疗’不就是汤院士讲的‘改造’吗？”

徐：“对的。现在，一些大专家都同意‘改造’这个观点。有位著名化疗专家曾说，我这辈子没有治好过癌症。他说这话说明他是真正科学家。有认为，肿瘤一旦转移，化疗无效。化疗是杀癌，你现在，不是去‘杀’，而是要‘扶正’，就是汤院士讲的改造。就像一个城市几十万人，其中肯定有坏人。坏人就是癌细胞，都是从好人即正常细胞变来的。你曾是管理一个城市的地方官，知道如何维持一方平安。”

王：“我当然懂呀，就是‘维稳’嘛！如果坏人成堆了，形成肿瘤，那就去‘消灭’，但平时，只能加强治安，把警察队伍配备好，训练好，做做安保工作，也许就是你们讲的提高免疫力、免疫治疗吧？”

徐：“打仗，要千军万马，随机应变。癌细胞多种多样，控制它的免疫细胞也要多种多样。王院士强调非特异性免疫，就是用这种治疗调动各种免疫力量。汤院士在他的《消灭与改造并举》一书中也强调这种免疫治疗。”

王：“院长，听您的。和我一起在家乡公园里锻炼的癌友，与我病情相似的有 30 多人，已经全军覆没了。我不能走他们走的老路。现在，我相信只有你们的‘改造’式治疗能挽救我……”

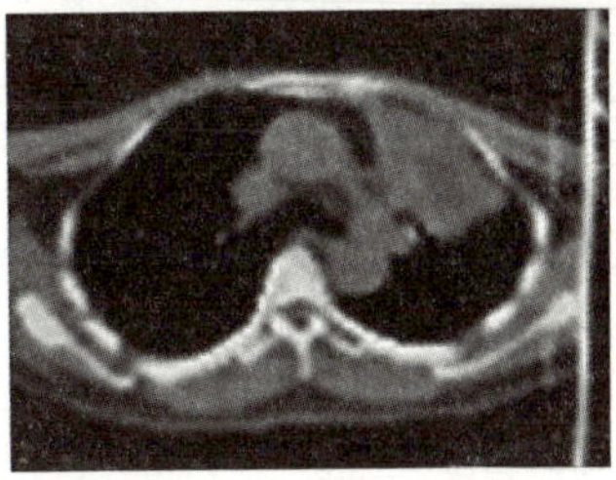

治疗前，左肺大块肿瘤

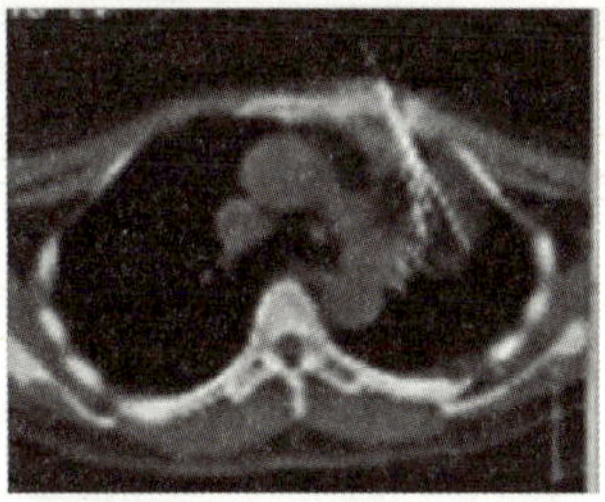

给予冷冻消融。白色针状物系冷冻时探针刺入肿瘤内

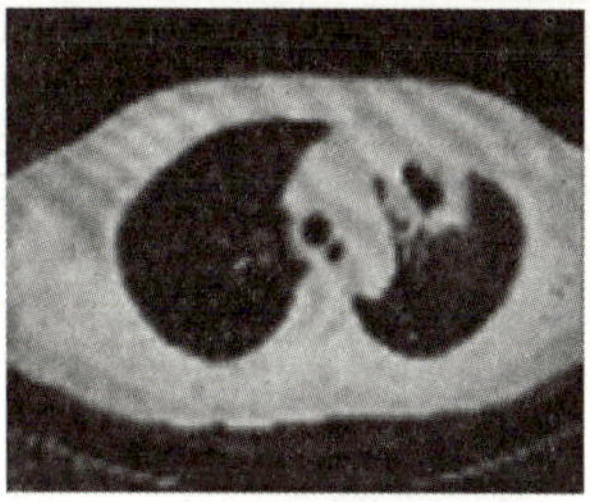

冷冻后肿瘤中心坏死，形成空洞

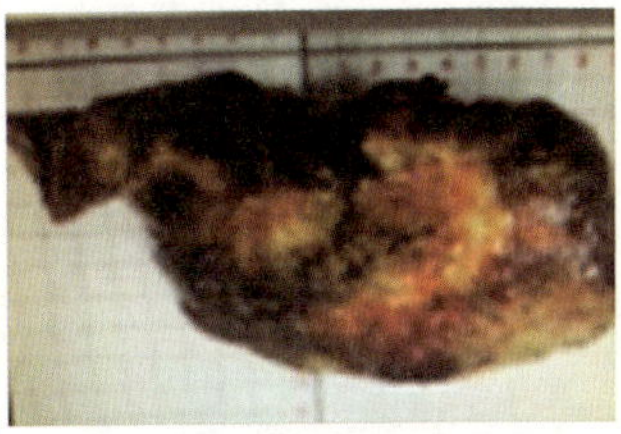

手术切除的肺标本，红黄色处为癌肿

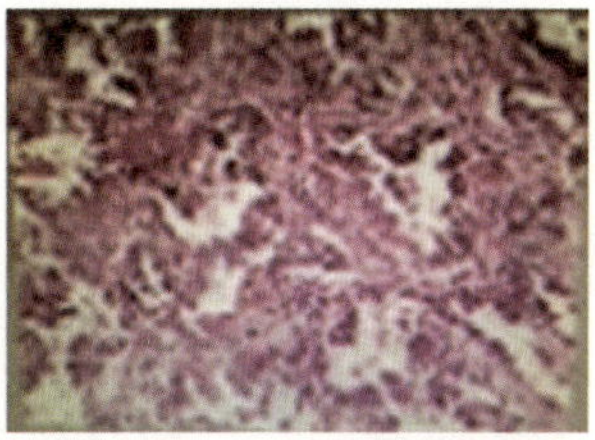

病理显示手术切缘大量癌细胞

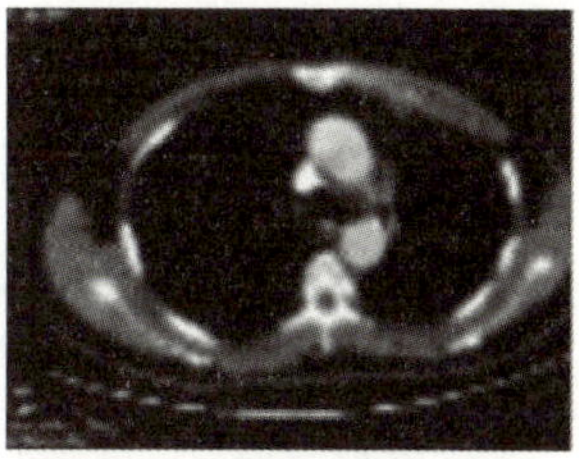

目前 CT 显示肺内已无肿瘤证据

这次推心置腹的促膝谈心后，老王接受了多种以提高机体整体抗癌能力为主的“联合免疫治疗”，包括口服、注射免疫调节剂、针灸，以及以补肾、健脾、补气为主的中药……

老王的肺癌被“控”了（见上图），这出乎意料，也如所意料。他高高兴兴回到老家，当地癌症协会许多癌友络绎不绝看望他。大家为他高兴，又为近年“走”了的癌友惋惜不已。

春节后，老王回到医院，接受全面检查。原先的肺部病变：没有复发；原先的骨转移：没有迹象。但发现左颈部有个淋巴结肿大，左胸膜上有个 1.5 厘米大小结节。血液肿瘤标记 CA125 没有升高。显然这是“离群者”。癌症的特征是“异质性”，在同一个人，同一种肿瘤内，癌细胞并非铁板一块，基因型及其表达不尽一致。这两块瘤子可能与原先肺内的不一样。老王又接受了微创消融治疗。

此后不久，老王左颈部乳突肌内，又触到一个小结节。但这次，老王自己主张“观察”，他相信一直坚持进行“柔性”的“联合免疫治疗”会产生效果。当然，他也想看看“提高免疫”能否消灭瘤块。

老王的期望实现了。几天前 (2017 年 5 月 16 日)，老王从家乡刚到医院就来到我办公室，与 5 个月前来到我办公室时一样，满脸是笑，手中晃动两张检查报告：一张是血液肿瘤标志，全部“正常”，特别是 CA125，只有十几个单位，远远低于“正常参考值”上界；一张是超声报告，显示颈部的“可疑转移肿块”完全消失。

“我请几个超声医生为我检查，瘤子确确实实消失了”，老王哈哈大笑，像个天真小孩。他的肿瘤 (转移) 在“改造”治疗后消失，说明“改造”，调动机体抗癌能力，同样有“消灭”的效果。

医生和病人，是同一个战壕共同抗击癌症的战友。我与癌症病人经常进行促膝谈心。对癌症，尤其晚期癌症，要打持久战，需要推心置腹，相互理解，才能相互支持。老王的治疗是一波三折。前述的温州黄护士长也是一波三折，不久前出现新转移，所幸给予相应治疗后，又基本控制。

只要发挥“中国式控癌”“控”的智慧和威力，针对不同病情，有时以“消灭”为主，有时以“改造”为主，两者并用，就能相得益彰，使之与癌共存，让生命得以持续。

汤钊猷评述

看了徐教授这篇文章，不禁想起毛泽东的游击战十六字诀：“敌进我退，敌驻我扰，敌疲我打，敌退我追。”这是“敌强我弱”态势下的战法。首先是“敌进我退”，体现了“以柔克刚”，但不表示失败，因为后面三句提示一有机会还是要不断地去打击敌人，消灭敌人。当前临床常采取“敌进我进”的方针，这在“我强敌弱”态势下是可取的，而在“敌强我弱”情况下则导致失败。徐教授的办法符合十六字诀，所以胜出。

治癌故事：六味中药挑战“不可能”

2017年3月4日，星期六，上午。我真不敢相信，这是我曾经接诊的病人。我对病人看了又看，又翻阅病人的病历，拼命回想。最后，眼睛定格在一页记录上——

2016年11月9日

主诉：腹胀、皮肤发黄、乏力一个月。体检：表情淡漠，无力状；巩膜和皮肤重度黄染；腹部膨隆，明显腹水征；肝肋下4横指，质地硬；下肢高度浮肿。CT：肝脏弥漫性多发性占位性病变，最大8~10厘米；肝门淋巴结肿大；门静脉癌栓；脾脏肿大；胃底静脉曲张；腹水。血液化验：总胆红素234毫摩尔/升，直接胆红素219毫摩尔/升，谷丙转氨酶520单位，白蛋白27克/升，甲胎蛋白29 000微克/升。

诊断：原发性肝癌HCC，T4，肝衰竭

建议住院：1. 联合免疫治疗；2. 中药……

记得当时病人的哥哥曾私下问我，他弟弟还有多长生命？我说，少则半月，多则一两个月。

出乎意料，四个月后，同是这位病人，走路爽捷，面色白洁，腹部平软。血液化验：总胆红素27.6毫摩尔/升，白蛋白40.1克/升，谷丙转氨酶80单位。CT：肝内多发性占位性病变，与2016年11月CT相比，无明显进展……

我问他接受过哪些治疗？住院了吗？他说：“没有住院，唯一的治疗就是吃了你开的中药。”

“真的？再想想，还有什么治疗？”我追问，不相信治疗就这么简单。

“对呀！就是坚持服你的那六味中药。”病人和他的太太异口同声地说，对于我的怀疑有些不理解。“哦”，病人的哥哥想起来了，说：“中间吃了几天其他医生开的中药，但吃后腹部不舒服，很快停了。”他打开手机，给我看另外一副中药方，方中主要是一些活血化瘀药。对比一下，我开的六味中药，按中医理论，主要有益气活血、健脾行气、滋阴潜阳、软坚散结和补肝益肾等作用。

“你开的中药我吃了后很舒服，黄疸和腹水一天天消退。直到现在，我每天都吃。”病人说。

“现在你的自我感觉怎么样？”我再次好好看了看他，又让他躺到检查床上，仔细给他做了体检。

“好得很！每天开车一个多小时，来回 100 公里，到东莞上班。”病人笑着说。病人的哥哥在东莞开工厂，他在厂里当总经理。

一个晚期肝癌患者，整个肝脏那么多肿瘤，那么深度的黄疸，那么多的腹水，那么严重的低蛋白血症，伴有门静脉癌栓，没有接受任何“现代”治疗，现在黄疸、腹水消退，每天上班，还能开车跑那么远的路……虽然肿瘤还存在，但活下来了，活得还很有质量。他是真正在“与癌共存”。

怎么解释？从现代医学的观点，这几乎是不可能实现的事！但病人确实改善了，至少稳定了。

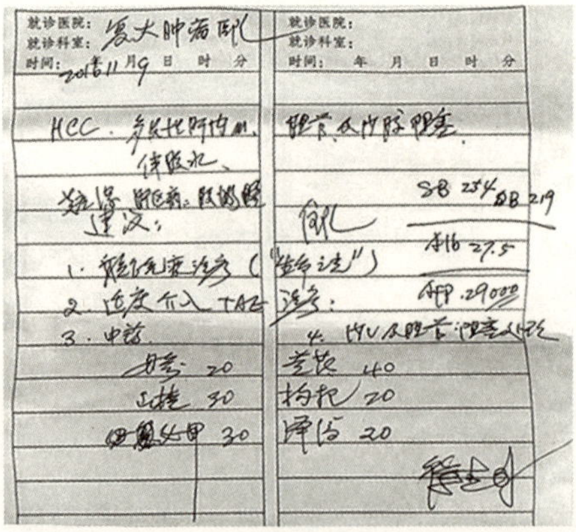
就诊医院：
就诊科室：
时间： 年 月 日 时 分
HCC
SB 254 DB 219
Alb 27.5
AFP 29000

2017 年 11 月 9 日作者给孔先生的看病纪录和开的 6 味中药

也许有人会质疑，认为是“个例”或偶然事件，但爱因斯坦说过：最偶然的意外，似乎也都有必然性。恩格斯说：必然性是在无数偶然性中开辟自己的道路。当今我们追捧量子力学，就是因为它不那么服从绝对必然，而是逼近于对个性的追讨。

我兴奋地打开手机录音开关，让病人和他的太太重讲了一遍治疗过程；我们一起拍照，交换微信。我要记录下这非凡的事件和时刻。

病人姓孔，叫孔祥 ×，应是孔子第 74 代孙。我突然想起，云南昆明也有一位“祥”字辈的孔子后代，是位企业家，八年前患晚期肺癌，在我院治疗后，现在已无“肿瘤证据”，他成为我的好朋友。

孔子思想是中国的文化宝藏。“难道正是因为孔子后代，才有这么好的运气吗？”我脑中突然闪过这个念头，似乎有些“唯心”，当然这仅仅是巧合。

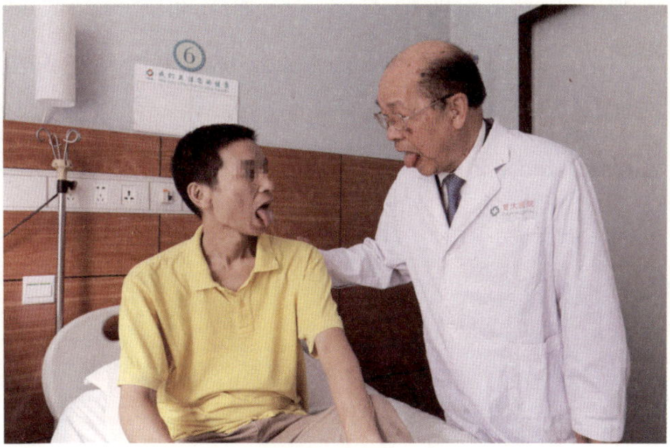

汤钊猷院士看望孔先生

2017 年 6 月 2 日，即孔先生第一次来院就诊后近八个月，汤钊猷院士亲自看望了他。孔先生依然每天自己开车从广州去到东莞上班。腹水和黄疸没有复发，CT 复查肝内肿瘤仍存在，与以前检查的结果相比，没有明显进展。汤院士说：“这就是典型的‘与癌共存’，也是癌症治疗的最终目标。”

迄止 2017 年 12 月 31 日，孔先生依然“健康”。他每 1~2 周就来我院复查。我特地关照咨询室医生，一定要为他好好“护航”到生命的更远方。

但仔细一想，也可能有些“量子纠缠”：仅仅用了那六味中药，就在这个病人身上挑战了“几乎是不可能”，中药不就是中华文化的重要内涵吗！

央视有一个著名栏目《挑战不可能》，我很喜欢。但我总感到那种挑战，对我很遥远。看到这个病人，我感到：“世上无难事，只要肯登攀”，作为一个医生，挑战未尝“不可能”。但挑战成功，需要中国元素，正如汤钊猷院士所倡导的，需要“中国式控癌”。

我开的那六味中药，基本上源自汤钊猷院士的太太李其松教授，她是我学消化病的启蒙老师。李教授是中西医结合治疗消化病的专家，20 世纪 70 年代，我每天跟随李教授查房，为她抄方，或在她的指导下，为一些用现代医学诊断的病人辨证论治，实施中西两法治疗。

汤院士对李教授的方剂进行了实验研究，发现能使荷人肝癌裸鼠生存期延长。进一步的研究发现，中药方剂能下调血管内皮生长因子和基质金属蛋白酶，上调 E- 钙黏蛋白，诱导癌细胞凋亡，降低癌细胞恶性程度。这些研究先后发表在 2009 年 *J Cancer Res Clin Oncol*，2010 年 *BMC Cancer*，2012 年 *Evid Based Complement Alternat Med*，2013 年 *BMC Complement Altern Med*，2015 年 *Oncotarget* 以及 2016 年 *Integr Cancer Ther* 等国际著名杂志上。

汤钊猷评述

尽管这只是个案，而且随访时间不长，但癌症病人全身情况明显好转是事实。从“必然常寓于偶然中”的角度，还是值得小议。笔者对这五味中药（松友饮）曾进行多年实验研究，提示它还可通过下调肝癌干细胞相关指标（达到分化诱导）、改善免疫炎症微环境（如同改善犯罪的社会环境），从而降低肿瘤的恶性程度，达到带瘤生存的目的。

4 治癌随议

现在对付“残癌”有两个办法，一个是斩尽杀绝，一个是给出路。我觉得只要有条件，争取改造残癌，这样损失较少。这是符合孙子的“非战取胜”的思想。“残癌”为什么可以被改造？因为癌细胞本来就是从正常细胞转变来的，如果是一条疯狗，改造成人是不可能的！但坏人是可能改造成好人的。

治癌随议：对癌细胞不要穷追猛打

汤钊猷院士提出“中国式控癌”新理念，融汇东西方思维精髓，有着深厚的理论基础，涉及癌症的起源和本质，这是被科学界高度关注的课题。

美国国家癌症研究院组织不同领域的专家研究癌症起源。宇宙学家戴维思 (Paul Davies) 认为：癌症是一古老产物。人类基因组里存在一个“远古留下的遗传工具组”，远古以前的细胞就是使用这种工具，形成单细胞生物的群落，即多细胞生物的前身。十亿年前，地球上就有很多长得像肿瘤一样的软体。癌细胞就是重新启动的这个古老的软体。癌症实际上就是一种返祖现象。

发现致癌基因和肿瘤抑制基因的著名科学家罗伯特·温伯格 (Robert Wenberg) 和哈纳翰 (Douglas Hanahan) 合作，发明“单株理论”，认为癌症是正常细胞累积突变的产物。人体内每一秒钟就有 400 万个细胞复制它们的 DNA 和分裂。这些细胞分裂不是万无一失的，而在宇宙逐渐趋向更大乱度的本质里，这种分裂就是常态。

根据温伯格的研究，只要活得够久，每个人最终都会患上癌症。这个“错误”不但是无法避免的，更是演化的动力。说到底，演化就是随机变异和天择的结果，而突变是最后的推手。我们的细胞具有辨认和修复破损 DNA 的能力。如果这种修复机制完美无瑕，那么演化就会停止（事实永不可能）。为了让演化持续进行，我们只能以癌症作为交换条件。

如同“好人犯错误”那样，无数正常细胞在永不停息的分裂过程中，发生错误是难免的，换句话说，癌细胞形成是“正常”现象，是常态；又如同“坏人出现离不开社会环境”那样，微环境内“致癌物”造成这种“错误”增加，使癌细胞的生成更是不可避免。

进一步研究发现，癌症不一定是基因突变的产物，即不一定需要有DNA的缺失、插入或重组，只要在基因上连接一个分子片段甲基，即甲基化，就可以改变基因携带的遗传信息。甲基化的干扰，可引起基因组扭曲和变形。在此影响下，肿瘤抑制基因可失去抑制细胞分裂的功能，引起细胞无止境分裂，增加DNA复制错误，导致癌细胞形成增加。致癌物可以在没有直接造成DNA突变的情况下，通过甲基化，引发癌细胞生成。

理解上述观点，我们就可以理解为什么不要对癌细胞“穷追猛打”。癌细胞本是生命的常态，是不可能斩尽杀绝的，为了追求“无癌”状态，无止境地应用追杀性治疗（以化疗为代表），好比在瓷器店里打老鼠，结果是老鼠未必能杀掉，瓷器稀里哗啦碎了一大片，癌细胞没有被消灭，人整体倒被打垮了。

进一步，我们还可以理解：不“穷追猛打”是要让癌细胞“改邪归正”。著名血液肿瘤专家王振义院士应用维甲酸和砒霜治疗急性早幼粒细胞性白血病，就是让白血病细胞“改邪归正”。

汤钊猷院士曾列举他经历的一个病例。这是一位50多岁的晚期结肠癌患者，已有广泛转移，因为肠梗阻，仅接受了简单的解除梗阻手术，未能切除肿瘤。术后并发腹膜炎，持续高热，伤口长期不愈，细菌培养显示一种绿脓杆菌感染。几周后，感染控制，患者开始进食。半年后，患者一天天改善，10年后，患者仍健康活着，似乎“痊愈”了。

笔者在十多年前撰写的《非常故事》一书中，曾记载正准备结婚的理小姐。六年前她考取了武汉一所大学，正当她高高兴兴为上学做准备时，突然腹痛，诊断为“急性阑尾炎”接受手术。术中发现其实是结肠癌，已有腹腔广泛转移。取转移淋巴结做活检，证实为未分化腺癌。医生关闭腹腔，患者术后发生腹腔感染，高热一个月。奇怪的是，几个月后，理小姐腹部不痛了，体重增加。三年后再去医院检查，癌肿已无影无踪。

上述两例患者的癌症看来都是“自发痊愈”了，但细细追查，均在术后发生感染、高热。早在几千年以前，人们就发现细菌、真菌、病毒和原虫感染后，肿瘤可退缩，这种现象实际上就是原始的肿瘤免疫治疗。Coley

在 100 多年前对这种天然现象进行研究，开发了一种杀癌性细菌疫苗。他观察到，人工诱发的发热对肿瘤退缩有决定性作用。

也许，上述两例患者的术后感染和发热，导致了癌细胞的“改邪归正”。我们在应用非特异性免疫治疗癌症时，希望患者发热，而发热的患者，效果也较好，其原理就在于此。

1927 年诺贝尔医学奖获得者 JuliusWagner–Jauregg 曾发明一种治疗神经梅毒的发热疗法，他说：“我们要听从大自然，必须用模仿大自然本身的方法治愈疾病。”这一说法，与中医倡导的“天人合一”不谋而合，对癌症治疗极有启示。

常规是我们解决问题的一般性思考，它是根据经验轻车熟路地完成一般性工作，解决一些平常的问题，而超常的思维会让我们从容地不断地去创新，别开生面地制造奇迹。这就是“中国式抗癌”的精髓。

汤钊猷评述

现在抗癌办法很多，把甲乙丙丁结合起来用（讲究整合），比单用一种药要好。我们的资料也证明，两种办法比一种要好。一名 20 年前的病人，肝癌很大难以切除，我们先用肝动脉结扎，再加综合治疗，癌肿缩小了后再开刀，现在活得很好。这就是以十攻一，最后取胜了。

取胜是要“胜于易胜”，还要“出奇制胜”。早期肝癌该开刀还是要开刀，但不是开完刀就完事了，还得要加上其他的办法。孙子的奇招是“以正和，以奇胜”。总之，要重视“非战取胜”的预防和控制残癌，要重视“胜于易胜”的早诊早治。要重视“慎战”思想，重视以十攻一的综合治疗，以及奇正相生的不断创新。在消灭敌人后，也可“劝降”残癌，再通过大量的改造，使它改邪归正。

治癌随议：警惕化疗的“反作用”

2016年10月的一天，出门诊看到一位病人，让我心里久久不能平静。患者是位年轻女性，高高个头，面色暗白无泽，头戴帽子，显然是为遮掩化疗引起的脱发。她32岁，住在离我们医院不远的小区。她告诉我以下病史——

2013年7月，发现左侧乳房肿块，接受“乳腺癌根治术”，切除了整个左乳房，并做了“腋窝淋巴结清扫”。病理：乳腺侵袭性癌T3N1M0，PR和ER，以及HER2阳性。术后第4周起接受化疗（紫杉醇或多西他赛联合），共9个周期。后接受赫赛汀（注射用曲妥珠单抗），每3周1次，共17剂。一直口服他莫替芬。

2014年4月，患者右侧腰部疼痛，PET-CT检查，显示后腹腔肿块，3~4厘米，累及右肾。同时发现甲状腺右叶占位性病变，大小2厘米。

两个月后，后腹腔肿块增大至5厘米。同年再次复查，肿瘤增大至7厘米，接受肿瘤切除术，同时切除右肾。术后病理：平滑肌肉瘤。

2014年11月，接受甲状腺癌“根治术”，切除大部甲状腺。

2015年4月，CT随访发现双肺多发性转移，接受胸腔镜下左肺肺叶切除，术后病理显示乳腺癌肺转移。再次接受化疗（换方案），共9个周期。近期复查，“肺内转移瘤稍有缩小”。

我问这位患者，希望我怎样帮助她？她无奈地说：“我不甘心，为什么接受了这么多治疗，乳腺癌还是转移了，化疗后似乎癌肿长得更快，而且同时长了另外两种肿瘤？”

这就是汤钊猷院士说的“杀癌疗法的反作用”。

汤院士在他的《中国式抗癌: 孙子兵法中的智慧》一书中这样写道:“孙子说‘百战百胜，非善之善者也’。抗癌战使用抗癌疗法虽取得巨大进步，但绝非十全十美。它在杀癌的同时，不仅带来‘副作用’，还带来‘反作用’。这种‘反作用’，主要是促进残癌的转移，使治疗失败。这是当前抗癌战所存在的突出问题。”

化疗的“反作用”并不罕见。汤院士在他的书中列举在1960年代治疗的一例患者。这位患者的肝肿瘤很大，不能切除，接受了超大剂量的化疗药甲氨蝶呤，3周后，原先腹部隆起的肿块已不复存在。但再过3周，患者死亡。尸检发现其肝脏布满肿瘤，比原来的还要大，并播散到肝外。汤院士认为，这是化疗的“反作用”。

近年来，很多胆管细胞性肝癌患者来找我，主要因为我本人患过同样的癌，是他们的“癌友”，同病相怜，希望“跟着我抗癌”。这些病人中，大多数是手术后复发，一般在术后3~10个月发生残肝或肝外转移，而这些病人几乎无一例外接受过化疗，常常边化疗边转移。有的病人没有接受化疗，术后反而没有复发。

化疗对胆管细胞癌的作用有限，这已是共识，但化疗是否诱发其进展，我没有可靠资料，不敢断言。

很多化疗药物在开始应用时，肿瘤可以缩小，但不一定能延长患者的寿命，甚至可能缩短生命。靶向治疗药物已逐步取代传统化疗药，成为抗癌的重要手段。但除对少数少见的肿瘤(如慢性白血病、间质瘤)外，这些针对分子靶点的药物，不一定能延长患者的总生存期。

2011年上市的药物威罗菲尼(Vemurafenib)，对部分恶性黑色素瘤患者有明显效果，有些患者用药后，肿瘤几乎完全消失。遗憾的是，几个月以后，肿瘤又回来了，再用威罗菲尼片不再有效，复发的癌症比以前的更加凶猛。本文中这位乳腺癌患者，HER2强阳性，虽然接受了足量的赫赛汀，仍没有能阻止转移，就是例证。

化疗药包括分子靶向药物的“反作用”与癌干细胞有关。正常干细胞是一类具有自我复制能力、再生各种组织器官潜在功能的细胞。和正常组织一样，肿瘤组织也有干细胞，也有自我复制和多细胞分化的能力，是癌症复发和转移的“种子细胞”。现有抗癌药物不仅不能对其产生效果，在有些情况下，尚能导致癌干细胞大量增殖。

目前认为，化疗引起的“损伤反应”是导致癌干细胞增殖的主要机制。正常组织受损伤时，释放一种叫前列腺素的特殊物质，促进组织内干细胞增殖，修复创伤，这是好事。但癌症时就不同了。化疗引起肿瘤组织内癌细胞损伤或凋亡（细胞死亡）。濒死的癌细胞释放前列腺素 E2(PGE2)，促进癌干细胞增殖，后者大量转化为癌细胞，重新填充因化疗而缩小的肿瘤。这就是为什么化疗最初几个周期肿瘤缩小，再继续化疗，肿瘤不小反而快速增长的原因。

实验研究发现，阻断前列腺素 PGE2，可干扰诱导癌症干细胞再生的“损伤反应”。通常用于治疗关节炎的塞来昔布 (Celecoxib) 或西乐葆 (Celebrex®)，具有这种作用。

汤钊猷院士的团队研究发现，对于肝癌，抗血管生成靶向药多吉美初期可抑制癌细胞，但继续应用时，肺转移增加。如果同时应用阿司匹林可阻断此种副作用，其原理可能与阻断损伤反应有关。

至于本文中这位患者，乳腺癌治疗后发现第二和第三种肿瘤——平滑肌肉瘤和甲状腺癌。这是化疗诱发抑或是独立巧合发生，尚难判断。

自 20 世纪 70 年代以来，化疗诱发第二种肿瘤受到极大关注。

儿童肿瘤患者放化疗后发生第二种肿瘤的危险性是一般人群的 6 倍，以诱发白血病为多。在化疗后 1~2 年，白血病发生率增加，5~10 年达到高峰，10 年后发生率下降。

有人分析 4000 例卵巢癌患者，她们接受含铂类化疗，发生白血病风险比正常人高 4 倍。我亲见一位朋友的女儿，卵巢癌化疗后 10 年发生急性白血病。

化疗诱发第二种肿瘤的机制至少与下列因素有关：

1. 癌细胞是正常细胞基因突变的产物，化疗药造成的损伤性微环境促进了基因突变；

2. 化疗抑制机体免疫功能，减弱或消除对癌细胞生成和增殖的“免疫监护”作用。

回到我们这位患者，下一步如何治疗？既然明知山有虎，为什么偏往虎山行？我建议她换个思路，实现“中国式控癌”，消灭与改造并举，从提高免疫功能入手，控制肿瘤发展，争取“与癌共存”。

汤钊猷评述

早年我经常遇到令人啼笑皆非的事——有的患者肿瘤虽大，但还可以手术切除，我们建议开刀，而一些患者和家属说：“汤医生，这不能开啊，开刀会使肿瘤跑开。”另外一些患者肿瘤太大，不能手术，我们建议用化疗来杀死癌细胞，而有些患者和家属又问：“化疗会不会使癌细胞播散？”

三四十年后的今天，患者和家属的这些问题倒引起我们的思考，这些问题的核心涉及抗癌战“斩尽杀绝”战略的讨论，即“斩尽杀绝”战略会不会导致癌细胞“狗急跳墙”。我们开展的各种消灭肿瘤疗法（杀癌疗法）负面问题的研究，确实证实各种杀癌疗法可以使残癌细胞更加凶恶，促进未被杀灭的残癌细胞的转移（狗急跳墙）。

治癌随议：用“太极拳”策略

2016年10月，参加在澳门举行的中医肿瘤论坛，很受启发，感到中医提出的“天人合一”与汤钊猷院士提出的“中国式控癌”中的“改造”十分契合，于是我写了一篇短文——《“中国式控癌”的文化背景和底蕴》。

文章的基本内容包括：中西医孕自不同的地缘文化，“征服”式文化造就了以“消灭”为主要策略的西医治疗，而“守内”与“和谐”的文化，造就了以“和谐”为基本品质的中国医药学。将西医以“消灭”为主的策略，结合中医维护整体健康的“改造”策略，是“中国式控癌”的文化底蕴和内涵。

文章通过医院官微发出后，我收到汤钊猷院士的邮件，他说：“看到大作，很受鼓舞。您从东西方医学与人文渊源的角度，更深刻地认识到东西方医学不同的背景。这在过去的文献中很少见到。其实，从中国崛起已经可以看到东西方处事的区别。例如对恐怖组织，西方只是消灭，却无法根本解决，只会越搞越乱。小时候看电影，西洋拳不敌太极拳，也同样包含着深刻的哲理。”

汤院士提出“太极拳”，太有智慧了。太极，是中华民族文化和哲学思维的精髓。《庄子》云，太极乃指“无为而无不为”，最终到达无所不容的宁静和谐精神领域。太极拳有着太极的神韵，舒展大方，刚柔相济，连贯均匀，圆活自然，内外兼练，协调完整。应用到控癌治疗，就是要像太极拳那样，既要消灭肿瘤，又要重视维护整体和谐与健康。

太极与生命

这让我想起几天前北京大学肿瘤医院吕有勇教授送来的一本书——《癌症思辨》(吕教授为此书作序)。《癌症思辨》是美国亨利·衡博士所著，他从事分子生物学和细胞生物学研究。亨利·衡博士引用了 496 篇文献，在汇总了 40 年各家研究成果后，对“严苛治疗”做了这样的评价：“以最大力量打击癌症的严苛治疗不是最佳治疗策略。表面上，严苛治疗开始时可以杀死更多肿瘤细胞，但高剂量治疗可增加离群者形成，并且从长远来看，导致更多侵袭细胞的形成。”

“万箭齐发”的严苛治疗不是最佳癌症治疗策略

所谓“离群者”，是指在严苛治疗下，癌细胞基因变异，变成新的癌细胞。这使得癌症“社群”变得“多样性、复杂性和牢固性”，即异质性增加。

严苛治疗可使癌细胞变得更恶性，即增加癌细胞的侵袭能力，促使癌细胞变本加厉，更快速生长，对常规治疗更有抵抗性。正常细胞对癌细胞有竞争性对抗作用，严苛治疗却抑制了正常细胞，使其对癌细胞的对抗作用减少。

亨利·衡博士指出，严苛治疗的不良后果不仅见于传统化疗，也见于当今受到高度关注的分子靶向治疗。

其实，汤钊猷院士早就提醒要注意化疗的“反作用”，即某些情况下，化疗可促进癌症转移和进展。

我永远不会忘记七年前治疗的一位病人——

2009 年 2 月 22 日，北京某大学一位著名经济学专家陈教授来到我院。他是由上文提到的吕有勇教授介绍而来的。2008 年，他因腹腔巨大脂肪肉瘤接受了手术切除。然而，术后六个月，肿瘤复发且快速长大。入我院时，CT 显示：腹腔内有多个大肿瘤，最大的 9 厘米，伴有腹水和胸水。陈教授高高隆起的肚子与瘦陷苍白的面庞形成鲜明对照。他强忍着疼痛说自己“快崩溃了”，“已五天没有进食了”。

他在接受全身支持治疗后，接受了冷冻消融、肿瘤切除、光动力疗法、腹腔热化疗等序贯治疗。切除肿瘤 5 公斤，95% 的肿瘤被消除。术后接受了以非特异性免疫调节药为主的免疫治疗和小剂量化疗的维持治疗。

随后的超声和 CT 复查显示，腹腔内残留 5 个瘤块，2~3 厘米大小。在超声引导下，给予瘤内无水酒精注射，共三次。我告诉他：治疗要温和，不要急，慢慢来。维持免疫功能，重在整体健康。

陈教授逐渐康复，两个月后，几乎完全恢复了饮食、体力，又开始每天做俯卧体撑……他出院后，重新走上讲堂。

半年后，我去北京看他。他很高兴，显得充满信心。他告诉我，美国新出了一种对脂肪肉瘤有“特效”的药物，他很快也能用上此药。三个月后，我接到北京发来的短信："陈教授在应用新药后，肿瘤消除80%"。短信说：这是"神奇药"。

然而，没过多久，我收到陈教授朋友发来的急电：陈教授肿瘤重新长大。陈教授再次来到我院治疗。检查发现，肿瘤长得比一年前他第一次来我院手术前更大。

我们为他紧急手术。冷冻消融加上手术切除，消除肿瘤70%。术后一周，病情平稳。然而，三天后，患者突起腹痛。CT发现，残存肿瘤再度长大，穿破肠管，穿出手术切口，简直像发疯的野狗，疯长……

结果当然是悲惨的。一位卓有成就的专家过早地丧失了生命，对我和我的同事来说，心中留下了永远的遗憾、费解和茫然。

我查阅了那种"神奇药"的相关文献，肉瘤患者接受该药后，疾病控制率为55%，有9%获得部分反应（肿瘤缩小50%以上），中位维持时间23周；6个月无进展生存率30%。

看了《癌症思辨》那本书，我们不难理解了。陈教授的肿瘤后来之所以疯长，实际上是那种"神奇药"严苛治疗后报复性生长的后果。

亨利·衡博士在书中指出：各种药物（化疗）在低剂量时，均可减缓癌细胞的进展，减少"基因组混乱"，减少"触发快速药物抵抗（耐药）的机会"，改善患者生活质量和自我恢复能力，使患者"长期受益"。

试想：陈教授如果不接受那种"严苛治疗"，仅接受"温和"治疗，其后果是否不一样？看来，这是一个用习惯思维无法解决的问题。

爱因斯坦说："想象力比知识更重要……想象力概括着世界一切，推动着进步。"老子说："人法地，地法天，天法道，道法自然。"如同太极图不仅见于宇宙天象，也见于生物体内，汤院士讲的"西洋拳不敌太极拳"，其哲理也寓于"消灭"与"改造"并举的"中国式控癌"治疗中。

汤钊猷评述

当前的控癌战，从医生到病人，大多只重视手术，放疗，化疗，局部治疗等可能大规模消灭肿瘤的治疗，而不很重视或不重视辅助治疗，精神状态，饮食，生活方式（如运动适度）等的作用，只重视“一榔头”的治疗，而不太重视长期的后继治疗……抗癌战可用“游击战”的形式，可以包括小规模消灭肿瘤的疗法，例如不以根治为目标的姑息性手术、姑息性放疗、小剂量化疗，以及对多个或较大肿瘤的姑息性介入治疗或局部治疗等……如同对于罪犯，可以击毙罪犯（消灭），还可以改造罪犯、改善社会环境以及强化政府职能等方面入手。同理，从现代化科学的角度，“改造”也许可以分为改造残癌、改造微环境及改造机体这三方面。

治癌随议：要“共存”不要“歹活”

2016年7月，在美国波士顿召开的2016世界介入肿瘤学大会上，有一系列病例讨论，其程序是：由某一医院提供病例，包括简单病史、影像学资料、治疗经过，然后讨论下一部如何治疗。提供病例的医院提出一些可供选择的方法，包括是否再手术？是否再化疗/放疗？是全身化疗还是经动脉输注？是要做化学栓塞还是放射栓塞？是否给予消融治疗，微波、射频抑或冷冻？哪种最适合？讨论的主要病种有肝癌、结直肠肝转移、非结直肠原因的肝转移和肺癌。

列举下述病例：

男性，74岁，2013年5月，因乙状结肠癌接受手术切除，诊断：T3N1，K-RAS阴性。接受辅助化疗FOLFOX+阿瓦斯丁(Avastin)6个周期。2014年7月发现肝转移，有3个转移灶，大小分别为2 cm、3 cm和5 cm，接受化疗FOLFIRI+阿瓦斯丁6个周期，后接受右半肝切除。一年后，残肝又发现转移。下一部如何治疗？

讨论结果：（1）再次手术看来不可能；（2）射频消融可以做；（3）化疗：FOLFIRI+阿瓦斯丁，已接受过，但无反应；FOLFOX过去用过，第一次曾经有效，可以再用；（4）TACE(肝动脉化学栓塞)或^{90}钇微球肝动脉放射栓塞，可以考虑。

在讨论中，争论不少，有的意见明显相左。除了少数中国尚未进口的药物(如用于肝动脉栓塞的放射学 ^{90}钇微球),这例患者采用的治疗手段在中国都有,大家提到的方法与中国通常施行的方法也无差异。

上述讨论是"世界水平"的,因为发言的医生来自世界上最著名的医院,如纽约纪念斯隆－凯特琳癌症中心、休斯敦MD安德森癌症中心、巴尔的摩约翰·霍普金斯医院、波士顿麻省总医院、梅奥诊所等。

但是,我并不完全认同这是真正的"世界水平"!这些治疗,都是基于"消灭"肿瘤,能让病人长期或较长期活下来吗?即使活下来,生活有质量吗?事实上,在讨论结束时,提供病例的医生揭了"底":患者在接受上述治疗3个月后就去世了。这位医生没有告诉我们的是:该患者第一次手术后不到三年内,接受了1次大手术,12次化疗,生活质量是什么状况?

汤钊猷院士早就提出:癌症治疗"消灭"和"改造"并举;著名血液肿瘤治疗专家王振义院士独创"诱导分化"方法,使一种特别恶性的血液肿瘤——早幼粒细胞性白血病"改邪归正",取得90%以上的治愈效果。在上述理念指导下,我们在治疗包括肝癌在内的多种实质性肿瘤(如原发性和转移性肝癌、肺癌、胰腺癌)实践基础上,提出"消灭+控制"肿瘤,让患者"与癌共存"的治疗策略,使一些类似于上述列举病例的患者,在没有太大痛苦的情况下,长期存活下来,有的已"无病"生存十多年,事实上已治愈;有的去世了,但是在没有痛苦的状态下走的。

汤钊猷院士提出"中国式控癌",其内涵就是局部治疗和全身调节结合,"消灭"(肿瘤)和"改造"(机体、肿瘤)结合,以及中西医结合。具体化为方法就是,既要将可见的瘤块消除(手术、消融、化放疗),也要采取中西医方法强化、维护机体各器官,尤其是免疫功能(全身)。

有位院士的夫人,78岁,子宫癌术后多发性转移,接受类似于上述列举患者那样的治疗后,全身衰竭,疼痛难忍。后来按照"消灭+控制"模式治疗后,无痛苦地"与癌共存"两年。作为一所大学生命科学院院长的这位院士,对生和死都有卓越见解,对于老伴的离开,他十分痛苦,但有欣慰,还很感谢,因为老伴是在没有痛苦的状态下静静走的。

汤钊猷
评述

我们要“消灭与改造并举”：一方面消灭癌；对于少量残余的癌细胞，还要通过改造，而不是一味地再去追杀。

中医药也有作用，我是西医，我老伴是早年的西医学习中医，我也跟着学了一点。中医是我国的特色，在消灭癌的方面比较弱，但在改造机体、改造癌的方面，作用不可忽视。

现在对付“残癌”有两个办法，一个是斩尽杀绝，一个是给出路。我觉得只要有条件，争取改造残癌，这样损失较少。这是符合孙子的“非战取胜”的思想。“残癌”为什么可以被改造？因为癌细胞本来就是从正常细胞转变来的，如果是一条疯狗，改造成人是不可能的！但坏人是可能改造成好人的。

治癌随议：胰腺癌患者“与癌共存”

汤钊猷院士提出的“中国式控癌”，其基本思想：癌症是“进化遗产”，是在环境影响下，细胞基因突变不断积累的结果；基本策略：“消灭与改造并举”，让癌症成为可以控制的慢性病；基本方法：传统治疗（手术、化疗和放疗）和新兴治疗（消融、血管介入）相结合，破坏型治疗（手术、放化疗、消融）和控制－维持性治疗（免疫）相结合，以及传统医学（包括中医、自然医学）和现代医学相结合；治疗目标：延长生存期，改善生活质量，“与癌共存”。

中国式控癌，能使一些被认为失去生存希望的癌症患者，获得一般治疗无法获得的效果。

以胰腺癌为例——

例 1

GL，女性，60 岁，丹麦人。2007 年在当地被诊断为胰腺癌。接受以吉西他滨为主的化疗，未获效果，在化疗期间出现肝转移。

2008 年 2 月进入我院，接受了 CT 引导下经皮冷冻治疗，分别对胰腺内原发肿瘤和肝内转移灶予以冷冻消融。活检：腺癌。三个月后，在丹麦接受 CT 检查，结果显示：胰腺肿瘤缩小 2/3，肝内转移灶消失。随后，接受联合免疫治疗。

第三年，肝内再发生转移灶，又接受经皮冷冻消融，同时，每年接受联合免疫治疗。2016 年初，CT 发现肝内出现 5 个转移瘤，最

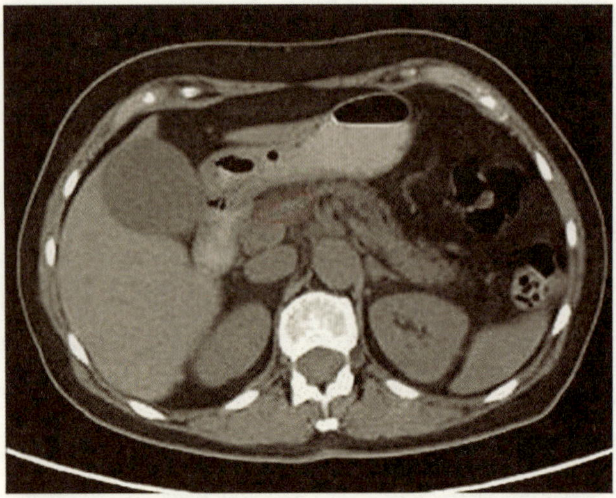

2008 年 CT 显示胰腺肿瘤、肝转移（图中未显示）

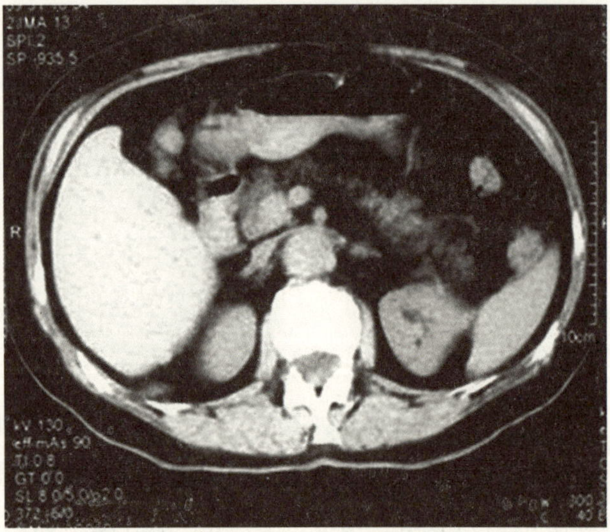

治疗后 13 个月，胰肿瘤消失

大的 5 厘米。2016 年 4 月，她在本院接受 CT 引导下不可逆性电穿孔（纳米刀）消融治疗。患者除转氨酶升高外，其他常规肝功能指标正常，情况良好，生活完全自理。

例 2

HZP，男，80 岁，广东江门人。2004 年，感上腹部不适，在当地医院常规检查，发现胰腺颈部有 3 厘米的肿块。入本院后，在 CT 引导下活检，结果为：囊腺癌。

在 CT 和超声联合引导下，对其胰腺肿块作经皮冷冻消融，同时在消融区边缘植入放射性 ^{125} 碘粒子 10 粒。术后给予中药调理（补气健脾为主）。其后四年无任何症状，生活如常。

在第一次治疗后的 45 个月，发生咳嗽、咯血，CT 检查发现右上肺肺癌，活检：低分化腺癌。免疫组化显示腺癌原发于肺，与胰腺内的原囊腺癌为不同来源。患者半年后死于肺部感染。至死，患者胰腺内癌肿未复发。

例 3

CWT，男，39 岁，马来西亚人。2009 年被诊断为胰腺癌，在某国医院接受化疗至 2010 年上半年。患者腰背部疼痛且不断加剧，被认为生存期仅三个月。

当年 5 月，患者入本院，接受 CT 引导下冷冻消融和 ^{125} 碘粒子植入。术后接受四次肝动脉－胰十二指肠动脉小剂量灌注化疗以及联合免疫，疼痛逐渐消失。两个月后恢复工作，直至 2013 年疾病复发。患者“无进展生存”39 个月。

上述三例胰腺癌患者，均经病理确诊。例 1 已生存八年，虽然肝内仍有转移，但“与癌共存”；例 2 最后死于肺癌，胰腺癌至死未复发；例 3 本来失去生存希望，最后生存了 39 个月，更重要的是，患者生前一直工作。从“生存收益”来看，三例患者是最大的收益者。

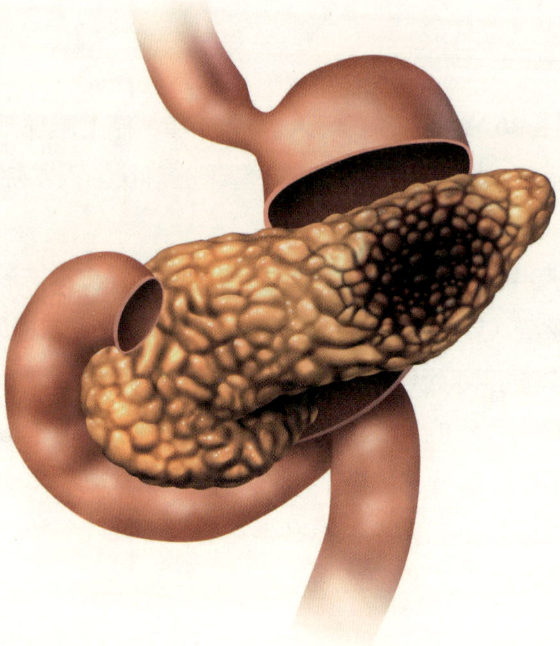

胰腺癌发生于胰腺导管细胞，由于胰腺位于后腹腔，早期胰腺癌很难被发现，以致能接受根治性手术（韦勃手术）者很少，即使在世界大型医疗中心，能接受手术的仅 10% 左右。化放疗一般用于无法手术切除的患者，但效果有限，据几份大型荟萃文献分析，中位生存期 6~8 个月，能生存一年者不超过 10%。

是什么让这些患者获“生存收益”？

第一，主要是冷冻治疗。冷冻是在影像引导下，用微创方式完成，不会给病人“二次打击”；冷冻除了消除在 CT 上能看到的肿瘤外，冷冻破坏的肿瘤释放抗原，后者刺激免疫细胞，可加强抗癌免疫，是为“冷免疫”。

第二，给予了“维稳”治疗，主要提高人体自身免疫功能，包括给予联合免疫以及“补气健脾”中药，从而“改造”和控制癌细胞。

汤钊猷评述

面对癌症，人之所以会感到恐惧，主要是因为不了解。知己知彼，掌握一定的战略与战术，癌症将不再可怕。《孙子兵法》云，“凡战者，以正合，以奇胜”，“以正合”就是按章办事，该怎么治疗就怎么治疗，但以目前的医疗水平，癌症还没有被完全攻克，要想取胜，可能还需“以奇制胜”。克服内心的恐惧，是抗癌的第一关。即使病程已经到了中晚期，也不是没希望，打不赢癌症，还可以想办法与癌和平共处。

中医作用不可小视。西医重视微观，把肿瘤看作一种局部病变。中医重视整体，认为肿瘤其实是一种全身疾病，中医扶正祛邪、恢复平衡的治疗理念，可以很好地弥补西医的不足。但是，并不是简单的西医加中医，而是要把中华文明的精髓和现代科学技术结合起来。“中国式控癌”之路，是“消灭和改造并举”，即“改造残癌”、“改造机体”、减少转移，延长生存时间，提高患者生存质量。

治癌随议：得了肝癌，换肝有用吗?

今天查房时，病区主任要我重点看两位肝移植后复发的患者。一位来自江苏，我的家乡，男性，43 岁。一年前发现右肝有 3 个占位性病变，最大 6 厘米，接受了肝移植。近两个月发现“新肝”有 2 个小结节，活检显示为肝细胞癌，右肺有 3 个状如棉花团样的小结节；另一位也是男性，54 岁，来自浙江，两年前因肝脏 8 厘米大小占位性病变，接受了肝移植。近五个月复发，肝内满布粟粒样病变，活检为肝细胞癌。

这两例治疗均很困难，让我再次思考：肝移植在肝癌治疗中，是好是坏?

2016 年元旦后，无论我去马来西亚，还是马来西亚朋友来我院，总要问一个问题：肝癌患者换肝行吗?

这是因为这段时间马来西亚有两位名人因肝癌而去世。据媒体报道，“2015 年 12 月 5 日，马来西亚柔佛三王子东姑阿都加里尔因肝癌病逝，年仅 25 岁”。人们纷纷猜测：他是否在中国接受过肝移植？另一位名人是马来西亚女星梁丽芳（艺名绰琦），媒体报道：“2015 年 12 月 26 日病发被送入医院治疗，28 日却传出她因肝癌逝世，享年 30 岁”。人们很惋惜地议论：为什么不接受肝移植?

肝癌发生于肝，换掉肝，似乎就把癌症去除了，这应该是太“理想”了！换肝需要花一大笔钱，不是一般人可以承担的，名人患肝癌做肝移植似乎“顺理成章”，也成为媒体热衷的题目。

在中国，最有名的换肝者当属影星傅彪患肝癌后，他不但做了肝移植，而且还连做两次。傅彪是于 2004 年 8 月在北京确诊为肝癌晚期，同年 9 月 2 日接受了肝移植手术，10 月 21 日出院。第一次换肝后的傅彪面色红润，

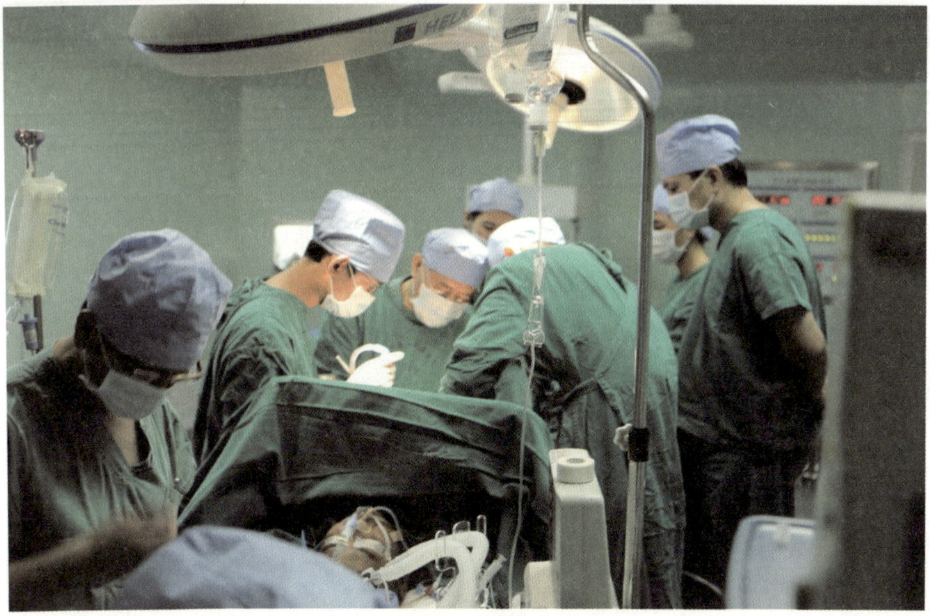

肝移植手术

心情开朗，频频出现在公共场所，还信心满满地计划重返影坛。但 2005 年 4 月，傅彪在定期复查时发现肝内肿瘤复发，4 月 28 日进行第二次肝移植手术，术后傅彪恢复顺利，移植肝功能正常。但好景不长，不到 3 个月，7 月 12 日在进行核磁共振复查时，发现移植肝再次出现肿瘤复发，并有双肺转移。2005 年 8 月 30 日，傅彪在北京病逝。两次肝移植，为他争取了 1 年 28 天的生命。

世界上最著名的换肝者也许是苹果首席执行官乔布斯了。他患的病与马来西亚明星梁丽芳相同，都是“多发性内分泌肿瘤综合征”。

2003 年 10 月，乔布斯接受肾脏 CT 检查时，意外被诊断出胰腺肿瘤。2004 年 7 月，他接受了非完整的 Whipple 手术，切除了部分胰腺。2008 年，肿瘤扩散到肝脏，他“像海盗般骨瘦如柴”。2009 年 3 月 21 日，一个 20 多岁的小伙子车祸死亡，捐出肝脏。乔布斯接受了肝移植。取出的肝脏布满了转移性肿瘤，意味着肿瘤已经扩散。2010 年 3 月 20 日，乔布斯在公众场合大谈他“非常荣幸能在肝脏移植手术中幸存，因为有许多人在等待可移植肝脏的过程中死去”。但新的肝脏未能中止癌症发展，一年半后，2011年10月6日，苹果公司对外宣布，乔布斯辞世，终年56岁。

回头看看，这些名人换肝是成功还是失败？大马三王子不知有无换肝，但估计即使换肝也不一定获得“生存受益”；明星绰琦，估计没有换肝；傅彪换了两次肝，从首次换肝之日起，活了一年多一点，看来不比不换肝的同样病情的患者活得更长；乔布斯患的不是通常所说的肝细胞癌，而是多发性内分泌性肿瘤转移到肝，仅仅换肝不能消除疾病，以致移植后新肝重新长满肿瘤。

近二十年来，肝移植在中国的开展可谓“风起云涌”，一批（不是“个”）富人患肝癌后接受了换肝，但是多数不到一年就是“满身是癌”。去年，有位患者突然走进我的办公室，刚坐下就大声说：“都是钱害了我！”那神情，是悲哀、痛苦、无奈、愤懑。他是一位来自深圳的“富人”。十几年前，他从老家农村去到南非淘金，在那神秘陌生而又美丽的地方，演绎了善与恶的交锋、美与丑的碰撞，仿佛驾驭着一只猛虎，用生命拼搏，几乎一夜暴富。他回到中国最现代化的南方都市深圳，希望用他血汗换来的财富，享受贵族生活。但命运作弄了他。他被诊断为“巨大肝癌”，肿瘤14厘米，占据肝脏的40%。一家肝移植中心“热情认真”地以最快速度为他换了肝。

几个月后，这位身材高大的中年人一下子瘦了30斤，CT检查显示“新肝”内冒出无数个转移瘤，胸片显示肺内有大小不等转移瘤，像一个个棉花球，又像满天星星。我看了他的检查报告，不知说什么才好，他却说：“世界上没有后悔药，说什么都没有用了，只求你让我住进病房，离开这个世界前，不要太痛苦。”

肝移植并不能救治所有的肝癌病人，尤其一些显然已经过了最佳移植时机的患者，不应盲目移植。按照目前世界通用的“米兰标准”，肝移植只适用于单个肿瘤，小于或等于5厘米，或2~3个肿瘤，每个肿瘤小于或等于3厘米。一般肿瘤越小，效果越好。肿瘤小于2厘米的一期病人，接受肝移植后，有95%的病人都可以活过一年，70%的病人能生存5年以上。

肝癌有一个特性，肝肿瘤一旦大于5厘米，生物特性就改变，生长速度特别快，癌细胞侵犯到血管内，所以，即使将“老肝”换掉，并不能清除血液内的肿瘤细胞，以致换肝后，癌细胞会迅速重新占领“新肝”，即肝癌复发。而且，由于肝移植后，病人需要长期服用抗排异药物，这些药物抑制免疫功能，也抑制了机体抗癌功能，令癌症复发更快。换肝后肝癌复发常呈“暴发性”，同时转移到新肝、肺、脑、骨、皮肤等多处，就是由于这个原因。

这也是为什么换肝不适用于大肝癌患者。肝肿瘤大于5厘米的肝癌患者，即使做了肝移植手术，也最多只能多活几个月，而如果不做肝移植，采用血管介入、消融和免疫治疗，这些患者中不少也能活1~3年，甚至更长。

目前倾向认为，对很小的肝癌，换肝虽然效果好，却未必是首选。手术切除以及近年来广泛采用的消融技术，如冷冻、不可逆性电穿孔（纳米刀），均能消除这种小肝癌，效果不亚于肝移植，费用远低于肝移植，术后处理也远较后者为少（不需长期服用抗排异药物）。但是，如果伴有严重肝硬化，特别是门脉高压，有反复食管静脉曲张出血者，为了既去除肿瘤，又换得一个健康的、有良好功能的肝脏，可以将肝移植作为首选治疗。

汤钊猷评述

抗癌战的复杂性不亚于战争的复杂。医生既要熟悉诊疗常规（“正”），更要关注各种变化（“奇”），才可能有较好治疗效果。对于具体的癌症患者，选择治疗的决策同样要在了解“癌情”、“人情”（患者情况）、“医情”（医风和水平）和“院情”（院风和管理）的基础上做出。

对于肝癌，要区分哪一期，是早期、中期还是晚期，要注意有无侵犯血管。在血管里找到癌细胞，表示癌可能转移到他处，后果就差。治疗选择要机动灵活。很早期的肝癌，可以做微创手术或消融治疗；对较大的肿瘤，可手术切除；肝移植主要适用于早期病例。

治癌随议：不要忘记“免疫治疗之父”

William Coley 像

2016 年 7 月，在波士顿召开的世界介入肿瘤学大会上，来自休斯敦 MD 安德森癌症中心的一位专家做了一个精彩报告，题目是“细菌治疗癌症”，首先放出一张 William B Coley 的照片，上写着“免疫治疗之父”。

肿瘤免疫治疗，从来没有像今天这样受到如此重视和热捧。其实，免疫治疗不是新课题。早在几千年以前，人们就发现细菌、真菌、病毒和原虫感染后肿瘤可退缩，这种现象实际上就是原始的肿瘤免疫治疗。Coley 在 100 多年前对这种天然现象进行研究，开发了一种杀癌性细菌疫苗，可使肿瘤快速退缩。

Coley 是纽约斯隆－凯特琳纪念医院的外科医生。他对常规治疗失去信心，期望有一种自然疗法，通过强化免疫系统，改善癌症患者病情，甚至治愈癌症。

1891 年，Coley 痛失一个病人。一名 17 岁的年轻女性右手受伤，发生持续性炎症和疼痛，进一步检查，发现患有骨肉瘤，给予了右下臂截肢。尽管没有转移的表现，但病人在术后两个半月死亡。这震撼了 Coley，他研究了以前住院病例记录，偶然发现一位左颊部肉瘤患者，曾接受两次手术，术后复发，肿瘤长至 4.5 英寸，在左耳下，状如葡萄。伤口不愈合形成溃疡，给予皮片移植，但不成功，患者被认为无希望生存。最后一次手术仅部分去除肿瘤，术后伤口严重感染，发生丹毒（化脓性链球菌感染），病人出现高热，感染无法控制。但令人惊奇的是，每次发热后，溃疡就改善，肿瘤缩小，最后完全消失，病人最后痊愈，四个半月后出院，留下手术疤痕，但无癌肿痕迹，七年后仍然健康。

Coley 考虑感染是引起该病例痊愈的原因。随后，他用细菌感染这一方法治疗了 10 例肿瘤患者。

但细菌感染疗法有风险，因此，Coley 用两种灭活细菌即化脓性链球菌和沙雷灵杆菌制成疫苗。实验研究发现后一种细菌能增加前一种细菌的效应。这种疫苗引起感染症状如炎症、发热和寒战，但无急性感染发生。这就是所谓的“Coley 毒素”。他用这种疫苗治疗的第一个病例是一名长期卧床不起的男性肉瘤患者，病变累及腹壁、盆腔和膀胱。治疗后病变完全退缩，以后一直健康，26 年后死于心脏病发作。

一些晚期癌症病人长期生存下来了，他们竟忘记了自己是癌症患者。Coley 在亲自治疗数百名病人的实践中，发现病人生存的关键（也是前提）是模拟天然急性感染，发热是必需的。在最初一两个月里，疫苗一般每天或隔天注射一次。为避免发生对疫苗的免疫耐受，疫苗剂量应根据病人的反应逐步增加。疫苗可直接注入原发性肿瘤或转移灶内。每周注射 1 次，连续 6 个月，以预防肿瘤复发。

Coley 在医院骨科工作，1915 年成为科主任，因此他治疗的疾病多数为肉瘤，但这不意味着 Coley 疫苗只对肉瘤有效，后来这种疫苗被广泛用于治疗各种癌肿、淋巴瘤、黑色素瘤和骨髓瘤。他和其他学者总结了 896 例患者的资料，所有病例的癌症均得到病理证实，不能手术治疗。接受 Coley 疫苗治疗后，5 年生存率 34%~73%，类似于未手术的肉瘤患者疫苗治疗后的成绩 (13%~79%)。

1999 年，有人做了有一份回顾性研究，评价了 Coley 疫苗治疗的患者 10 年生存率。128 例癌症患者接受 Coley 免疫治疗，与应用现代常规治疗的 1675 例匹配的患者进行对比，发现 Coley 免疫疗法治疗患者中位生存期 8.9 年，而常规治疗的病例仅 7 年，肉瘤患者生存 5 年和 10 年以上者分别为 50% 和 38%，卵巢癌和肾癌接受 Coley 免疫治疗生存 10 年以上者也远比常规治疗者多。

20 世纪 30 年代 Coley 尚健在时，美国医学会表示支持 Coley 疫苗，同意作为新的非处方药，“作为保守性或根治性手术后预防性治疗”，或用于“不能手术的肿瘤患者”。那期间的某些教科书也推荐使用 Coley 疫苗，例如 1931 年出版的《现代外科学》(*Modern Surgery*) 主张“任何部位肉瘤切除后，应给予 Coley 液注射”；《现代手术外科学》(*Modern Operative Surgery*) 也明确主张，肉瘤治疗“截肢后，应预防性注射 Coley 液，剂量应足够引起明显的发热反应”。

但 Coley 的事业没能继续，1936 年 Coley 逝世，那时放射治疗成为被确认的疗法，化疗也迅速被临床接受。这些疗法比之 Coley 疗法更易成为标准治疗，也更易成为企业化生产。尽管接受现代常规治疗的病人并不比 Coley 治疗的病人有更好的结局，化疗、放疗带来的巨大经济利益，终于夭折了这一简单而便宜的疫苗研究和发展。

写上述文字时，我的内心并不平静。上世纪 90 年代，上海一组研究者曾采用由多种市售疫苗混合而成的“复合疫苗”，皮下注射，治疗失去生存希望的或常规治疗失败的晚期癌症患者。2008 年，在王振义院士鼓励下，我参与了对曾接受复合疫苗的 38 例患者随访。十分惊奇的是，38 例中，

26 例存活了 15 年以上，仅 5 例死于癌症进展。

现在，面对一些蒙受“治疗”带来痛苦的病人时，我常常想起 Coley 和他的简单的疫苗，想起我在上海的随访，也常想起王振义院士的一句话。这位发明治疗早幼粒细胞白血病诱导分化疗法的专家，曾在我面前叹着气说“我不甘心”。因为他总想研究出“让大多数癌症病人都看得起的、痛苦小的简单治疗”。

从 Coley 疫苗应用于癌症治疗以来，肿瘤免疫治疗的研究几经浮沉。近年来免疫节点的发现及其对抗剂的应用，将免疫治疗推向前所未有的高度。但肿瘤具有高度异质性和遗传不稳定性，机体的整体免疫，特别是天生的固有免疫，在肿瘤控制中不容忽视。研究表明，虽然慢性炎症可促发肿瘤发生和进展，但急性炎症是在进化过程机体保有的固有防御机制，在某些情况下，粒细胞释放的细胞因子能增加抗原提呈，引起免疫介导性肿瘤清除。这可能是 Coley 疫苗发挥治疗作用的机制（见图）。

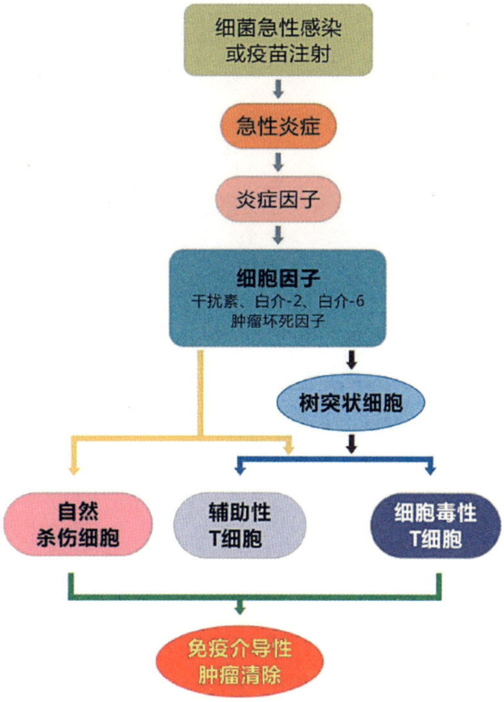

图示炎症是双刃剑，可促进肿瘤生长，但急性炎症，如果达到一定强度和时间，可促进免疫机制，抑制肿瘤进展

汤钊猷 评述

40 多年前笔者开始从事临床研究，那时便注意到血常规检查中淋巴细胞比例与患者预后有一定联系，比例高的预后常较好。几十年间，笔者曾用过不少免疫治疗剂，如卡介苗 (BCG)、混合疫苗 (Coley 毒素)、小棒状杆菌 (CP)、左旋咪唑、香菇多糖、胸腺肽、干扰素，还有补肾中药。笔者那时根据中医一句话“若要安，三里常不干”，曾将卡介苗接种在足三里穴，结果局部溃疡半年才愈。奇怪的是，溃疡期间精神好，胃口也好，笔者的双腿足三里穴至今仍留下印记……

治癌随议：运动防治乳腺癌

三位印尼患者

2016 年 9 月 2 日至 11 日，在印尼寻访曾在我院治疗的病人，三位乳腺癌患者让我震惊、激动和欣慰——

9 月 3 日晚，在雅加达举行的酒会上，我与几位华人朋友正兴趣盎然地聊天，一位风韵犹存的女士来到身边，紧紧握住我的手。我端详她，身材高挑，皮肤白皙，面色红润，眼中隐隐含着泪。她说：“你不认识我了？12 年前在你院……”

我记起了。那是一个上午，例行院长查房，看到一位女士，面色恍白，头发稀疏，右侧胸部隆起。掀开上衣，揭开有血迹渗出的纱布，看到惊人一幕：其右侧乳房肿得厉害，乳头深深内陷，下侧皮肤发紫破溃，露出发黑的坏死组织，血水不断渗出……主治医师告诉我，患者来自印尼，当地医院确诊为乳腺癌，做过化疗。

我给她做了检查，发现肿瘤固定，腋窝淋巴结肿大。再看从印尼带来的 CT 报告，肺内至少有六个小转移。我劝她接受化疗，她摇摇头说：“正是化疗期间，肿瘤才破的。”

在反复解释后达成“妥协”：不做全身化疗，只做动脉介入“局部化疗”；几周后，其乳房伤口干燥了，给予肿瘤冷冻；接着，进行“清创”手术，去除坏死组织；最后，给予全乳房切除，有一根肋骨受到侵犯，一并予以切除。

第二位也是一位漂亮女士。11 年前，39 岁生日那天，她被诊断为乳腺癌。

来我院时，肿瘤已很大，将表面皮肤撑得变薄发亮，多个淋巴结转移。我们先给她做动脉局部化疗。她拒绝手术，仅接受经皮冷冻治疗以及六个周期的化疗。这次看到她，容光焕发，完全不像已年过五十。

第三位乳腺癌患者住在印尼日惹，这是印尼迄今保留皇权的地方。她是苏丹(皇帝)顾问的夫人。应皇后邀请，9月9日下午，我们飞到日惹。刚走到机场出口，顾问夫人快步迎上来，她头包花头巾，没有顾及穆斯林习俗，与我们紧紧拥抱。

记忆将我带到八年前。也是例行查房，查到一位乳腺癌患者，正是这位顾问夫人。与上述第一位女士几乎完全一样，其乳房肿瘤也很大，肿瘤破溃了，腋下淋巴结成串并肿大。在以后的两个月里，她先后接受了化疗、冷冻，最后，手术切除左侧乳房。

这次见面，她说“特别开心”，一方面身体健康，癌症没有“再回来”；另一方面，小女儿出嫁了。那是一年前，她发来请柬，邀我参加婚礼，因为时间冲突我未能出席。她告诉我，女婿是另一省省长的儿子，婚礼很热闹，来宾就有一千多人。

以上三位女士，乳腺癌都是巨大的，而且都已转移，但治疗后都能长期生存(最短的已超过八年)，除了归功于治疗，她们还有什么“秘诀”？

她们说，一是“吃”，二是“动”。她们每天都进行锻炼，行走、打太极和做气功，第一位女士每天至少做100个俯卧撑。

已有大量研究证实，运动有助防治癌症。对于乳腺癌，无论是诊断前、诊断后，运动均可预防复发和转移，减少死亡的危险性。

诊断前运动

2009年，加拿大研究人员在《国际癌症杂志》(*Int J Cancer*)报告了对1231例1995—1997年诊断的乳腺癌患者的调查结果：在诊断前坚持运动的患者，患乳腺癌后死于癌症的危险性和总死亡率均明显减少，癌症复发、进展或新原发癌发生的危险性均较平时不爱运动者为低。

2015 年，英国发表一份荟萃分析，涉及 123 574 参加者，随访时间 4.3~12.7 年。其间，6898 例死亡，5462 例死于乳腺癌。调查发现，诊断前积极从事体力活动者比之不大活动者，总死亡和乳腺癌相关性死亡的危险性均降低。诊断前近期做体力活动者死亡危险性也低。诊断前和诊断后进行体力活动者，乳腺癌进展、复发或新肿瘤发生的危险性也降低。

诊断后运动

2008 年，美国《临床肿瘤学杂志》(*J Clin Oncol*) 发表一篇研究，前瞻性观察了 933 例局限性和区域性转移乳腺癌患者。发现诊断后每周运动 2~3 小时（跑步）者，与不运动的患者相比，死亡危险性降低 45%；诊断后运动减少的患者，死亡危险性高四倍。

2011 年《癌症预防研究》(*Cancer Prev Res*)[Phila] 杂志报告对上海 4826 例 I–III 期乳腺癌的随访研究，结果显示：在诊断后最初的 36 个月内坚持运动者，总生存率和乳腺癌复发引起的死亡率均降低，运动量越大，这种作用越显著。月经状态、体重高低、合并疾病等，与运动产生的效果无直接关系，但三阴乳腺癌和进展期乳腺癌患者从运动中获益更明显。

2012 年，《乳腺癌研究和治疗》(*Breast Cancer Res Treat*) 发表西雅图一家癌症研究中心调查 13 302 例乳腺癌患者的结果，在诊断后的 18~32 月内，每周至少运动 2.5 小时的患者，总死亡率下降 27%，乳腺癌引起的死亡降低 25%。

2015 年，英国癌症杂志 (*BMC Cancer*) 报告挪威一项研究，共随访 1327 例乳腺癌患者，发现诊断后体力活动可明显降低总死亡率和乳腺癌相关性死亡，在 50 岁以上人群中，这种效果更明显。诊断后减少运动的患者，不管是总死亡，还是乳腺癌相关性死亡的危险性均增加。

2015 年，美国《流行病学》(*Epidemiology*) 报告上海对 518 例确诊三阴乳腺癌的调查。诊断后 5 年内坚持锻炼者，总死亡率、疾病复发或转移

生命在于运动（广东省生命之光癌症康复协会）

相关性死亡率均较未坚持锻炼者为低。运动量越大、时间越长（每周 2.5 小时以上），复发的危险性越低。

2016 年，《欧洲癌症杂志》(*Eur J Cancer*) 报告丹麦对 959 例乳腺癌患者前瞻性研究，也发现坚持运动者与未坚持运动者相比较，死亡危险性降低 44%。

汤钊猷评述

开刀并不能排除血中的癌细胞，这是为什么很多年后还会复发的原因。“中国式抗癌”的策略是“改造机体，改造残癌”。我主张“两动两通”：“两动”就是动脑子、动身体，动静结合；“两通”是大小便通、血脉通。我的夫人患乳腺癌，已有转移，没有化疗，坚持游泳多年，无复发。2016 年，美国《肿瘤靶向》(*Oncogene*) 发表我的研究团队做的实验研究，显示适度游泳可以促进多巴胺受体表达，对癌细胞增殖有抑制作用。

治癌随议：运动防治结直肠癌

神奇病人

2016 年 7 月 24 日，台湾大学一个礼堂内，二鱼出版社正为我在台湾出版的繁体字版《与癌共存》举行首发仪式。当我介绍了书的主要内容后，坐在台下的一位男士站起来说："我很赞同你提出的'与癌共存'抗癌观。我是医生，就是用这种观点为病人服务的。但我也是一位患者，一个没有开刀活过十年的肠癌患者。"他身体壮实，说话声音洪亮，很有感召力。"我希望了解哪些方法可以实现与癌共存。事实上，我'与癌共存'主要得益于不花钱的治疗……"他当场送我两本他写的书，其中一本名为《感谢老天我已活过十年》。这位医生名叫许达夫。

当晚，我一口气读完许达夫医生送给我的书。他是一个神奇人物，父母均是台湾著名医学家，他本人台湾大学医学院毕业后，勤奋攻读，成为台湾著名神经外科专家。十年前，他突然肛门出血，检查发现是直肠癌，已有肠外盆腔转移。他接受了放疗，但放疗的副作用让他中途放弃。从医的亲人、同事和朋友劝他接受手术和化疗，但生性倔强的他拒绝了这些建议，毅然决然采用自己设计的"自然疗法"。现在，他身上已无"癌症证据"。

仔细研究许医生的生存奥秘，主要是改变生活方式，除了保持乐观、合理饮食，最重要的是每天运动，尤其是坚持做气功。

无独有偶。近日应邀出席印尼雅加达一次结直肠癌论坛，会后去印尼各地寻访过去治疗过的病人。在泗水，遇到一位已经 72 岁的结肠癌患者。12 年前，这位患者接受结肠切除手术，当时肿瘤已转移到腹腔。医生要他化疗，他拒绝了。他露出腹部，我看到了他腹壁上有条长达 20 厘米的切口疤痕，看他带来的 CT 片，肝和肺均无异常，无任何癌症复发迹象。

他笑着说，他活下来，是上天给的奇迹。他每天老天还未亮就起床跑步，至少两小时，天天如此。

事必有三。几天后，在西加里曼丹首府坤甸，我遇到第三位神奇患者。13 年前，这位患者 32 岁，突然便血腹痛，被查出右半结肠癌。手术中发现已有局部转移，侵犯临近血管，做了姑息性切除，术后给予 4 个周期化疗。他活下来了，结婚生子。问他为什么能活下来？他说，和他同时期生癌的人都死了，他相信自己会活下来，出院后每天坚持跑步。他从事汽车油漆工作，他把每天的工作当作体力锻炼，既有成就感，又感觉全身轻松，充满活力。他给我看他的全家福，一家人幸福无比。

文献资料

运动真的如此神奇？平常给病人看病，主要讲药物、疗法，很少谈运动。我马上上网，用“*exercise and colorectal cancer*”作关键词，在“Pub-med”上搜集。结果显示——

1. 运动降低结直肠癌发生的危险性——

体力运动不管强度高低、时间长短，均可使结直肠癌的发生危险降低 30%～40%；不管体脂指数 (BMI)，运动量较大者，发生结直肠癌的危险性下降最明显。

2. 运动可预防复发、转移，提高生存率——

2015 年《临床肿瘤学杂志》(*J Clin Oncol*) 发表了一篇荟萃分析。6 份研究共调查了 7522 例结直肠癌生存者，发现诊断后坚持运动，可使总死亡率下降 42%，死于结直肠癌者减少 39%。如果每周以正常速度走路 5 小时，则总死亡率下降 38%，结直肠癌相关性死亡率降低 35%。研究显示，关键是运动，活动量大小并不重要。另有研究调查了 573 例 I ～ III 期结直肠癌患者，在获得诊断后即增加活动量，结直肠癌相关性死亡率下降 52%，该研究也显示死亡率降低与活动量高低无关。

2016 年，美国《肿瘤靶向》(*Oncotarget*) 发表对 11 个研究共 17 295 例患者的随访结果。随访时间长达 3.8 ~ 11.9 年。结果显示，结直肠癌被诊断前的体力活动，与总死亡率以及结直肠癌相关性死亡率呈反比；诊断后进行体力活动，也能减少总死亡率以及结直肠癌相关性死亡。

3. 运动提高患者生活质量——

一系列研究显示，结肠癌病人进行较大强度运动可改善生活质量，增强体力，消除疲劳。一份随机试验表明，结直肠癌患者进行有氧运动，可明显改善生活质量，消除心理障碍。

加拿大和澳大利亚协作完成的一份随机对照多中心临床试验，名叫“挑战”（CHALLENGE），结果显示，瑜伽能明显改善结直肠癌患者的心理健康状态，包括消除忧虑、紧张和压力。

抑癌原理

运动降低结肠癌发生的原理可能是多方面的，如促进能量平衡、影响激素代谢和胰岛素调节，减少结肠暴露于潜在性致癌物的时间。运动也对炎症和免疫因素有影响。有人认为，运动可能影响结直肠癌基因表达。实验研究显示，限制能量 (增加运动) 会引起基因 p27 表达水平升高，使细胞周期停止，即使癌细胞增殖受到抑制。

汤钊猷院士提出的“中国式抗癌”，强调在消灭癌细胞同时，要“改造”机体。正如《孙子兵法》所言，“用兵之法：无恃其不来，恃吾有以待之；无恃其不攻，恃吾有所不可攻也。”意即：不寄望于敌人不攻，而是要自己准备好，强化自己有不可被攻入的实力。此策略用于抗癌战中，就是要健身强体，提高“正能量”。

运动，就是健身强体、“改造”机体，达到防癌治癌目的。

同一天，一起行

汤钊猷
评述

适当的运动是最重要的，特别是白领一族。当然，晒太阳也很重要，但是不要过分就是了。我的保健方法就是“两动两通”：“动”就是动脑子、动身体；“两通”是大小便通，血脉通。保持身心的动与静，处事泰然处之，对癌症不要太着急，要冷静思考，认真应对。我有十几个病人都是这样，借助游泳预防了复发。适度运动（游泳）对防癌是有好处的。

5 治癌之策

《孙子兵法》“军事篇”说：“用兵之法，高陵勿向，背丘勿逆，佯北勿从，锐卒勿攻，饵兵勿食，归师勿遏，围师遗阙，穷寇勿追……”无论从战争的角度，还是从抗癌的角度，消灭与改造并举的策略可以获得更好的结果，而损失较小。

治癌之策：变革思路

有个微信帖子说，人一生要做对3件事：一是找对平台，二是交好朋友圈，三是跟对贵人。我这一生，感到幸福的是有几个“贵人”老师。每年春节回上海度假，最开心的莫过于看望老师。一方面，享受师生之情，一日为师，终身为父；另一方面，与老师闲聊，胜读几年书。

2016年正月初四，上海出奇地天高气爽。汽车开入上海市中心一个闹中取静的小区，对门卫说去汤钊猷院士家，保安十分热情，开门，按电梯。上到20层，汤钊猷院士早已开门等候。

汤院士是我国著名肿瘤专家，他和他的夫人李其松教授分别是我40多年前进修肿瘤和消化病的专业启蒙老师。一番问候寒暄后，汤院士说：“你的那套治癌理念我很赞同。那本书出版了吗？”他说的是我那本即将出版的科普书《与癌共存》。此前几个月，我发邮件给院士，请他作序，同时发了几篇准备放在书中的文章给他。院士很快为我的书写了2000多字的序言，开篇就点题：“徐教授要我为他的新著《与癌共存》写序，我欣然动笔。这倒不是我有资格去写，而是书中不少观点和我雷同，为此想通过写序共同呼吁对‘抗癌战’(也可改为‘控癌战’)的战略进行反思”。

汤院士又说：“你曾经写过一本《与癌症患者讲实话》，我太赞成了，医生治疗癌症就是要‘讲实话’。像你的老师，乳腺癌，已有转移，手术后，几乎没有做过什么治疗，已经9年了。”

院士讲的老师就是他的夫人。9年多前，被查出乳腺癌，接受手术切除。HER2阳性，接受了赫赛汀，用了一针，就出现心脏损害，被迫停药；又用希罗达，胃肠反应重，没有用下去。院士说：“对你老师的治疗，就是

在汤院士家中合影

实话实做。勉强接受‘常规’治疗，可能肿瘤没有消除，人已经垮掉了。”他说，某大学的党委副书记，也患乳腺癌，腋下淋巴结转移。她征求院士意见，要不要做放化疗？院士讲了“实话”，叫她“不要勉强”。这位副书记后来仅吃中药，迄今快 20 年了，她仍然健康。

汤院士是《现代肿瘤学》的主编，这本千万字的巨著反映了世界肿瘤研究和临床诊治最高水平，包含各种癌症诊治“指南”，放化疗占据很大篇幅。无可置疑，汤院士对化疗的通晓是少有人可比的。“当然，完全否定化疗不对，但要根据病人具体情况，恰当应用。”汤院士强调说。

汤院士说，他每周照例一次查房，查到结直肠肝转移患者，他总要问他们有没有接受“6 次化疗”，几乎所有病人都接受过。“看来，那套常规的方法不能完全预防复发。”汤院士显得不无忧虑。“记得你治疗这种病人很成功。”他指的是我在一篇短文中介绍的一位 70 多岁的结肠癌肝转移患者。老人化疗失败，我们给他注射一种非特异性免疫疫苗，结果老人无进展生存了 8 年，好好享受了晚年的欢乐。

“这是‘改造’癌细胞，也就是你讲的‘与癌共存’。”院士说。汤院士几年前出过一本著名的科普书《消灭与改造并举》，我写的《与癌共存》，书中很多观点实际上是从他的那本书引申而来的。

汤院士说：“无论手术、消融，还是化放疗，都是‘消灭’，但这些方法均有‘反作用’，会促进残癌转移。”

我谈及目前用于治疗进展性肝癌的一线药苏拉菲尼，给病人应用时，常常很困惑，第一，只对少数人有效。第二，延长生存期仅仅几个月。亚洲的研究显示，服用苏拉菲尼的肝癌患者，生存期比没有服用该药的患者仅长 2.3 个月，患者病情“稳定”、无进展的时间，服用苏拉菲尼的患者较未服用者仅长 1.4 个月。第三，副作用大，手足皮肤反应和腹泻让病人十分痛苦。第四，费用太大。虽然现在药厂可以“赠送”，但需要先花钱买药几个月之后才能“免费”，而那时许多病人已经过了“有效期”。我说：“每当我给病人用这类药物时，总有一种‘明知山有虎，偏往虎山行’的感觉，心中很不是滋味。”

“还有，文献报道这个药会促进转移。”我说出了最大的担心，列举了几个病人服用苏拉非尼后很快出现肝内和肺转移。

“这个问题早在 2012 年就已被证明了。”汤院士介绍他们发表在美国《胃肠病学》杂志上的一篇文章。给实验性小鼠制造实验性肝肿瘤，一部分鼠口服苏拉非尼，一部分鼠不口服该药，作为对照组。结果发现，应用该药的小鼠，肺和肝内转移多于对照组。结论是：苏拉非尼能增加肿瘤侵袭性，使原来转移能力很差的肿瘤细胞变得更有侵袭力。他们的研究发现，苏拉非尼能下调一种叫 HTATIP2 的肿瘤抑制基因，从而促进癌细胞转移。

“但是，如果加上一种普通的阿司匹林，就可抑制苏拉非尼的这种不良作用。”汤院士兴奋地向我列举了他们发表在美国杂志 *PLoS One*(2013) 上的另一篇文章。给裸鼠肝癌模型服用苏拉非尼，肿瘤转移增加，如果同时给予阿司匹林，则可阻止或减少转移发生。他们认为，阿司匹林能抑制环氧化酶 Ⅱ (COX2) 的表达，抑制炎症，上调抑制肿瘤生长的 HTATIP 基因。

我曾阅读过他们写的另一篇文章，也是发表在*PLoS One*上，文章显示，苏拉非尼可以明显减少肿瘤动物的自然杀伤细胞(NK)数量，抑制其活性。我告诉汤院士，受到他们的研究启发，临床上，我常常让癌症病人(尤其是肝癌和结直肠癌病人)服用阿司匹林，每天75~100毫克，如果病人有胃肠不舒服，同时服用控制胃酸的药物。另外，对服用苏拉非尼的病人，常规检测免疫细胞尤其NK细胞数量和功能，并同时给予异体NK细胞输注免疫治疗。

汤院士说："这是变革。过去我们讲发展是硬道理，现在讲转型也是硬道理。只有不断变革才有出路，而变革是无穷尽的。我欣赏你们，就是欣赏你们走在变革的路上。"

我告诉院士，自己每天口服阿司匹林已十几年了，一方面是预防心脏病，另一方面也是预防肝癌复发。汤院士说：我们对这个古老药物的认识还很不够。已知炎症是肿瘤启动、促发、侵袭和转移的决定性因素。阿司匹林作为一种抗炎因子，已被证明能预防和治疗癌症，尤其消化系癌症。最近发表的一份大系列随机对照调查显示，阿司匹林可预防肝细胞癌，减低慢性肝病患者的死亡率。实验研究显示，给兔模型的肿瘤内注射阿司匹林，肿瘤生长受到抑制。

汤院士将癌细胞比喻为从好细胞变来的"坏分子"，他说："我们不能仅仅着眼于'消灭'它们，更重要的是改善产生'坏分子'的环境。'改造'癌细胞要从改善环境做起。阿司匹林就是改善肿瘤微环境的方法。适度运动(例如游泳)，也是改善我们体内微环境的好方法。"汤院士将李老师拉着坐到我身边，说："她的癌症没有复发，看来与她坚持游泳有关。"

我记得在汤院士的书中，他将游泳和买菜誉为治癌"处方"。汤院士说，2015年，他们在美国著名杂志*Oncogene*(《肿瘤基因》)发表文章，证明适度游泳可以提高体内多巴胺水平，延缓肿瘤生长，减少肺转移，延长实验性肿瘤动物生存期。但游泳不能过度，否则有相反结果。其他运动也具有同样意义。去菜市场买菜，慢慢走路，就是一种适度运动。

下午闲聊，意犹未尽。当天夜里，临睡前，我又收到院士发来的邮件，同时附来几篇他们发表的论文，其中一篇是关于游泳加中药方剂对肿瘤生长和转移的作用。中药方剂叫“松友饮”，是汤院士和李其松老师多年前拟定的，由 5 味中药组成。发表于美国 *Intergr Cancer Ther*（《整合性癌症治疗》）杂志的文章显示，适度游泳加上“松友饮”可以更有效地提高外周血液中杀灭癌细胞的免疫细胞数量，延长实验动物生存期。我曾在国内外多个杂志读过松友饮方剂“多靶点”抗癌作用。一个中药方剂，历经数十年研究，经久不衰，实在难得。汤院士说：“‘改造’癌细胞，中医中药独有其长。”

“您在对付癌症方面很有独到之处，相信假以时日，将被更多人所接受。”汤院士在邮件的最后这样鼓励道。我很欣慰。挑战癌症，是责任，更是使命。

我想起《万病之王：癌症的前世今生》一书作者穆克吉的一些哲理性看法。按他的观点，癌症是“现代病”。他说，这不仅因为我们从全新的角度认识癌症，而且癌症的种类越来越多。随着我们对癌细胞的了解不断深入，我们越发发现它和人类很像。

和我们一样，癌细胞也想要生长、增殖，只是它们不知道调控增殖的速度。癌症的生命就是人体生命的一个缩影，癌症其实就是我们自身病理状态的反射。穆克吉认为，从其分子核心的本能而言，癌细胞就是人类自身的翻版——活性强、生存力强、杂乱无章、繁衍力强、富创造力。

穆克吉认为，基础癌症科学为人类掀开的不是又一个假黎明，而是历史隧道尽头的那片光明。

汤院士是“大家”，他的思维、思路总是前向性、哲理性和激励性。他的看法的哲理背景，与穆克吉的观点如出一辙。

治癌之策："勉强"的手术不要做

最近三个月，仅从我方圆不过100公里的家乡，就有三位胰腺癌患者的家属，风尘仆仆来广州找到我。

第一位患者是大学老师，男，70多岁，因为上腹不适，被查出胰腺头部有肿瘤，去到一家著名医院接受了Whipple手术，切除了胰－十二指肠。手术发现已有胰周淋巴结转移和血管受侵。术后三个月，血液CA19-9又开始升高，肝内出现转移。再过一个月，患者出现呕吐、黄疸，检查发现并发胆管梗阻、肠梗阻……

第二位患者是退休公务员，男，快70岁。体检发现胰腺沟突部有占位性病变。曾经考虑接受微创消融治疗，但考虑手术可能"更彻底"，赴一家著名医院接受了Whipple手术。术后胰瘘和腹腔感染、出血，住院已两个多月，肝内又有转移……

第三位患者是农民，男，60多岁。因背痛接受CT检查，发现有胰体尾部癌，在一家著名医院接受了胰腺大部分和脾及脾动静脉切除，以及淋巴结清扫。切除的胰腺标本切缘3毫米内有癌细胞，8个淋巴结中有5个见癌转移。手术后CA19-9下降，但近期又上升，原先"可疑"肝转移近期似乎变"明确"，背痛再起，愈来愈剧烈……

三位患者有类似的经历，手术后也有类似遭遇。家属找我，目的是寻求"补救治疗"，他们都不约而同地问：原先的手术是否值得?

手术切除一直被认为是胰腺癌唯一根治手段。Whipple手术主要用于治疗胰腺头部癌和乏特壶腹癌，手术包括切除整块胰头、远端胃、十二指肠、胆囊、远端胆总管、近端空肠和局灶淋巴结，之后进行胰腺空肠吻合、空肠胆总管吻合和胃空肠吻合。这一普外科最复杂、难度最大的手术，代表着普外科乃至整个外科吻合技术的高峰。但仅适用于肿瘤较小、局限于胰腺内、没有侵犯门静脉或肠系膜上静脉等重要血管、年龄较轻、全身情况较好的患者。

我不是外科医生，不想对上述三位患者的手术作出评价，但结果证明，他们手术的后果不乐观。由于胰腺癌的早期诊断不易，患者出现首发症状至确立诊断的时间为4~9个月，手术切除率小于20%，多数报告的5年生存率为5%~10%。显然，上述三例不属于这个范围内。

手术治疗是现代癌症治疗的基石。在汤钊猷院士提出的"中国式控癌"策略里，手术是最重要的"消灭"手段，但手术只适用于较早期、无播散的肿瘤。

"勉强"的手术千万别做！

已有证据表明，手术如果不彻底，术后残癌会加速发展。汤钊猷院士在他所著的《消灭与改造并举》一书中告诫，手术是"双刃剑"，"姑息性切除可促进残癌的转移"。

美国"疾病终结计划"创始人雷蒙德·弗朗西斯，写了《永远不再害怕癌症》一书，认为：

- 癌症被确诊时，常已有转移。一旦癌细胞已转移，手术即无效。因此，即使是癌症早期，手术也会加速癌转移，转移的肿瘤比原来的更严重。
- 癌症手术大大减少了癌细胞转移所面临的障碍，使癌细胞顺利地进入血液，附着于血管壁，进而穿透血管壁，在新的合适场所定居下来，形成转移。
- 手术、麻醉和输血均会抑制免疫系统，尤其降低自然杀伤细胞活性，为癌细胞转移消除了对抗者。
- 肿瘤生长需要有新生血管供应血液。手术后，人体会生成刺激血管生成的物质，促进创口愈合，但不幸的是，也促进了转移灶内新生血管生成。
- 手术可增加体内炎症反应，刺激机体产生一种酶，叫还氧化酶-2，这种酶能促进肿瘤内血管新生，提高癌细胞的附着性。

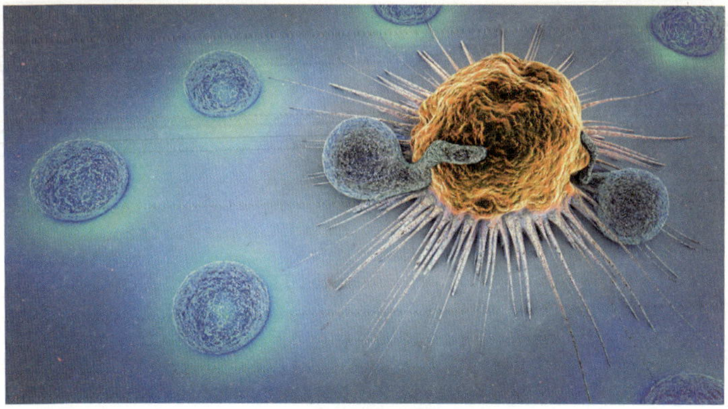

癌细胞转移

汤钊猷院士的团队在动物实验中发现：姑息性手术会促进机体产生两种物质，一种叫基质金属蛋白酶 -2，另一种叫血管内皮生长因子，前者能增强癌细胞穿过血管壁的能力，后者促进肿瘤血管新生。

也许正是因为上述原因，不少著名外科专家呼吁“手下留情”，不要轻易做“勉强”的手术。从事肿瘤外科的著名医生华益慰，一生曾经给无数患者做过手术，后来他自己成为胃癌患者，做了全胃切除手术，临终前留下了无比沉痛的话语：“我从前做了那么多手术，但对术后病人的痛苦体会不深。没想到情况这么严重，没想到病人会这么痛苦……”

2016 年，北京曾召开一次专题圆桌会——“追问生命尊严：医学的使命与关怀”，医学界、生命科学界的多位知名人士应邀进行讨论。他们的结论是：医生并非万能，医生应该冷静、理性、客观，在生与死的搏斗中，将技术与心术融合，给予患者最佳治疗。

回到胰腺癌的问题，对这样的“癌王”，如果不是真正的“早期”，贸然做如此大、如此复杂的切除手术，是否有些“勉强”，有无实际价值？有位肿瘤科专家把“无价值”的治疗归为“唯科学主义”，痛击“把人看成了某种疾病或某个发生故障的脏器的载体”，“使得传统医学对鲜活生命的呵护异化成‘医生对疾病’、‘医生对脏器’的‘无人医学’”。

爱因斯坦早就担心“手段日臻完善，目标日趋紊乱”的所谓“科学的进步”。癌症治疗的目标一是病人生存，二是病人活得有质量。对胰腺癌深有研究的陈敏章教授，曾参加编写我主编的《临床胰腺病学》有关胰腺癌的章节。早在 1997 年，担任卫生部部长的他对我说："胰腺癌这个病，现在的治疗不行，要找简单的、少痛苦的、让病人活下来的有效方法。"不幸的是，不到两年后，陈部长自己就因这种病，在深深的痛苦中独步仙尘，给我们留下了无限的遗憾和艰巨的使命。

自 21 世纪初，我们将经皮冷冻消融技术应用于治疗局部进展性胰腺癌，迄今已经总结了 50 余篇文章，其中多数用英文在西方杂志发表。这种技术最大的优点，也许是符合陈部长期望的"简单、少痛苦"，但缺陷是缺少"随机对照"。对于我们临床医生来说，病人生存是最大的"文章"。

也许，治疗癌症，包括对胰腺癌，应换个思路。上海一家著名医院的胰腺癌中心专家在网上说，他们手术治疗的胰腺癌病人，生存最长的是 7 年。值得欣慰的是，我们应用经皮冷冻治疗的胰腺癌病人，有一例 2008 年接受第一次治疗，迄今仍"带瘤生存"。

汤钊猷评述

早年，患大肝癌的病人常常勉强手术，结果事与愿违。《孙子兵法》说："少则能守之，不若则能避之"，意即"我方处于弱势，不能贸然开战"，但当年对此难理解。新近我回顾了生存 20 年以上的肝癌病人，竟有不能切除的大肝癌，没有勉强切除，而是综合治疗半年左右，待肿瘤缩小再切除。

为什么没有勉强切除反而好呢？实验研究发现，勉强手术（姑息性切除），通过缺氧、炎症和免疫抑制，促进残癌的转移。这好比勉强开仗，敌我伤亡相当，城市破坏，道路堵塞，物资奇缺，残敌罪犯，更为疯狂，何谈安居。

治癌之策：再认识冷冻消融

今天（2017 年 8 月 12 日），星期六，上午，应邀去中山大学附属第三医院参加广东省临床医学学会中医自然医学专业委员会成立暨学术报告会。中山三院著名中医专家杨宏志教授讲了一个病例：患者姓黄，男，58 岁，2010 年 4 月体检，上腹部 CT 发现肝 S5 段结节型肝癌，大小 33×28（毫米），接受 2 次肝动脉化学栓塞治疗，同时服中药。肿瘤一度得到控制。2012 年肿瘤再长大，再接受 2 次肝动脉化学栓塞，无效。

杨教授说：“要感谢在座的徐克成教授，病人到你院，接受了冷冻消融治疗，将肝内 3 个肿瘤消融掉了……迄今，患者肝内肿瘤完全消失了。按常规，这几乎是不可能的事……”

屏幕上杨教授放出一幅照片，患者黄先生神采奕奕，看不出一点病态。

杨教授讲课时，显示他和黄先生的照片

我很欣慰。我院开展冷冻消融肿瘤已有15年，是中国最早的。现在，我正在收集5年尤其10年前治疗的病例，要求符合以下条件：（1）原先是中晚期肿瘤，不能手术切除，放化疗无效；（2）单纯接受冷冻消融，未作其他特殊治疗（放化疗）。

杨宏志教授讲的这个肝癌患者符合上述条件，能健康生存5年，且目前已无癌症证据，正如杨教授所说："冷冻看来真不错。"

中午见到牛立志博士，我告诉他上述病例。他说记得这个患者，几年前病人曾来找过他。牛博士也在思考"冷冻特殊功效"。他说有一个肝癌患者，是四川一个城市大医院的耳鼻喉科主任，十多年前来到我院。当时诊断为肝癌切除后肺转移。共有5个肺转移瘤。牛博士分两次为他做了经皮冷冻消融。迄今全身已找不到癌肿。我回忆起这个病人，去年他来医院复查时，曾在我院一个专题报告会上十分感动地介绍了自己患病经历。他生病后曾辞去科主任职务，几年前，领导又让他"官复原职"。我曾问他还接受什么治疗？他笑着摇摇头，说："我是无药可医才来到你院找'救命稻草'的，除了冷冻消融，还能有什么治疗？！"

消融治疗，就是采用物理或化学方法，作用于肿瘤局部，将肿瘤细胞"原位处死"。有酒精注射、射频、微波、冷冻、超声和不可逆性电穿孔（纳米刀）等消融技术，各有利弊，各个医院采用的方法不尽一致，取决于医生的经验、患者的选择和经济的承受能力等。

我院迄今积累了上万例冷冻治疗经验。虽然也有其他消融设施，但经验最多的是冷冻。癌症治疗的目标是病人生存。肿瘤消除了，不等于"成功"。冷冻是否真有效果，关键是治疗后癌症有无复发，病人能否长期生存，并享受良好的生活质量。在多年后再认识冷冻消融，一定有巨大意义。

上周五（2017年8月4日），我和穆锋博士应邀去湖南讲课。在飞驰的高铁里，我回忆曾在我院治疗的湖南"明星"病人。下午6时，到了长沙南站。下了车，看到漂亮巨大宽敞的高铁站，十分兴奋。好几年没有来了，长沙，这个文化底蕴深厚的中国历史名城，它的变化真是天翻地覆。

刚坐上前来接我们的汽车，我迫不及待拨通李凌的电话。电话刚响了两声，就传来——

“徐教授您好。听到你的声音，太高兴了！”李凌一下子听出了我的声音。当他知道我已到长沙后，马上说：“真是太高兴了。我来看您。”

半小时后，我们在饭店相遇。李凌是著名记者，2003 年湖南衡阳大火，时为《三湘都市报》记者的李凌冲进火海，拍摄了英雄的消防战士奋勇救人的照片，他自己因此脊椎骨折，差点引起截瘫。他被评为当年的“英雄记者”，他的照片被新华社评为一等奖。

见到李凌，我第一句话就问：“你舅舅好吗？”

“好好好！比我还健康。正在深圳含饴弄孙呢！”李凌连珠炮般回答，一副喜悦舒畅的神情。

李凌的舅舅姓鲁。那是 2004 年，家住湖南岳阳的鲁先生患上肺癌，当地医院说他只能“活 100 天”。他陷入十分痛苦中。他不想死，因为他只有五十几岁，上有 90 岁母亲，下有正在上学的儿子。他盼望奇迹出现，默默地计算剩下的生命——90 天，80 天……当还“剩”50 天时，他的家住衡阳的姐姐来电，说中央电视台播送广州复大肿瘤医院应用冷冻疗法治疗肿瘤，要他马上去广州。

在广州，鲁先生的肺癌接受了冷冻消融治疗，住院不到 10 天就回到家乡。3 个月后，就是在他被预期只能“活 100 天”那个期限之后，鲁先生的姐姐特地去岳阳，意外地看到哥哥长胖了，原先的咳嗽、咯血消失了。老鲁告诉她，已经在当地医院复查了 CT。肺部肿瘤大部分消除。CT 医生认为“太神奇”了，不相信，怀疑是 CT 机“故障”，为他免费重新检查。

曾经因为哥哥生病以泪洗面的姐姐，马上回到衡阳家中，叫回了正在外地采访的儿子李凌，一起乘上火车，赶到广州复大肿瘤医院。她要儿子好好采访，写一篇报道，宣传医院，作为对医院救治舅舅的感谢。

在此后几年内，鲁先生多次陪病人来到我院，他自己也曾接受 CT 多次复查，均无肿瘤征象。如今到了第 13 个年头了，他也到了古稀之年了，仍然健康，难以想象。

李凌上台说："每次讲到我的舅舅死里逃生，我总禁不住流泪。"

这次到湖南，李凌一直陪着我们。在我讲课后，他上台讲了他舅舅的治疗经历。他告诉我，正准备写一本书，名叫《我与复大不解之缘》。他说"这也是我舅舅的心愿"。

"教授，我的舅舅生那么重的肺癌，做了冷冻后，怎么就好了呢？"不愧是记者，李凌不放过追根究底。

"仅做过冷冻吗？"

"是呀。我认为冷冻有特殊功能。"李凌显得很认真。

这实际上是我一直思考的问题。近两年来，我院引进不可逆性电穿孔即纳米刀，由于它有冷冻所没有的优点，例如没有"热沉效应"，对大血管旁肿瘤可有效消融，也不会伤及血管，不会伤及胆管、胆囊、胃肠壁、输尿管和神经，也由于是最新技术，医生和病人都很青睐，以致对有些适合冷冻治疗的肿瘤，也用纳米刀治疗了。我常对我们的医生说：要从科学和实践出发。十几年的实践已证明，冷冻可以延续患者生命。在理论上，冷冻可能有以下两种特殊作用——

第一，免疫促进作用。以上述 3 个病人为例，他们都是晚期癌肿患者，都是患的“大癌”，冷冻不可能将全部肿瘤均清除（许多病变在 CT 上看不到），为什么术后没有复发和转移呢？看来主要由于“冷冻免疫”。2014 年著名杂志《自然》发表一篇综述，比较了各种消融技术。对于冷冻消融，文章这样评价——

“冷冻后肿瘤破坏的另一机制是刺激对靶细胞的免疫作用。原发肿瘤冷冻后转移灶退缩，可能就是该原因。自从 1970 年代开展冷冻治疗前列腺癌后，已有不少这样的病例报告。早期在兔和猴做的实验显示冷冻后血清中出现肿瘤特异性抗体。

“在冷冻后，促炎症－免疫性细胞因子，包括肿瘤坏死因子、白细胞介素 1 和 6，大量释放……树突状细胞（一种协助 T 细胞的免疫细胞）内抗原大量积聚。”

文章认为冷冻引起的免疫促进作用超过射频和微波消融后，其原因——

“高温（射频和微波）消融后肿瘤细胞破坏，是一种破坏性坏死，蛋白已经变性，细胞内完整的抗肿瘤抗原被破坏；热凝固又阻止细胞内裂解产物进入血循环。但冷冻过程保持了细胞内细胞器和细胞内超微结构，仅引起细胞膜破坏，以致细胞内抗原完整地释放出来，刺激免疫细胞……”

日本金泽大学的骨科专家将转移性骨癌连同骨组织切下，放在液氮内冷冻，然后再“装”上去。他们发现术后血液内促进免疫的细胞因子全面升高，T 细胞的细胞毒作用增强，患者生存期明显长于常规治疗的患者。

第二，降低癌细胞侵袭性。我们曾对胰腺癌患者肿瘤冷冻消融前后，血液内多种显示癌细胞侵袭性的标志物进行了监测，发现治疗后这些标志物全面下降；血液内循环肿瘤细胞（CTC）在冷冻后明显减少。胰腺癌是众所周知的“癌王”，但在我们冷冻消融治疗的进展期胰腺癌患者中，有的尽管转移瘤还存在，却较长期生存下来了，“与癌共存”，最长已达到9年。其原因，除了上述“冷冻免疫”外，推测与冷冻让癌细胞的“癌性”降低不无关系。

汤钊猷评述

“凡战者，以正合，以奇胜”，取胜的关键是“以奇制胜”。强调诊疗规范是必须的，但如果停留在“规范”水平，就很难有进一步提高。应该辨证地看待“正”和“奇”：“正”是基础，“奇”是关键……对于身陷绝境的癌症患者，不要轻言放弃，孙子说“陷于死地而后生”，在抗癌战中，“绝处逢生”事例是客观存在的。

治癌之策：多些“质疑”

1 月 18 日到了，这是我特别揪心的日子。11 年前 (2006 年) 的这天，我被查出患有肝癌。8 天后，我接受了肝叶切除。当我从麻醉中醒来时，我执意要看看切下的肝组织。我的整个肝左叶被切下了，在临近肝右叶处，有 3~3.5 厘米左右大小的类圆形黄白色结节。主刀医生胡以则教授说：“放心，只有这个结节，看不到其他转移。”

老胡是我多年的朋友，他说的话，可能是“真”的，也可能有隐瞒，因为作为医生，对病人讲话不能不含有“安慰”之意。我执意要知道术中病理检查结果，老胡略带迟疑地说：胆管细胞性肝癌。

我的心颤抖了一下。我本人是消化科医生，研究肝癌几十年，知道胆管细胞性肝癌是怎么回事。原发性肝癌有两类：肝细胞性和胆管细胞性，起源于不同细胞。与肝细胞性肝癌相比，胆管细胞性肝癌较少见，也更恶性，往往早期就发生淋巴结受累和远处转移，因此预后比肝细胞性肝癌更差。

几天后，我能在床上坐起了，要来电脑，上网一查，一篇台湾医生 2005 年发表于《世界外科杂志》的文章呈现出来。文章回顾分析了 1977—1997 年接受肝叶切除的 81 例周围性胆管细胞性肝癌，仅 11 例存活 5 年以上，占 13.6%。作者结论很悲观，认为“即使手术切除，后果也是很悲惨的”。

我找到美国《NCCN 指南》。胆管细胞性肝癌术后可以做“辅助性化疗”，认为接受化疗者可获“生存受益”，中位生存期比不接受化疗的对照组长 1~3 个月。

这让我产生怀疑：癌症治疗的目的是什么？对于我来说，活下来是唯一的目的。如果仅仅多生存几个月，我无法接受，因为我不愿过这样“多出来”的，在恶心、呕吐、脱发、腹泻等副反应中度过的几个月。而且，

伊凡·彼德罗维奇·巴甫洛夫，苏联生理学家、心理学家、医师、高级神经活动学说的创始人。高级神经活动生理学的奠基人、诺贝尔奖获得者。作者在莫斯科大学巴甫洛夫塑像前

即使我“苟延残生”，我也无法做喜欢的工作。我对好心的医生说：“让我自己治疗自己、自己管理自己的生命吧！”

教训是深刻的。几年来，也许是“跟着我抗癌”，不少胆管细胞性肝癌患者来到我院。他们中绝大部分是手术后复发，有的在术后一两年，有的则是几个月就复发。他们几乎都接受过化疗，且复发的肿瘤往往不是单个，而是“成群”，一下子布满全肝，不仅在肝内，而且转移到肺、骨、腹腔多个器官和组织。很多患者告诉我“怪事”：一边化疗，一边转移。

这些患者的遭遇加深了我的质疑：化疗到底对胆管细胞性肝癌是有益无害，还是无益有害？

当然，这仅是来我院的化疗后失败的患者，没有来我院的患者中，肯定有化疗后没有复发的，也肯定还有术后没有化疗、像我这样的患者。为了“质疑”，我每月总要常规浏览世界文献，十年来，查阅了1000多篇

几乎都发表在美欧杂志上的所谓SCI论文，希望找到“灵丹妙药”，为病人，也为自己。

结果是失望的。一份大型荟萃分析，包括57份研究，涉及4756例胆管细胞性肝癌。患者年龄49~67岁，57%为男性，69%是孤立性肿瘤，86%的肿瘤中位大小为4.5~8.0厘米。82%接受肝叶切除手术，患者中位生存期大约28个月，5年生存率5%~56%，中位30%。文章结论是“术后辅助性化疗或放疗不显示是有益的”(见美国医学会外科杂志*JAMA Surg*，2014)。

当今备受关注的分子靶向治疗又怎样呢？发表于著名杂志《柳叶刀》(*Lancet Oncol*，2012)的一份大型随机对照3期试验中，180例胆管细胞性肝癌患者，在化疗吉西他滨基础上，加上EGFR受体阻断药吉非替尼(erlotinib)，肿瘤反应率从14%增加到31%，无进展生存期从3个月增加到5.9个月。作者认为，效果是“令人鼓舞”的，但是“有限”的。

2016年的文献仍然没有显示曙光。英国的一篇文章，综述了60余篇论文，结论是“胆管细胞性手术切除率很低，术后辅助治疗(化放疗)效果十分有限”。

这就是当前癌症治疗的困惑：“令人鼓舞”的治疗并不能带来患者“长期”存活。癌症最大的特点是其异质性，来源于不同细胞成分的癌症固然不同，即使在来自同一类型细胞的癌症中，不同的癌细胞也千差万别。化疗对于胆管细胞性肝癌效果有限，其原因也许是这种癌细胞“天生”对化疗药不敏感。

至于为什么“一边化疗，一边转移”，我在另一篇文章《化疗无效的出路何在》已经说了，是化疗导致癌细胞基因再变异，变成“离群者”，变得不仅不买化疗药的账，而且变本加厉，更加“恶性”。

临床医生在决定是否给患者化疗时，要多些质疑，不要仅仅聚焦于“癌肿”，更要聚焦于“整个系统稳定性”，要考虑：是让病人生命延长，不是延长几天几个月，而是生存几年、多年，还是适得其反？

我在与“大家”讨论癌症问题时，他们的话总带有质疑——

血液肿瘤专家王振义院士，是世界首创白血病诱导分化疗法发明者，他说：“最近参加科研成果庆祝会，几乎每个研究生都发表了很好论文，基本上都是关于‘基因’‘靶点’的。但我质疑，这些成果能看好病吗？”他引用《论持久战》的观点“保存自己，消灭敌人”，说：“不提高免疫功能，甚至伤害免疫功能，怎能把癌细胞消灭？”

汤钊猷院士给我发来一份邮件：“我每次大查房，对大肠癌肝转移的病人都问‘您术后用过什么治疗吗？’几乎每个病人都说，六个疗程化疗都用足了。我对跟随我查房的医生说，至少这些病人化疗是无效的。但也有医生说，这些治疗都是符合规范的，而规范都是随机对照研究证实的……我认为，实践是检验真理的标准，还得看治疗的效果。”

汤钊猷院士在《中国式抗癌》一书中引用《孙子兵法》一句话：“先为不可胜，以待敌之可胜。”就是说，治疗癌症时首先考虑机体自身如何不为癌细胞所胜，要提高自身抗癌免疫力，“自保而全胜”。

汤院士针对当前的抗癌现状，强调说：“我以为‘质疑’是‘超越’的前提，现在似乎少了一些‘质疑’。”

幸运的是，我已再生存 11 年了！我感恩“质疑”。

汤钊猷评述

我以为：“质疑”是科学精神的重要内容，是推动创新的重要动力，是赶超先进水平的关键。它不是否定一切，而是一分为二地看问题。《孙子兵法》有句话“以正合，以奇胜”，徐克成教授患胆管细胞性肝癌 11 年多无复发，就是既按章办事（以正合：切除），又质疑现有规范，采用独特的术后治疗模式，达到“以奇胜”的结果。

治癌之策：拒绝“严苛”治疗

做医生越久，越感觉到：医生给予的治疗，与病人生命是否能持续下去，关系太密切了。

2017 年 2 月 11 日，东莞一位朋友来电话，要我“无论如何”尽快看一个病人。我正在一家酒店开会，对方说：“就去酒店找你。”

两小时后，病人来了，陪伴她的有她的丈夫和兄弟。

病人是一位 42 岁的女士，广东人，患了鼻咽癌。这是一种在广东地区常见的癌症，因此被称为“广东癌”，放射治疗对其有很好的效果，早期病例的治愈率达 90%。这位女士的癌肿属于“早期”，32 次放疗后，肿瘤很快消失。为了“强化”效果，医生建议再化疗。虽然她知道化疗后会掉头发，会有恶心呕吐，但为了活命，她咬着牙，接受了整整 8 个周期的标准化疗。

本来，她早就摸到自己左侧乳房有一个小肿块，但不痛不痒，加上心思集中在治疗鼻咽癌上，也就没有重视乳房的小肿块。意想不到的是，等到她庆幸鼻咽癌“治愈”时，左乳房的肿块突然长大。“似乎每天都在长”，她告诉我，神色紧张，说着说着就哭了，“我的命这么苦，怎么又长了第二种癌？”

我为她检查左乳，内有一个又大又硬的肿块。看她带来的超声检查，肿块 8×10 厘米。进一步检查显示，确实是“第二种癌”——原发性乳腺癌。

问题是，为什么她的乳腺肿瘤在短短的一两个月里突然增大好多倍？对此很难作出肯定回答，但推测，与治疗鼻咽癌的放化疗有关。

第一，放化疗（尤其是“最大耐受剂量”的化疗），可抑制机体免疫功能。“免疫编辑”学说解释了免疫细胞与癌细胞之间存在三种关系——

一是免疫监护，免疫细胞数量和功能强大，监控和抑制癌细胞生长。二是免疫平衡，免疫细胞和癌细胞势均力敌，癌细胞受控，难以发展。在前两种情况下，癌细胞常常处于“休眠”状态。三是免疫逃逸，免疫细胞太弱，癌细胞逃脱监控，快速生长。

按照上述学说，很可能由于放化疗，免疫细胞受抑制，原先休眠的乳腺癌苏醒过来，无节制疯长。

第二，肿瘤内部的癌细胞并非铁板一块，而是多种多样，呈所谓的异质性。一部分癌细胞天生地对化疗或放疗敏感，另一部分（数量相对较少）对化放疗不敏感。这两部分癌细胞“恶对恶”、“黑对黑”，相互制约，尤其是“敏感”的细胞将“不敏感”的细胞控制住。做放化疗后，“敏感”细胞被杀，“不敏感”细胞得到“解放”，从而疯长起来。这就是生物学上达尔文学说的“适者生存”。

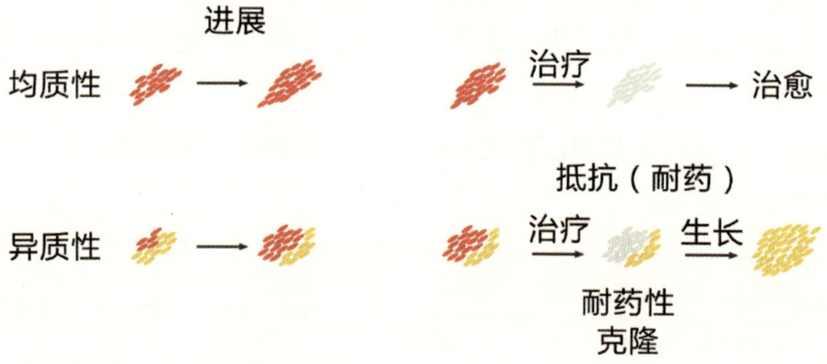

这是当今癌症治疗的最大困惑。一方面，这名患者患鼻咽癌，按照“指南”接受放化疗，尤其是放疗，无可厚非；另一方面，治疗又“唤醒”了另一种癌症，给病人造成更坏的后果。

许多论文确实显示，某种药物能延长癌症患者的“无进展生存期”。国内一组362名晚期鼻咽癌患者随机分组接受化疗。吉西他滨治疗组的中位无进展生存期为7个月，氟尿嘧啶治疗组为5.6个月。但“无进展生存期”不等于总生存期。能否延长总生存期，即让病人长期生存，多数文献或没有涉及，或得出否定结论。

早在1991年，著名的《柳叶刀》(*Lancet*)杂志发表了一项历史上最广泛的关于化疗作用的调查。德国黑德勒堡大学肿瘤科阿贝尔医生(Ulrich Abel)向350个医疗机构索取所有发表过的有关化疗的文章，同时汇集和研究了世界上所有知名的医学杂志上的相关资料，花了几年时间进行分析。他的报告认为，没有任何科学证据表明，化疗能够延长癌症病人的生命。当医生说化疗是“有效”的时候，他们并没有告诉病人的一样东西，就是“有效”并不等于治愈。

根据美国FDA的定义，“有效”意味着肿瘤在28天之内缩小50%或以上。阿贝尔认为，这种“有效”和生命的最终延长可以是毫无关系的，当一种化学药物在人体上使用的时候，肿瘤可能会缩小，但人体的生命力也不可避免地会缩小，而且往往缩小的速度快于肿瘤。

同在1991年的《柳叶刀》杂志上，美国纽约州立大学肿瘤学教授艾伯特·布雷弗曼博士写道：“许多肿瘤学家几乎对所有癌症患者均使用化疗，对化疗满怀希望，但对那些一成不变的失败视而不见。这个国家(美国)的大多数癌症患者都是死于化疗。化疗不能去除乳腺、结肠和肺部的癌肿。这个事实已经被证实超过十年，但医生仍在使用化疗治疗这些癌症。”

汤钊猷院士在《中国式抗癌》一书中，用孙子兵法中的“穷寇勿追”阐述化疗的应用。他认为，根治术后的化疗属于“穷追猛打、斩尽杀绝”战略，好比瓷器店里为了打几只老鼠，瓷器损失很大，而老鼠未必能被全部消灭。用此观点，不难评价前述那位早期鼻咽癌患者，在放疗后做全剂量“标准”化疗，是合适还是弄巧成拙？

癌症治疗的根本目的，是延续患者生命。正因此，我在每次给病人应用化疗时如履薄冰。我曾经写过一篇文章《改造化疗》，主张化疗必须用在恰当的对象，采用恰当的剂量，给予恰当的时间。

临床上，癌症患者通常接受最大或接近最大耐受剂量的“标准”化疗，这种策略的根据是，初始消除最大数量的癌细胞，可以减少癌症复发机会。但是，没有证据显示，这种“严苛”的标准化疗可以给患者，尤其已有转移的患者，带来总生存期的延长。除了上述谈到的两大原因外，重要的是，几乎所有的“严苛”治疗，包括当今备受推崇的靶向治疗，均可诱导基因组混乱，形成抵抗化疗的新基因组，最终变成耐药的“离群者”，甚至使一些本来缓慢发展的癌症变得更具侵袭性，不仅不能延长患者生命，反而加速死亡。

拒绝“严苛”治疗，应该作为患者长期生存、保持良好生活质量的首要之策。

业已证明，用低剂量和短程的化疗药，不管是哪一种，目的在于约束癌细胞，而不是“全歼”癌细胞，可以实现长期“与癌共存”。我们将“节奏化疗”或“适应疗法”与微创消融治疗（冷冻/不可逆性电穿孔）结合起来，治疗中晚期癌症患者，在延长患者生存期和提高生活质量方面，已经显示良好前景。

汤钊猷评述

《孙子兵法》“军事篇”说：“用兵之法，高陵勿向，背丘勿逆，佯北勿从，锐卒勿攻，饵兵勿食，归师勿遏，围师遗阙，穷寇勿追……”无论从战争的角度，还是从抗癌的角度，消灭与改造并举的策略可以获得更好的结果，而损失较小。

皮球拍得越重，反跳越高，这是常识。《黄帝内经》说：“大毒治病，十去其六；常毒治病，十去其七……无使过之，伤其正也。”化疗应属大毒或常毒，如果按十去其十（规范治疗），或十去其十一来治疗（过度治疗），必然会大伤元气。在免疫功能极度低下的情况下，尽管残癌不多，但癌细胞会如入无人之境。文中提及的这位病人的结果，体现了医学理念的区别，值得思考。

治癌之策："无药"为医

近日在马来西亚滨城，朋友请客，见我时时咳嗽，叫服务员送来一瓶当地产的"豆蔻露"，加水稀释后让我喝下。我咳嗽已有一个多月，起于感冒，服了好多止咳药，还有抗生素，但止不了，十分苦恼。朋友说，多喝点豆蔻，保证有效。说也奇怪，一个小时后，果然咳嗽大减，一天后，几乎消失了。面对不是医生的朋友，我既感谢，又惭愧：作为几十年的内科医生，怎么连自己的咳嗽都治不好？

中国有句古话：无药是良医。讲一个专家和博士的真实故事——

故事主人公有两个，一个是我的朋友，老赵，比我小一岁，农业专家，毕生研究生态农业，为农民致富作出杰出贡献。2014 年，我们一起在北京接受中宣部表彰，被授予"时代楷模"称号。此后我们常一起出席公众活动。但他走路不稳，脊柱后弯，显然是长期田间劳作辛苦造成。我让在江苏一家大医院当院长的学生将他接去，为他开了刀，腿问题解决了，但背仍弯，腰不能伸直，而且愈来愈重，坐汽车时痛得更厉害。

另一主人公姓陈，加拿大华裔，医学院毕业后，曾在中国和美国读了两个博士，后到加拿大癌症中心做博士后研究。他虽接受的是"现代医学"教育，却迷念中医和天文，他用"太极"将天体和人体统一起来，在人体上探索信息，寻找"节点"，施以针刺、艾灸和手法推拿，对顽固性腰腿痛有奇效。

半年多前，陈博士回江苏家乡探亲。我让老赵找到他。几个小时后，老赵发来短信息，说"非常非常感谢"，经过陈博士 3 个小时的"手法整理"，"腰直了"。今年春节晚会，老赵应邀出席，从电视上看，老赵的腰似乎“直挺挺”。几周前，我打电话问他，他说“腰仍然好”，“背不驼”。

中国还有句古话：是药三分毒。治疗癌症的化疗药，就是毒，用来杀癌细胞，就是“以毒攻毒”，但正因为是“毒”，就会伤害正常细胞，因此不少人极力反对化疗。美国有位曾当过知名大医院院长的曼戴尔松（*Robert Mendelsohn*）医学博士写了一本书，叫《一个医学叛逆者的自白》，抨击“绝大多数的化学药物不但没有治疗的真实效果，反而是致病、添病的缘由”，日本有一位被誉为“挽救过无数生命的抗癌医生”，在他的《为什么有人带癌长生》一书中，宣称“抗癌药对实体瘤只有减寿效果”。

我很难同意上述对化疗的评价。但对许多实体肿瘤，尤其是转移性癌症，化疗药物十分有限，也是不争事实。据说中国有位著名肿瘤化疗专家曾说他这一辈子“没有治好个病人”。显然是谦虚之词，但体现他严谨科学态度，是真正的科学大家。

汤钊猷院士在他的《中国式抗癌》“健身却癌”中，提出适度游泳可作为治癌“处方”。他的团队应用移植肝癌小鼠模型做实验，发现适度游泳小鼠的生存时间超过不游泳和过度游泳的带癌小鼠。进一步研究显示适度游泳可以提高体内多巴胺水平，而多巴胺可以抑制肿瘤生长，提高免疫功能（*Oncogene*，2016）。

吸氧可能也是一种“无药处方”。《科学》（Science）子刊《科学转化医学》杂志曾发表动物实验研究，发现吸氧后肿瘤细胞微环境免疫功能增强，允许更多 T 细胞和自然杀伤细胞穿透肿瘤。T 细胞免疫疗法联合吸氧后，小鼠肺癌肿瘤体积缩小效果比单纯免疫疗法更明显。目前已有一项针对肺癌病人的临床试验，测试补充氧气与一种癌症疫苗的组合疗法。

曾两次获得诺贝尔奖的德国生理学家奥托·瓦尔堡 (Otto.Warburg)，早在 100 多年前就提出一个假说：癌症的产生是由于细胞缺氧，糖无氧酵解增强加上氧消耗量降低造成的。对这个后来被称之为瓦尔堡效应，长期以来有着无休止的争论。争论的焦点是缺氧和糖酵解增加到底是癌症的起因抑或后果，但不争的事实是：缺氧与癌症发展密切相关。

目前有证据认为，癌细胞发展的初始阶段处于慢性缺氧状态。氧气不足会促使癌细胞转换其葡萄糖代谢方式，释放更多乳酸，使癌细胞周围环境趋于酸性，从而产生以下四种后果：（1）阻止癌细胞自发性凋亡；（2）增加癌细胞恶性程度；（3）促进癌细胞转移；（4）抑制免疫细胞尤其是自然杀伤细胞功能。

2008 年，美国波士顿大学生物学教授弗里德认为，既然发现癌细胞具有糖发酵的缺陷，就提示我们可以针对这一弱点，在不伤害正常细胞的情况下抗癌。

因此，给病人充足氧气，也许可作为癌症最简单的“无药”疗法。深呼吸和气功有增加氧气供应的效果。在中国十分畅行的“郭林气功”，基本动作是一边走路，一边“吸—吸—呼”。有研究表明，在富氧环境中，练功至少要 3 小时，吸氧量可比平时自然呼吸大 20 倍左右。练习瑜伽可以舒缓压力与焦虑，也增加吸氧量，增进健康，有助于癌症患者康复。游泳也是一种有氧健身运动，前述汤钊猷院士推荐的“游泳处方”抗癌，看来与增加氧摄入不无关系。

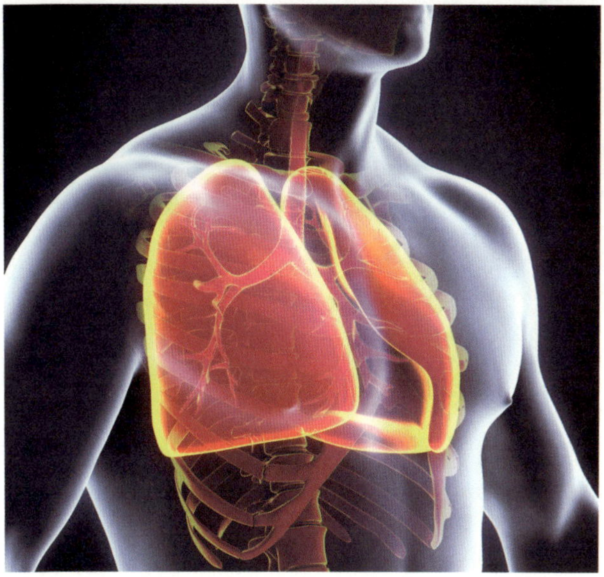

肺是气体交换重要器官，通过肺，吸进氧气，呼出二氧化碳

汤钊猷
评述

徐教授的文章“治癌随感：无药为医”引起我的共鸣。笔者老伴因肺炎走了，但她 HER-2 阳性、伴淋巴结转移的乳腺癌，术后 11 年却没有复发。她没有用放化疗，半个疗程赫赛汀也因心脏损害而停用。手术应起最大作用，但她的一些“绝招”也不能否定。她认为癌细胞不喜欢氧气，所以术后吸氧多年，另外就是游泳，吃点活血中药。对于术后少量残癌，究竟继续“追杀”（放化疗），还是用“改造”的办法？我们实验发现，杀癌可通过缺氧、炎症和免疫抑制，使残癌更凶残。而活血中药丹参酮 IIA，却可延长裸鼠术后生存期，原来它可使血管内皮正常化，而改善缺氧，使残癌不那么凶残。至于游泳的作用，徐教授文中已经说过。总之，这些看不上眼的办法真是不可忽视啊。

治癌之策："改造"化疗

也许做医生做久了，也许医生职责使然，在医疗工作中，每遇到特殊病人、特殊疾病或特殊场合，常常心中久挂不下，甚至震撼不已。

2016 年 8 月的一天，我的门诊日。刚到医院，胸科病区医生就来电话，要我无论如何去 ICU 看一病人。这是一位来自印尼的肺癌患者，病史如下：

男性，51 岁，2015 年 8 月在当地医院诊断为右肺癌并双肺、骨多发转移，病理为腺癌，基因 EGFR19 外显子突变。予以培美曲塞－卡铂联合化疗，每 3 周为一个周期，共 6 周期。肿瘤进展，改口服易瑞沙三个月，不见好转，又改用特罗凯治疗两个月，肿瘤继续进展，停用特罗凯，改口服 AZD9291（奥斯替尼，第三代 EGFR 突变体抑制剂）。

2016 年 8 月 20 日，患者辗转到我院治疗。检查发现颈部淋巴结肿大，压迫气管，呼吸困难，予以气管切开。CT 显示，其双侧肺弥漫性磨玻璃状伴网状结节影，考虑靶向药所致的间质性肺炎合并肺部感染。予以抗感染、甲强龙等对症处理，症状稍改善，但仍无法脱离呼吸机。

患者激动地拉住我的手，让护士用棉签封住气管套管口，憋着气，断断续续地说："我想活下去……"我强装轻松，唯一能做的似乎就是几句"安慰"——这是一个医者最心痛的无奈。

我心情沉重地离开 ICU，来到门诊诊室，那里已有两个人在等待。一见我，坐着的男子就站起来，紧紧地握住我的手说："我们从哈尔滨坐了

40个小时的车，终于见到你了，很高兴。”我问：“谁是病人？”他说：“我呀！肺癌，已经两年多了。”

看他膀大腰圆、红光满面、精神矍铄，我有些迟疑地说：“你有肺癌？”刚才ICU病人给我带来的阴影尚未消去。他笑了，介绍身旁的年轻人，“这是我儿子，大学毕业，是他硬叫我来找你的。他从网上买了你的《与癌共存》一书，我看了几天。我就是在‘与癌共存’!”

他的病史很简单：62岁，农民。2014年8月，有些咳嗽，在当地医院接受CT检查，发现左肺门肺癌，伴肺门淋巴结转移。病理活检：中低分化腺癌。未见到基因检测结果。

我问他有无接受化疗？他说：“化疗做了3个周期，一是反应大，吃不消，二是钱太多，花不起，就停了。以后断断续续吃中药，直到现在。”我看他带来的CT，在左肺门部有一块3厘米大小的阴影，伴肺门淋巴结肿大和左上肺肺不张，第三、四肋骨和第五胸椎有转移。他说：“徐大夫，我已活了两年了，一直很开心。你放心，我希望不高，就希望用冷冻将我那个瘤子冻掉，再活两年。”

两个肺癌病人，同样是腺癌，同样接受了化疗。第一位接受了“最大耐受剂量”的标准疗程化疗，还接受了针对EGFR突变的最好的靶向药，但结局十分悲惨；第二位只接受3个周期非标准化疗，却“很开心”地活了两年。

癌症最大的特点是异质性，同一种癌症，在不同人身上，因为基因及其表达、微环境的差异，可表现出疾病进展和对治疗反应的千差万别。仅就上述两位患者的治疗，难以断定孰是孰非。

但是，由于我们面对的是具体病人，每个病人的生死都应该是临床医生最关心的事，因此，应用“最大耐受剂量”的“严苛”治疗是否是现代肿瘤治疗策略的错误，对这种传统化疗在理论上是否要重新认识，在方法学上是否需要“改造”，已经成为肿瘤学界最为关注的课题。

事实上，目前许多肿瘤学家在原则上已经认同，旨在“控制”癌症的治疗方法，可能比试图“治愈”癌症更有效。

美国莫菲特癌症中心(Moffitt Cancer Center)分子肿瘤学专家罗伯特·盖滕比(Robert Gatenby)说:“根治转移癌是非常困难的,除了何杰金氏淋巴瘤、睾丸癌和急性髓系白血病，使用高强度的严苛化疗可以治愈，对于很多其他的癌症来说，要根除其数量大、多样化且高度适应性的癌细胞，是一个艰巨的挑战。”

罗伯特·盖滕比设立了一个目标：帮助病人与癌共存。他说他见过太多癌症复发的病人，觉得这不像是个生物问题，更像是一种“诅咒”。无论你多努力，癌症总会卷土重来。

于是，他换了一个思路，从达尔文进化论的角度去思考癌症，建立了探讨癌症最佳治疗策略的数学模型，结果证明：给予患者最大剂量的化疗，即“消灭战略”(Kill Strategy)，以杀死最多的肿瘤细胞，实际上导致了适得其反的效果。

肿瘤会进化，癌细胞会相互竞争而产生“选择”。在接受治疗以前，肿瘤内部就存在对化学物敏感的和抵抗的两种癌细胞，由于利用能量和占据“领地”的竞争，两者相互处于对立抑制状态。

高剂量化疗药的严苛治疗，消灭了敏感细胞，也消除了“竞争者”，抵抗性细胞通过“选择”，从抑制状态转为快速生长。这就是为什么传统化疗后肿瘤可以缩小，但为时短暂，一段时间后往往更快速生长的原因(见附图)。

基于上述原理，罗伯特和他的团队通过数学模型发展了一种化疗新策略，不是采用最大耐受剂量杀灭敏感性癌细胞，而是使用“遏制战略”，给予短程治疗，根据临床反应确定化疗剂量和应用时间，维持一定数量的残存敏感性细胞，利用细胞群之间的竞争，抑制抵抗性细胞无节制生长，目的在于延续生存期，阻止疾病进展。他们将这种化疗方法称为适应疗法(Adaptive Therapy)。

2016年《科学转化医学》(*Science Translational Medicine*)杂志发表一篇适应疗法的临床前研究，报道在三阴和ER+乳腺癌鼠模型给予紫杉醇治疗的研究结果。

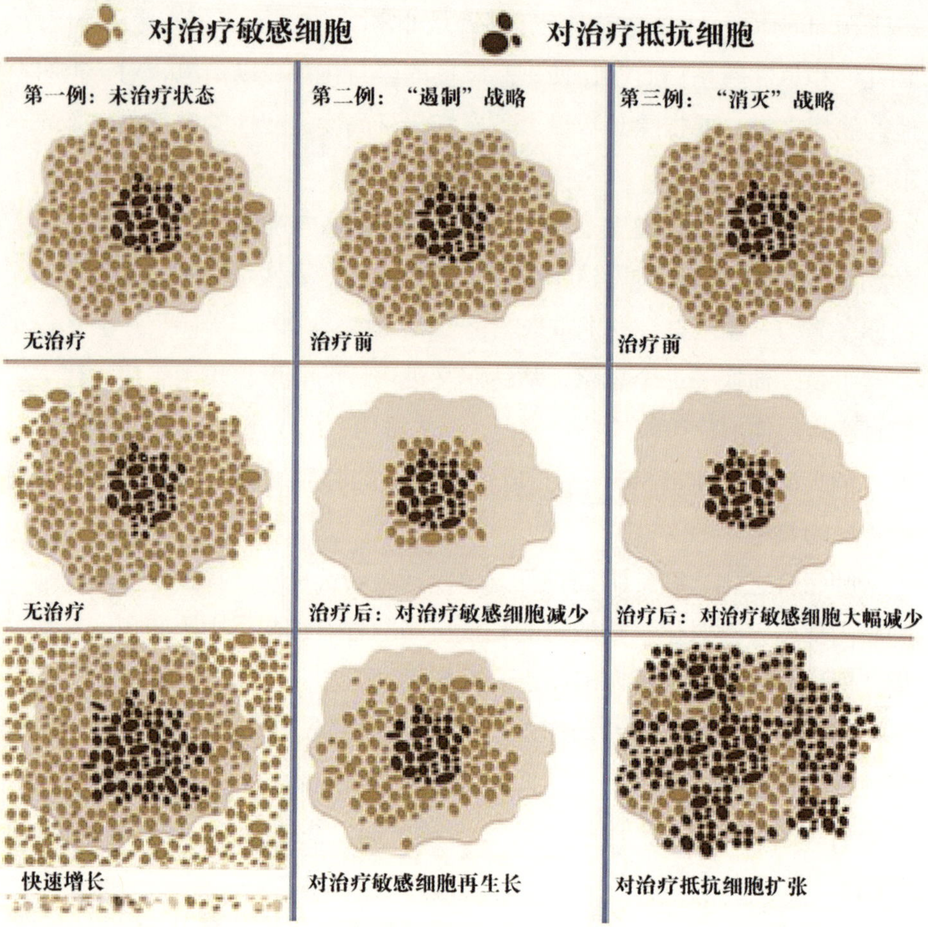

图中肿瘤内有两类癌细胞，分别对化学药物天生敏感或抵抗（耐药）。第一列：在未给予治疗的肿瘤内，抵抗性癌细胞处于劣势，敏感性癌细胞通过占据能量和"空间"，遏制抵抗性癌细胞生长；第二列：如果采用较小剂量和短疗程化疗，目的是稳定而不是消灭癌肿，即采取"遏制战略"(Containment Strategy)，部分敏感性癌细胞仍保存，则可遏制抵抗性癌细胞生长，虽然最后敏感性细胞仍生长，但肿瘤增大缓慢，从而让患者"带瘤生存"；第三列：如果采取"消灭策略"(Kill Strategy)，敏感性癌细胞几乎全部被消灭，抵抗性癌细胞获得"解放"，从而快速生长，最终导致肿瘤增大、扩展。

该研究按用药剂量分为三组：第一组采用标准最大剂量；第二组采用适应性剂量，给药次数与第一组相同，但剂量依肿瘤反应而定；第三组采用剂量相同，但当肿瘤对治疗发生反应时，即停用。

结果：三组动物在治疗初期，肿瘤生长均减慢，但第一组一旦治疗停止或第三组暂停用药后，肿瘤迅速重新生长。而第二组肿瘤长期保持稳定，老鼠生存期明显长于另外两组。该研究显示，第二组应用适应疗法时，肿瘤内血管密度和血流量增加，化疗药更多地进入肿瘤内，控制癌细胞侵袭。

适应疗法受到许多专家的支持。美国 Arizona 州立大学生物学家 Carlo Maley 认为，适应疗法立足于维持药物敏感细胞和抵抗细胞治疗的平衡，是“癌症生物学最激动人心的进步”。

著名自由科学作家卡桑德拉·威利亚德 (Cassandra Willyard) 在 2016 年《自然》(*Nature*) 杂志上发表长文，题目是“癌症治疗：进化路径”，指出：“如同其他生命体一样，肿瘤也面临着自然选择规律支配”，呼吁临床学家“必须通晓这一原理的应用”。

如果用适应疗法的观点解释前述两例患者的治疗，显而易见，第一例患者使用的是“消灭”战略，用最大剂量化学药物，包括分子靶向药物，消除了“敏感”细胞，却助长了“抵抗”细胞，而使得肿瘤快速扩展；第二例患者没有接受“正规”化疗，虽然并非预先设计，却歪打正着，实施的是“遏制战略”，保持了“敏感”细胞和“抵抗”细胞的平衡，从而“与癌共存”。

“洋为中用”。适应疗法，这一由外国学者提出化疗策略和方法，与汤钊猷院士在《中国式抗癌》中主张的“消灭与改造”并举的观念不谋而合。汤院士引用《孙子兵法》，主张治疗癌症“百战百胜，非善之善也”，应该“善守者藏于九地之下”，按照病人情况，“利合于主”。适应疗法正是适应了病人的病情和反应，“以人为本”。

将适应疗法引入临床治疗实践，是化疗“改造”的范例，或许是化疗焕发“青春”的重要举措。

汤钊猷评述

皮球打得越重，反跳越高，癌细胞也不例外。50 年前我进入肿瘤临床，用大剂量甲氨蝶呤治疗巨大肝癌，几周后腹部隆起的“小山”不见了，但又几周更大的“小山”出现，病人死后尸检发现，肝肿瘤比原先大得多。

我们的实验发现，用奥铂治疗肝癌，未被杀灭的癌细胞从原先方方正正安分守己的样子，变成梭形乱走乱动的样子，医学称为“上皮 – 间质转变”，其转移潜能也增强。徐教授此文提示，对化疗要一分为二，关键是我们怎样用好它。

治癌之策：控制炎症

肿瘤被认为是一种和心脏病、慢性呼吸系统疾病或者糖尿病一样的非传染性慢性疾病，大多数进展比较缓慢。很多的基础、临床和流行病学的研究证实，炎症是导致肿瘤的危险因素。

早在1800年前由Galenus就提出一个假设，认为肿瘤可以在炎症和损伤的基础上产生，在1863年之后，Virchow观察到肿瘤发展之前，可以看到淋巴网状细胞的浸润，也就是我们说的炎症，证实了Galenus的假设。

世界范围内，20%~25%各种类型的肿瘤都是由微生物的感染所导致的。在2012年世界范围内大约有1410万新增癌症致死病例，预测大概每年有280万人因炎症患肿瘤，并且170万人死于炎症导致的肿瘤。在发展中国家由炎症所导致的新增肿瘤病例会随着近几年的人口激增而迅速地增加。在东亚，这个比例很高，日本占20%、中国26%、韩国21%以及印度21%。

炎症和肿瘤相互关系

许多致癌因素通过引发炎症引起癌症，这些因素有：

（1）环境中致癌物，包括食物因素。烟草中物质或其他环境中有害物质激发肺病炎症和慢性阻塞性肺病，促发肺癌。吸入石棉或硅颗粒也导致肺癌，主要经过前IL－1β，产生炎症。肥胖也能导致慢性炎症，增加癌症发生。DNA损伤和细胞衰老也可引起炎症，促发癌症。

（2）微生物感染。感染激发的炎症反应是机体正常防卫一部分，促进病原体消除，但也促进癌症发生。许多感染与癌症相关，例如乳头瘤病毒感染的患者易患肛门及生殖器肿瘤，特别是宫颈癌；胃幽门螺杆菌感染增加胃癌风险；慢性乙型及丙型肝肝炎，或者肝吸虫病可增加肝癌发生。

致肿瘤性病原体破坏机体免疫，使得感染持续，形成低度慢性炎症。相反，急性炎症，例如某些微生物制剂如 Coley 毒素早在 18 世纪 90 年代已成功地治疗癌症。现在应用卡介苗治疗膀胱癌。何以，不完全清楚。

（3）异常免疫，主要自身免疫性疾病；自身免疫性肠病，如溃疡性结肠炎和克隆病，与结肠癌的发病密切相关，也是炎症所致。干燥综合征患者淋巴瘤发生率增高；在系统性红斑狼疮患者中，恶性肿瘤总发生率略有升高，其中，血液系统恶性肿瘤尤其非霍奇金淋巴瘤发生率显著升高；免疫抑制剂应用可能导致系统性红斑狼疮女性患者宫颈上皮非典型增生，其中，环磷酰胺可使宫颈上皮内瘤样病变发生率显著增加（高达 15%），且具有剂量效应。但风湿性关节炎、类风湿性关节炎、牛皮癣似与癌症无关。

（4）肿瘤常规治疗；手术、化疗和放疗是癌症治疗主要手段，但三者均可因组织损伤和肿瘤细胞坏死，引起局部和系统性炎症。手术能激活感染应激敏感途径（infectionor stress-sensing pathway），放疗和化疗能引起大块癌细胞和周围组织坏死，而坏死是一种促炎症性细胞死亡。坏死细胞释放炎症介质包括危险相关性分子例如三磷酸腺苷、核酸、热休克蛋白、

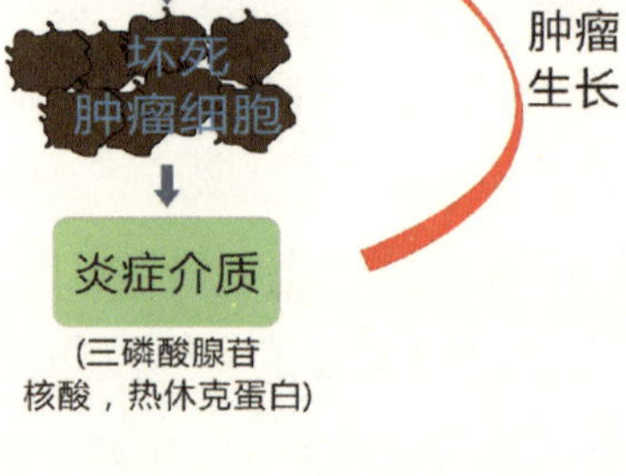

HMGB−1、S100 钙结合蛋白和细胞因子 IL−1α，进而引发一种与伤口愈合反应相似的炎症反应。这种反应是矛盾的，一方面，炎症可促进肿瘤快速生长，另一方面，可增加肿瘤抗原，促进抗肿瘤免疫。

（5）肿瘤本身伴有炎症。大部分实质性肿瘤存在内在炎症反应，形成促肿瘤微环境。除了细胞自动增殖外，某些肿瘤基因如 RAS 和 MYC 家族，出现转录程序，引起肿瘤微环境改建，积聚白细胞和淋巴细胞，有肿瘤促进性化学因子和细胞因子表达，诱导血管新生。所有实质性肿瘤，在某时间点，其生长均超过血液供应，以致均处于氧和营养缺乏状态，结果是肿瘤核心部坏死，释放炎症介质，如 IL − 1 和 HMGB1，这些因子促进血管新生，使癌细胞生存下来。

在肿瘤微环境中，免疫监护和肿瘤促进两种因素之间处于平衡。肿瘤促进性细胞因子作用于免疫和恶性细胞，打破平衡，朝促进肿瘤方向发展。肿瘤促进性免疫也能减低免疫监护。

肿瘤相关性炎症导致持续细胞更新和增殖，以致肿瘤实际上是一“不愈合的伤口”（wounds, which never heal）。

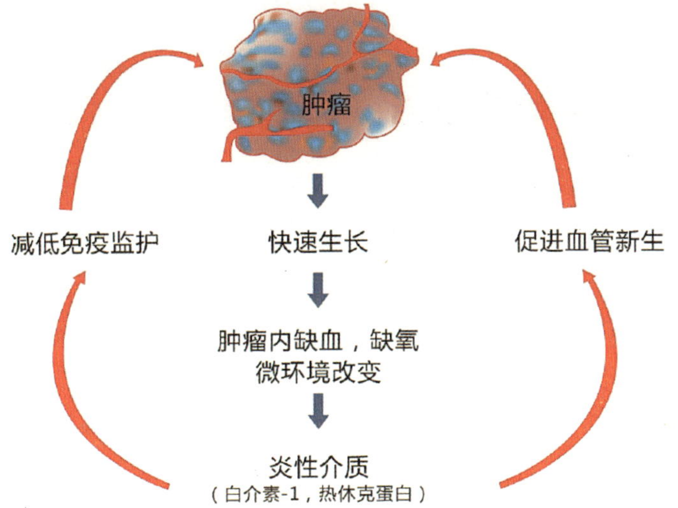

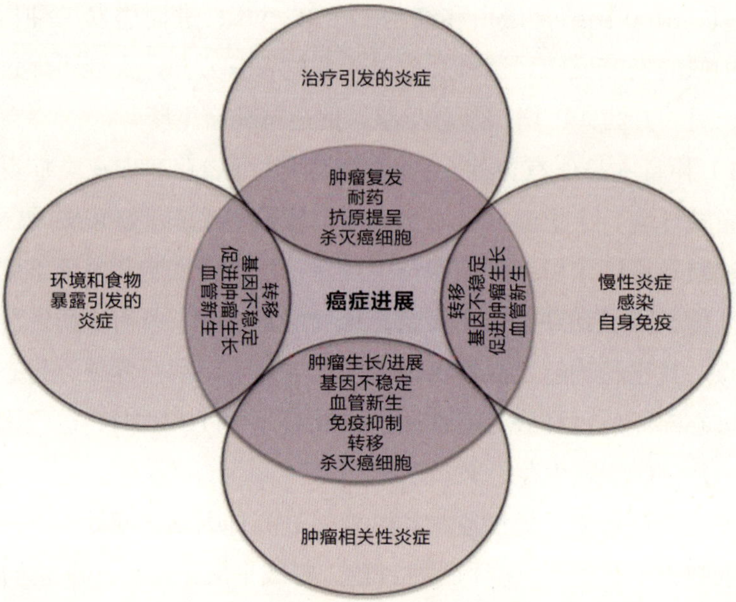

图示各种类型的炎症和肿瘤形成的关系——慢性炎症由感染或自身免疫疾病引起者，能诱导癌基因突变、基因不稳定性、早期癌形成和血管新生。长期暴露于环境有害物质或肥胖，可引起低度炎症。慢性炎症能促进血管新生、肿瘤进展和转移，以及局部免疫抑制，进一步导致基因不稳定性。癌症治疗引起肿瘤损伤和坏死，也可激发炎症反应，促进肿瘤复发和治疗抵抗。

炎症影响癌症生成和进展各个环节

炎症，主要是慢性炎症，是导致肿瘤发生和进展确切的因素之一，而这一般被称为是“炎症相关性肿瘤”。导致各种各样炎症相关性肿瘤的病原多种多样，然而在病理特征上相似，最初是由激活的巨噬细胞/淋巴细胞的浸润，然后是被由纤维细胞和血管生成相关细胞组成的间质激活。

肿瘤生长是单个细胞发展成完全成熟肿瘤过程。初期生长取决于加速细胞增殖和细胞死亡减少，这两个过程均是由炎症机制驱动。炎症促进肿瘤可发生于肿瘤发展的早期或晚期，能导致恶性前期改变，持续多年。

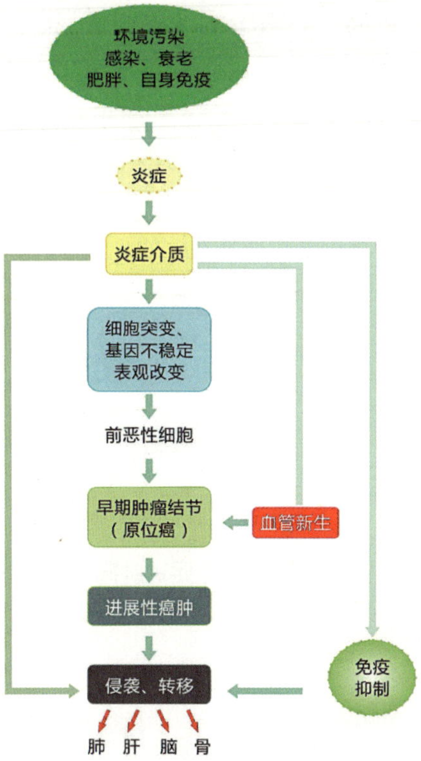

炎症促进肿瘤发生：炎症细胞产生的反应性氧分子（ROS）和反应性氮中间物（RNI），引起临近上皮细胞突变；另外，炎症细胞产生的细胞因子也提高前恶性细胞内 ROS 和 RNI 水平；炎症细胞尚能引起表观遗传改变，促进肿瘤生成；肿瘤相关性炎症又进一步导致 ROS、RNI 和细胞因子产生。

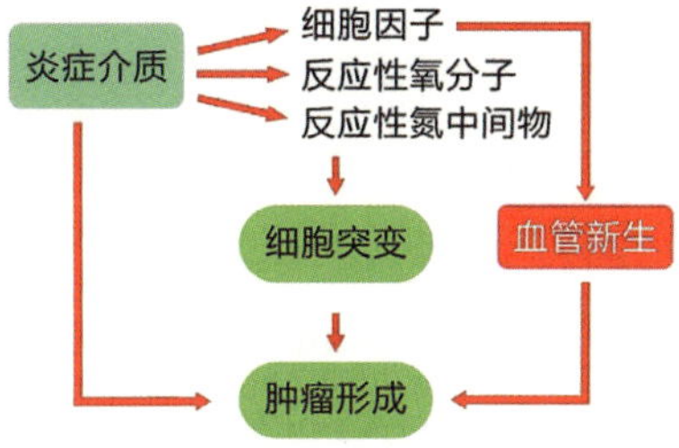

图示炎症促进肿瘤生成

炎症促进肿瘤进展：肿瘤浸润性免疫细胞产生细胞因子，激活前恶性细胞内关键性转录因子，如 NF-κB 或 STAT3，控制各种前致肿瘤过程，导致肿瘤细胞生存、增殖、生长、血管新生和侵袭。NF-κB 或 STAT3 能诱导化学因子，吸引更多免疫/炎症细胞，从而维持肿瘤相关性炎症。

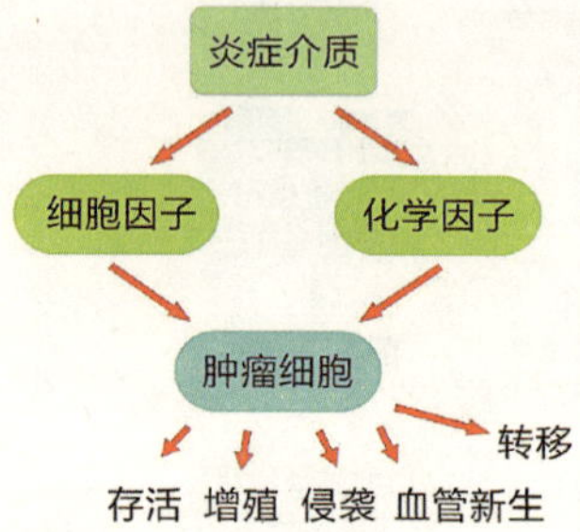

图示炎症促进肿瘤进展

抗炎症药物预防和治疗癌症

炎症微环境和肿瘤关系密切，促使应用抗炎症药物治疗肿瘤。抗炎症治疗的优点是针对炎症/免疫细胞的正常基因，不是针对肿瘤基因，因此不会引起突变和表观遗传改变，不会产生耐药。缺点是这种治疗不是直接杀灭癌细胞，因此需要联合其他治疗。

一系列抗炎症药已经被证明能预防癌症，减慢癌症进展，减低死亡率，特别对散发性结肠癌。这些药包括 COX2 抑制剂、阿司匹林、抗炎性类固醇，例如地塞米松。阿司匹林能减少乳腺癌发生率和前列腺癌发生率，但仅对携带某种特殊多形性等位基因者。

目前，针对炎症因子、转录因子以及免疫细胞的生物药物相继开发出来，为肿瘤的靶向治疗提供新的策略。如单抗药物 Infliximab 针对 TNF-α，siltuximab 针对 IL-6，carlumab 针对 CCL2，MABp1 针对 IL-1α，reparixin 针对 CXCR1/2，Plerixafor 针对 CXCR4D 等细胞炎症因子；

Ruxolitinib 针对 JAK1/2，Pacritinib 针对 JAK2，Bortezomib 针对 NF-κB 等转录因子；Trabectedin 针对 TAMS，CP870 针对 CD40，Tasquinimod 针对 MDSCs 等炎症细胞。

中药中有一些抗炎症药，被发现有抗癌作用。雷公藤传统用于治疗风湿类关节炎等多种炎症疾病。从雷公藤中提纯的雷公藤内酯，通过动物研究被证明具有抗癌、治疗关节炎和抑制皮肤移植排异反应的功效。美国明尼苏达大学等处的研究人员发现雷公藤中存在一种化合物，能抑制小鼠胰腺癌细胞，并由此研发出来一种新药 :minnelide，试验证明，这种新药能有效杀死肿瘤细胞，缩小肿瘤体积。相关研究成果公布在《科学转化医学》（Science-Translational Medicine）杂志上。英国的研究人员发现雷公藤红素或能用于治疗前列腺癌。雄激素受体 (AR) 依赖与其他一些蛋白质如 HSP90 和 P23 相互作用来发挥功能，而雷公藤红素能阻断 P23。

柴胡和黄芩合用，有较好的抗炎杀菌、抗组胺、抗过敏作用，中医临床上用于治疗多种慢性炎症。有人发现，两者合用，对消除癌症引起的胸腹水有良好作用。

结论

● 慢性炎症增加癌症发生风险；

● 亚临床性，常常不易觉察的炎症可以作为癌症发生的重要因素（例如肥胖）；

● 各种类型免疫和炎症性细胞常常存在于肿瘤内；

● 免疫细胞通过产生细胞因子、化学因子、生长因子、前列腺素和反应性氧和氮分子，作用于恶性细胞；

● 炎症参与肿瘤发生发展的每一个步骤，包括肿瘤的生成、进展和转移；

● 在进展性肿瘤内，抗肿瘤和促肿瘤免疫和炎症机制同时存在，但如果肿瘤不能被排除，促肿瘤作用占优势；

● 炎症促肿瘤生成机制常常引起反馈，例如激活免疫细胞内 NF-κB，诱导细胞因子产生，激活肿瘤细胞内 NF-κB，进而诱导更多炎症细胞进入肿瘤内；

● 某些免疫和炎症成分在肿瘤发生的一个阶段是可有可无，但在另一阶段是绝对必需的；

● 抗炎症药物在肿瘤预防和治疗中，有广阔前景。

治癌之策：开发“能”的威力和智慧

每一天，人体内的亿万细胞不断分裂，制造新细胞。细胞分裂时，DNA 的双螺旋伸展、分开，完整复制下去，包括所有的遗传密码。这时候，错误就可能发生。复制的螺旋里面添加、脱落，或者放错一个碱基，就会引起细胞突变。

我们的细胞出错的次数大概每天一千次，突变细胞可以自我消亡，就是所谓的细胞凋亡，人体也就安全地渡过难关。如果这种凋亡太少，突变不断积累，细胞就会逐步“变质”，形成癌细胞，越积越多，在身体某一个地方堆积起来，就形成了癌肿。

进一步研究发现，细胞的复制、分裂和突变，莫不是“能”（即能量）造就的。细胞透过复杂程序产生化学能，维持健康，随时修复细胞殿堂，影响和制约生命过程。

能量和基因

人们最关心的是，能量场能否影响癌症发生的根基——基因？癌症是人类衰老的必然结果，基因衰老，缺乏动力，必然导致细胞活力降低；活性基因一旦停止工作，细胞就凋亡。

基因分子的重要特点，是分子之间的氢键不停地打开与关闭，这种开合既是发生能量，也是接受外来能量和信息的过程。如果没有外来信息和能量的及时补充，仅仅依赖于分子化学内部的补充，消耗的能量肯定多于获得的能量，机体处于负能量状态，细胞就没有活力，DNA 就容易受损而发生突变。

因此，及时补充能量能够维持细胞的活力，修补损伤的DNA，甚至使已经突变的基因逆转，即令癌细胞改邪归正。

有人曾经做动物实验，600只小鼠随机分成实验组和对照组，实验组小鼠接受了动物胚胎与植物发芽种子的信息和能量后，寿命明显延长，一年后的存活数是对照组的15.5倍。

人体是一个能量场

美国舞蹈家玛莎·葛兰姆说："有一股能量、生命力、活的力量在跳动，把你转化为行动。"

爱因斯坦有一个著名公式：$E=MC^2$。在此，M=质量，C=光速。这个公式告诉我们，物质和能量是可以互换的，物质只要移动足够快，就会转化为能量，或许就是光能。

体内能量来自细胞内复杂的生化过程，但也来自细胞与细胞之间的交换，来自整体状态。不仅有形的活动(心脏跳动、胃肠蠕动和消化)生成、释放消耗能量，情绪也是一种能量演化过程。快乐、愤怒、激情、悲伤、讨厌、热心，都是能量。许多无法测量的生命奥秘也藏有能量：气、爱、信仰、灵魂、祷告。充足的正能量可促进我们的健康，带来幸福和喜乐，而负能量则带来疲惫、沮丧，生命力降低。

能量的生成

细胞内有一种香肠样的器官，叫线粒体，这是"发电厂"，专门提供能量。一个细胞有几千个线粒体。每天，无数的线粒体给每个人至少提供3磅的分子能量。这些能量储存在高能量分子的化学键之中，称为三磷酸腺苷(ATP)。有三个磷酸基附着在腺苷上，后两条键就是连接磷酸基的高能键，其中一条键断裂，能量就释放出来，成为细胞活动所需的燃料。细胞生产能量的资源主要是葡萄糖，如果无糖利用，就消耗储存的脂肪和蛋白质。

肌肉细胞是体内最大的能量生产地，也含有最多的线粒体。能量产生多少，与氧气量有关。肌肉持续收缩、紧张时，进入肌肉的氧气较少，ATP 生成就少，每次“燃烧”葡萄糖分子，仅产生两个 ATP。肌肉放松时，血管扩张，氧气进入增加，ATP 生成增加数倍。

线粒体产生能量时，在分子内部移动的电子可以逃脱，生成不成对的电子，即自由基。这种自由基很不稳定，会伤及线粒体，影响产能效能，诱发 DNA 突变。

我们体内有一套防御机制，即抗氧化剂，清除自由基。细胞生产的抗氧化剂有硫辛酸、超氧化歧化酶、谷胱甘肽和辅酶 Q10。维生素 A、C 和 E，微量元素硒，红酒中多酚均是抗氧化剂。多吃蔬菜和不同颜色水果，可补充体内抗氧化剂的不足，保护细胞的功能和能量生成。

管理能量

心理压力大、焦虑，均可造成厌氧状态，ATP 生成效率降低，你会感到疲惫不堪。不仅如此，厌氧状态下，体内乳酸生成并堆积，引起肌肉酸痛，在脑内堆积，会促进焦虑感。紧张和应激可大量消耗能量，更造成体内能量亏缺，导致脆弱、无能，情绪低落。愉悦、放松、静坐、有节奏的肌肉收缩和松弛（运动）、深呼吸，均可改善机体氧化状态，增加细胞能量产生，使机体保持正能量。

气功、瑜伽、太极拳，是以非常奇妙的方法充实能量。中医讲的“气”，其本质就是能量。气在身体内到处流动，流动的管道就是经络。如果能量在经络中受阻或失去平衡，就会生病。让气在体内平衡，就是“气功”，就是开发你的正能量。修炼气功成功的人，会感到“气”流经身体各处，形成穴道，并在手掌心的劳宫穴“出气”，发射出一股无形的能量。

气场效应

能量具有穿透性。许多人也许都有这样的经历：当你默默走近一个正埋头工作的人，他没有看到你，也没有听到你的声音，但他却抬起头，感知你到了。这是他感受到你的能量，就是你的能量场，俗话“气场”。

生物学家鲁柏·谢德瑞克 (Rupert Sheldrake) 提出“形态生物场”学说，认为能量弥漫整个地球，包括活体。他说：“活的有机体在环境中展现能量，展现在身体的行为和行动上。死亡时，身体能量释放出来，能量以其他形式继续存在……”

这是看不见的能量，穿透物体、空间，通过深奥莫测的扩散，影响到每个人和他们的生命。

开发正能量

能量在我们体内是无所不在，也无所不在地影响我们机体和生命力。为什么常说“三分之一癌症病人被吓死”？为什么癌症被认为是生活方式病，少运动、饮食失平衡、不良情绪，会促进癌症发生？为什么不少研究表明气功可以延缓癌症复发？为什么保持愉悦心态、坚持适当运动，可以促进癌症康复？这些，莫不涉及“能”的威力和智慧。

汤钊猷院士用孙子的名言“奇正相生，如环之无端”，提出癌症治疗要在“正”(常规治疗)的基础上，出“奇”取胜。开发“能”的威力和智慧，保持正能量，避免负能量，改善癌症患者的整体状态和生命力，是“中国式抗癌”倡导的“改造”机体的重要内容。

每个人都有能量场(陈献明博士供图)

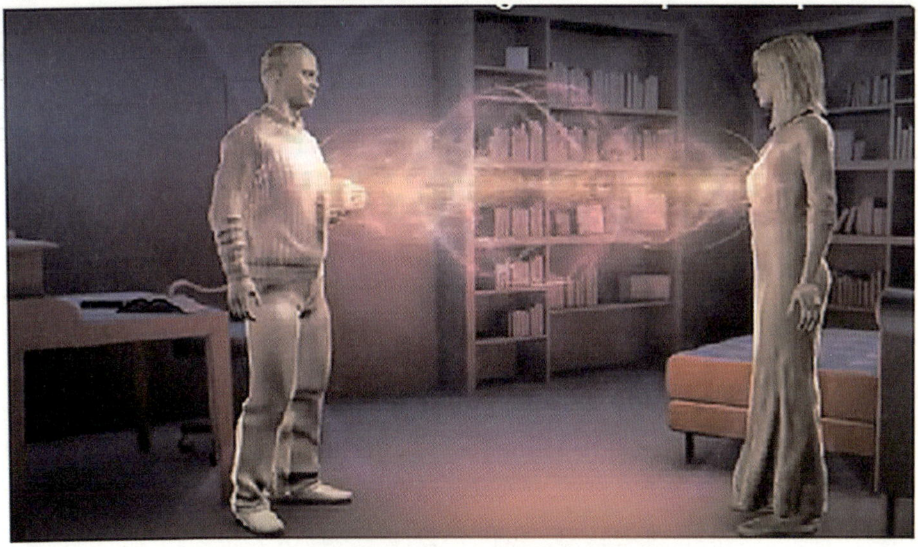

强者对弱者的能量场（陈献明博士供图）

汤钊猷评述

“有时不治疗是最好的治疗”，这个题目本身会引起很大争议，不仅医生不会同意，病人家属更不会同意。请注意，这句话的前面还有“有时”两字。在笔者的从医历程中，在查房和会诊中，常提出减药而不是增药。因为所有药物有治疗一面，也有副作用一面。

西医发展历程由整体到器官，由器官到细胞，到细胞器，到分子。尽管癌症研究明显重微观，但对整体已开始关注，已注意到微观和宏观的整合，强调系统生物学在癌症研究中应用，也就是将脱氧核糖核酸、核糖核酸、信号网络、细胞、器官和整体，甚至环境因素，一起整合起来研究。而中医的发展仍始终围绕着整体研究，并有其独到之处。癌症微环境只是机体和癌之间的桥梁，追根到底，必须关注机体整体变化，重视全身性干预的信息。

治癌之策：量子思维“看”病

前几天，一位似曾相识的中年人来到我的办公室。他笑着问我：“不认识了吧？”我仔细看看他，突然想起，这不是深圳蛇口的老李吗？

一年多前，老李的朋友带着PET-CT来找我。我看片子后大吃一惊：这样的病人能活下来吗？从片子可见，老李的肺部星星点点，都是转移瘤，肋骨、脊椎、肩胛骨都有转移，肝内多发性低密度区，也是转移。一句话，整个PET-CT图上，布满标志“转移活性”的红点。

随后，58岁的老李来了。他告诉我，三年前得了乙状结肠癌，接受手术切除，术后化疗6个周期。出乎意料，化疗后常规复查，却发现了转移。我问他：“有什么不舒服？”他轻松地说：“没有！”

仅看片子，似乎没有什么治疗可采用了，但看看老李本人，似乎没什么病。我为他认真做了体检，也谈了“癌症是慢性病”、“癌症可治”，治癌要“战略上藐视，战术上重视”等安慰的话。最后给他配了最普通的化疗药——环磷酰胺，让他每天口服50毫克，若没有副反应，每服14天休息3天，长期口服。又找来中医师，给他配了中药：丹参、黄芪、枸杞、鳖甲、山楂、党参、白术、茯苓、甘草，每天一剂，每周服5天，也是长期服用。我让他“忘了自己的病，只管吃饭、服药、散步”。

这次，是我与老李的第二次见面。与上次相比，他的外表几乎没有变化。他让我看了近期复查的CT片，转移仍然存在，但几乎没有恶化。他说：“我看了你写的《与癌共存》，读了几遍，又从网上买了几十本送给朋友。我不就是在与癌共存吗？”

我庆幸，第一次他来看病时，我仔细“看”了他，而不是仅仅看PET-CT。人是整体，人患病，涉及全身，包括神经、内分泌，与情绪、精神、意志、信心都有关。癌症的最大特点是“异质性”，同一种癌在不同病人身上千差万别。为病人治病，一定要仔仔细细地“看”人，看人的“整体”，让自己产生“直觉”，从“整体”实施个体化治疗。

有时，医生仅仅凭“看”，就能改变一个人的命运。2017 年春节后，我去香港参加侨社新春联谊会，遇到老钟。我问他“有无新问题”？他神采奕奕，谈笑风生，说：“一切如常，事事顺利。”

老钟是散文诗作家，诗作满盆，著作等身。他 5 年前得过结肠癌，2014 年，在香港被查出“肝转移”。肝转移最常来自结直肠癌，半数结直肠癌患者在手术后 5 年内会发生转移，主要转移到肝。老钟已迈入古稀之年，接受过手术，也做过化疗，怎么倒霉的事又降临到他身上呢？

香港医生要为他手术，说“肝叶切除是唯一的根治方法”，术后再化疗可以“巩固疗效”。香港看病都要预约，有时做一个胃镜检查都需要等候半年，何况做“肝叶切除”大手术！老钟算有运气，好不容易“排期”到两周以后。但他不甘心，就在等候期间，他来到广州。

那天，他和太太一起来到我的办公室。我快速翻看他赠送的诗作后，仔细地“看”他，包括他的气色、神态，当然还有他的病史、治疗经过，又看他带来的 CT 片。也许是几十年行医经验的积累，或者说行医习惯，

香港诗人老钟（左）与作者结下不解之缘

也许因为我爱好文学，对诗人格外青睐，直觉让我突然感到：他的肝脏内不是“转移”，而是没有严重后果的“良性病变”。

医生看病和直觉常常相关。从量子物理学看，我们的大脑除了进行并行思维和联想思维外，更重要的是能进行第三种自省性、创造性和洞察性的直觉思维，即量子思维。运用这种思维，我们能挑战和质疑已有的假设，改变心智模式，创造新想法和模式。这种思维模式根植于我们内心深处的意义感、价值观，产生于覆盖整个大脑的量子场。

医生为病人看病，实际上是一种量子思维过程，这种思维越发达，医生的经验就越多，直觉就越丰富。换句话说，我们要用量子思维“看”病，运用观察、倾听、联想，在不确定性和模糊性中，迸发出创造性和超越式的结果。

老钟是幸运的。进一步检查的结果显示那不是癌肿，他因此没有接受肝叶切除和化疗的“二茬苦”，他也因此与我结下不解之缘。他为这段缘，笔下生花，写了许多诗。以下是他最近的诗作——

爱比天高

给我飞龙的壮心
给我鲲鹏的垂天翅
给我鹰隼的利眼
给我历史的坐标
给我山川的距离
给我光的速度
给我同温层的起点
向着过去的未来腾飞
向着太白金星和北斗
向着大爆炸的起火线
向着黑洞的最核心
腾飞，飞，飞，飞！

我的背上却始终驮着
我的心始终负满着
人类的发祥：
爱！爱！爱！
比天更高，比时间更老的
爱！

汤钊猷评述

徐教授的新作《量子思维“看”病》引起我的共鸣。无独有偶，一天忽接旅居美国舍妹的电邮，说患了食道肿瘤，PET 示两肺转移。我只能安慰几句，并建议食管镜检查，不料病理报告是良性肿瘤。十几年后依然如故，“两肺转移”成了笑话。

同样，笔者也曾因腰椎骨折做“骨扫描”，发现全身多处不对称的“浓聚灶”，拟诊前列腺癌骨转移。然而 15 年后的今天，却仍无恙。只看“报告”诊病而闹笑话的，笔者也屡见不鲜。

治癌之策：国外求医贵在“适合”

2016年6月14日，在美国洛杉矶参观著名的私立医院西奈山医院。这是一座有百余年历史、离明星聚集的好莱坞仅10分钟车程的医院，有名之处，一是它有美国最大的心血管中心，神经科也在全美名列前茅；二是其内部陈设和设备一流，全是私家病房，隐私极好，明星就诊必来此地。当然费用也惊人，病房一天5000美元。

来美前，西奈山医院派驻上海从事“发展”工作的教授就约我在洛杉矶逗留至少一天，参观他们的医院。6月14日，我和陈继冰博士，在老朋友、在另一家医院做麻醉师的杨海涛博士陪同下，准时来到该院国际部，受到该部人士“列队欢迎”。交流中，她们告诉我们，现在竞争激烈，需要向国外开发市场。年长的、担任主任的女士笑着说：“现在中国人有钱了，希望多来呀！”

这句话让我隐约感觉，她们的热情也许是将我们当成市场发展对象了。也使我想到，我们善良老实的中国人如何应对美国的“市场开发”。

我联想起六七年前在加拿大温哥华巧遇到的一位天津人，他得知我是治疗肿瘤的医生后，千求万求要我陪他去医院待半天。他几年前患直肠癌，接受了手术，随后几个月，肿瘤复发，他花一大笔钱办理了移民。来此后，马上去到温哥华最大的癌症中心。医生给他化疗，每天在门诊静脉输注三小时。我问他，为什么不住院？他说：医生不同意，并告诉他，化疗是唯一治疗了。他很沮丧，希望我为他看看，提点治疗建议。那天上午，他坐在癌症中心门诊输液椅上，肛门部不时抽搐样疼痛，需要不断口服阿片类止痛剂，说：“本来想这是发达国家，来这里可以捡一条命，但是……”

他泪花泛在眼眶里了。

他问我有什么建议，我说要综合治疗，局部可接受光动力治疗。我回国后，他的朋友曾经专门来广州找我，希望回国接受光动力治疗。我说这种疗法的光敏剂是加拿大生产的。他说打听了，温哥华癌症中心没有应用这个疗法，他说患者天天肛门出血，只身在外，“怪可怜”的。

国外求医，贵在“适合”。这位天津老乡失策的是没有弄清楚各国医疗制度和设计不同。发达国家医疗分科太细，看一只眼睛也分“球内”和“球外”，不是每家医院每个科室均具有所有设备，即使有，还要看专科医生的兴趣和研究对象。

人是一个整体，“瞎子摸象”式看病肯定不会有好结果。中国著名消化病专家樊代明院士倡导整合整体医学，在癌症治疗上，就是不仅要治疗癌肿，更要治疗患有癌肿的人，要多学科、全方位综合治疗。

到国外看病，一定要预先了解哪家医院的特色可以帮助你。我曾去巴黎居里研究所参观，他们的特色就是乳腺癌“保乳成型”，手术两小时就完成，术后观察两小时就回家。前述的西奈山医院，心脏移植最有名，如果能在这家医院接受这种治疗，对于能支付的患者，显然是幸事。

看病的目的是帮助病人，美国的医生与我们的观点并无不同。我院李朝龙教授曾为一腹腔巨大肉瘤的美国人切除肿瘤 17 公斤，就是美国一个白人医生推荐来的。休斯敦的 MD 安德森癌症中心，在美国排名第一。在该院工作的华人陆国辉教授，常为来自国内的患者免费提供食宿。来自山东烟台的小孟，患下肢肉瘤，去该院接受了化疗，一度有效，但很快复发，不能行走，医生建议截肢。陆教授为他仔细评估后，介绍他回国，在我院接受了微创治疗，回家恢复了工作。

医学上很多技术是美国原创，但技术是无国界的，使用技术则取决于医生的睿智和技艺。几个月前，我在美国克利夫兰医学中心当教授的学生沈博医生，就曾介绍来自江苏的病人到我院。患者患一种少见的腹腔恶性肿瘤，原发于肾上腺，在上海接受手术后复发，当即赴美，找到我的学生。患者腹腔内有三个瘤子，不能再手术，唯一方法就是在 CT 引导下消融。

作者与美国《胰腺》杂志主编 Bill Go（左）教授

美国是氩氦冷冻和纳米刀两种技术的发明者。但中国人的手艺不会差。我的学生沈博聪颖过人，在克隆病手术后并发症的研究领域闻名于世，他知道我院在氩氦冷冻和纳米刀两项技术应用上有更多经验，于是介绍病人来我院。后来病人在我院接受两次纳米刀消融，顺利消除了腹腔内的瘤子。

病人利益第一，是为医者坚持的起码医德。6 月 14 日下午，应 Bill Go 教授之邀，去加州大学洛杉矶分校 (UCLA) 参观。该校医院在全美综合医院中排名数一数二，Go 教授是著名胰腺专家，长期主持胰腺病中心，是《胰腺》杂志主编。

参观胰腺病中心时，我们讨论了胰腺癌治疗的困难性和治疗成绩。他说，现在胰腺癌治疗，化疗实际效用不大，手术仍然是首选，但能接受手术的患者仅有 15%，这已经很多了，他们医院每年有 250 例接受手术，可谓世界第一。病人当然是来自全世界的。他说："我几次去你院了，你们的冷冻治疗胰腺癌在全世界第一个做，做得最多，也是世界第一。"他笑着说："病人利益最重要。如果有胰腺癌不能手术，那就建议他去你院了。"在场的杨博士说："这也是中美医学互补共赢吧。"

汤钊猷评述

癌症患者就医，首先遇到的问题是，到哪家医院看，选什么医生看？毕竟不同的医院各有特色，各有侧重。孙子说“故经之以五事，校之以计而索其情”，也就是说，要从多方面去分析、比较，根据院风医风、专业特色，做出胜负的预测。

治癌之策：身心平衡是控癌法宝

何谓身心平衡？“身”指身体，“心”指心理、心情、心态、心境。

中医理论说“心主血藏神”，神明之心为人体生命活动的主宰，五脏六腑均在心的统一指挥下。按现代医学解释，“心”指神经－内分泌系统，尤其大脑的活动。身心平衡就是身体和“心”的协调、统一。

我们的身体，无处不在“心”即神经－内分泌系统控制和调节之下。害羞、激动的时候，脸色发红；愤怒的时候，脸色铁青；恐惧的时候，脸色苍白。这些，就是常说的情绪。

情绪是神经－内分泌活动的反映，是思想感情的流露，是大脑皮层兴奋、抑制过程显示的一种状态。

宽容、博爱、希望、愉快、恬静、感恩，是为正向情绪，能够增加人的能量，使人产生美好、舒服、轻松、愉快的感觉。正所谓“笑一笑十年少”。反之，内疚、自责、沮丧、懊悔、悲伤、恐惧、愤怒、焦虑、怨恨、嫉妒，使人产生不舒服、不愉快的感觉，是负向情绪。

负向情绪会促进癌症发生。一份研究调查了100位有乳房肿块的妇女，发现在后来被诊断为乳腺癌的患者中，半数在过去五年内经历过精神创伤。

对癌症病人做心理调查显示，有克制、压抑、不满和悲愤等情绪的人，更容易发生癌症。在癌症病人中，情绪急躁者占69%，发病前半年有过重大精神创伤者占52%，有明显不良心理因素影响者高达76%。癌症组病人所受到的精神刺激，强度比一般病人要强，对于癌症病人而言，负性情绪严重影响治疗效果和预后。

2010年，权威杂志《细胞》刊登了“快乐小鼠”实验报告。一群带有不同肿瘤的小鼠被放在一个“丰富的生存环境”里，笼子里有各种小鼠喜爱的玩具。每只笼子中的小鼠数多于8只，保证它们尽情地互动，接受的都是“良性精神刺激”。这些小鼠被称为“快乐小鼠”。

对照组小鼠不生长在这种环境里。若干天以后，“快乐小鼠”的肿瘤重量比对照组的都要低，有的肿瘤不仅变小，还消失了。实验涉及的黑色素瘤、胰腺癌、肺癌都有类似情况。与对照组比较，黑色素瘤抑瘤率为43.1%，胰腺癌的抑瘤率为58.2%，肺癌的抑瘤率为36.5%。

汤钊猷院士在他的《中国式抗癌》一书中，告诫要用整体观看待病人，“乐观豁达、积极向上的精神状态，是‘修道保法’”。汤院士的同事、著名肿瘤病理学家顾健人院士，提出“三个1/3”的说法：1/3的病人死于癌症本身(其中多死于癌的转移)；1/3的病人死于过度治疗；1/3的病人死于恐惧与高度忧郁，是“被吓死的”。他们的研究发现：良性精神刺激，可能改变了癌细胞的代谢，同时影响到免疫系统。

业已证实，癌症是一种以局部组织异常生长为特征的全身性系统调控失常的疾病(Lancet Oncol，2010)。肿瘤细胞表达多种神经递质受体，负向情绪通过下丘脑，刺激脑下垂体分泌促肾上腺皮质激素，再促进肾上腺分泌皮质类固醇和肾上腺素，从而影响免疫系统的重要器官，使胸腺和淋巴结的重量减轻，血液中淋巴细胞减少，使机体免疫功能明显降低。这些改变都会影响免疫系统识别及消灭癌细胞的监视作用，促进癌症发展和转移。

2013年，英国*BMC Cancer*杂志发表一篇文章，报告一份随机多中心研究，发现采用心理疏导、分散注意、变换认知等方法，帮助病人克服对癌症复发的恐惧，可以明显改善患者的预后。

我的一位朋友是台湾神经外科专家，患直肠癌，已经盆腔扩散。他勇敢面对，“视死如归”，结果活过十年。他给自己和病人的信条是：“看破生死，写好遗嘱。”他说，写好遗嘱并不是要去死，而是勇敢面对生死。

有人问我：“作为一个古稀老人，一个曾患癌之人，你依然老当益壮、精神抖擞，有什么窍门？”我说：“开开心心，平衡饮食，适当运动，坚持工作。”其中，身心平衡是“重中之重”。练心不练身，枯木何处去逢春，练身不练心，花叶虽茂没有根。

作为癌症患者，我的控癌经验中，重要的一条，就是“乐”

1. 工作取乐

在手术后第三天，腹腔引流管尚未拔除，我就忍痛坐起，要来电脑，阅读文章；术后第13天，刀口缝线尚未拆，就下床参加重症病人的会诊；第62天，赴马来西亚看望病人……工作之乐，让我忘记了病痛，永远感到自己是正常人。

2. 成功得乐

手术后，我为自己设定目标：每1~2年至少主编或编著一本书。看文献、找资料、敲电脑，让我忘记自己是癌症患者。当我主编的《肿瘤冷冻治疗学》、英文版《现代癌症冷冻治疗》、《我对癌症患者讲实话》、《肿瘤消融新进展》、《跟着我抗癌》、《与癌共存》相继在国内外出版时，我感到成功带来的无穷快乐。

3. 助人享乐

医者之乐，莫过于助人。我喜欢走出医院，去到患者家中，一方面访病取康复之“经”，另一方面，从病人的热情中享受感恩之乐。2010年，我在印尼，花了半个月时间，行程5000公里，走访20多个病人，送去关怀，不取分文报酬。一位远在数千公里外的华人发来短信：“作为龙的传人，我们为你的行动感到骄傲。”这句话，至今仍让我深感欣慰。

4. 癌友添乐

广东省生命之光癌症康复协会拥有数千癌症会员。作为会长，我与协会里的“癌友”“忘癌而乐”，一起唱歌、跳舞、听课、读书、运动，在这里，没有恐惧、紧张，只有笑声、鼓励、希望，就像大家庭，共享“天伦之乐”。协会的癌症会员生存5年以上者(即5年生存率)，超过80%，远远高于全国平均水平。

将中国元素引入“中国式抗癌”，就要像中国古代大医所言，“凡大医治病，必先安神定志”，“古人医在心，心正药自真”，让癌症患者保持身心平衡，活出生命精彩。

作者与癌症患者和志愿者

“忘癌而乐”的康复协会会员

汤钊猷评述

《黄帝内经》中有句话“邪之所凑，其气必虚”，说的是内因是很多疾病的根本原因。癌症也如此。防治癌症，心态至关重要。我认为，低调做人，与人为善，心胸开阔，不过多计较得失，等等，也是“修道保法”的重要内涵。随着年龄增大，需要逐步增加一点，即“休闲”，避免过劳。

治癌之策：快乐

前一篇《身心平衡是控癌法宝》讲了心态的重要性，此文再讨论一下“快乐”的意义。

患者的哭和笑

一次看门诊，一位40多岁的女士急匆匆来到我身边，说：“徐医生，你要救救我，我的肿瘤怎么又长了？”她是我们癌症康复协会会员，患乳腺癌，手术切除已有11年，做过化疗，近年复发，先后出现肝转移和肺转移，都被消融了。但近期CT监测，发现右肾上腺又冒出了一个1.5厘米的转移瘤。

她好紧张，双手发抖。我极力舒缓她的紧张，拉着她的手说：“不要怕，保持你的免疫功能就行，就像社会上‘维稳’，加强警察部队。”

“那怎么花得起呀！要一百多万元呢。”她说着，眼泪涟涟。她指的是新型免疫节点抑制剂。

“那对你不一定适合。但你可以分文不花。”我说。

“真的？”她止住哭，两眼盯着我。

“真的呀！灵药就是不要哭，快快乐乐。”我对诊室内其他病人说，“来！我们一起大笑三声。”大家“哈哈哈”笑了。她也笑了，阴沉的面孔开始变得明朗有光。我说：“笑一笑，十年少。天天笑，天天开心快乐，就是最好的免疫治疗。”

快乐就是免疫

早在2000多年前，柏拉图就说："我们这个时代对人体治疗的天大错误，就是医生将人的灵魂与身体分离。"心灵可以致病，也可以治愈疾病。美国疾病控制中心曾指出，85%的疾病都有情绪的成分。愤怒、冷淡、忧愁、怨恨会削弱免疫系统；快乐、关怀、爱和幽默会支持你的健康；绝望、焦虑、孤独、抑郁、身心紧张或有压力，都被证明是免疫抑制和促癌因素。

人体基因沿着既定程序运行，但由于我们对基因指令不同，相同的基因编码会产生不同结果。有研究显示，积极的康复愿望会给基因指令，让它们提供促进健康的化学因子，如脑啡肽和内啡肽，这两种物质会促进免疫T细胞产生，增强T细胞攻击癌细胞的能力。

如果我们不开心，时时处于压力之下，则免疫功能会受挫，促进肿瘤生长和扩散。业已证明，压力之下，体内去甲肾上腺素分泌增加，这种激素刺激肿瘤细胞产生三种物质，即基质金属蛋白酶MMP－2和MMP－9，以及血管内皮生长因子VEGF。前两者破坏肿瘤细胞周围的组织屏障，使得癌细胞顺利进入血液中，到处游走，引发转移；后者刺激肿瘤血管新生，进一步促进转移。

压力还通过促进皮质醇和肾上腺素释放，抑制一种重要的免疫细胞，即天然杀伤细胞，降低机体控制癌症的能力。以色列的研究发现，心情愉快的患者唾液内免疫球蛋白A增加，皮质醇减少。

有人曾对69例乳腺癌患者进行情绪与生存率关系的调查，发现"快乐奋斗型"生存率最高，"不信型"次之，"无望型"最低。

开"心"的新发现

千百年来，人们就在使用着诸如"心情""心爱"之类的词汇。中国古人把心认为是思维器官，谓之"心之官则思，思则得之，不思则不得也"，将"开心"作为治病之道。

1981年，加拿大生理学家阿多尔福发现，心房细胞能够生产出影响排泄尿液的荷尔蒙。2008 年 3 月 17 日，美国南佛罗里达大学威斯利教授向全世界宣布：心脏可以分泌救人一命的荷尔蒙，可在 24 小时内杀死 95% 以上的癌细胞，表现为直接杀死癌细胞、抑制癌细胞 DNA 合成以及癌细胞的生长。这种疗法可在短时间内治愈带有人工胰腺癌和乳腺癌的老鼠，即使肿瘤没有完全消失，肿瘤也会大大缩小，不会发生转移。

威斯利挑选了 100 个志愿者，分别对他们处于各种情绪状态下的心脏荷尔蒙分泌情况进行了跟踪，发现人的情绪越高昂，心情越愉悦，人的心脏分泌的荷尔蒙就越充沛。反之，人处在痛苦、担忧、抑郁等消极状态时，心脏几乎完全停止分泌这种激素物质。威斯利发现，在身患重病时只有保持愉悦、积极求生的心态，患者心脏才有可能分泌救命的荷尔蒙。当这种荷尔蒙达到一定量的时候，就能杀灭体内的癌细胞或抑制它们的生长。

美国加州心脏数理研究院的科学家指出，心中感受到爱、感恩与感谢，能够提升你的免疫系统，增加身体的活力，促进癌症康复。

快乐让我活下来

快乐能否延长癌症患者生命？收集世界文献，没有找到可信的“循证医学”证据。我患癌症已有十一年多。一般情况下，我患的这种癌，不可能让我活过 5 年。人们说我之所以活下来，是因为我“天天总是笑”，我也认为“快乐”救了我。我在上一篇《身心平衡是控癌法宝》文中曾讲了 4 个“乐”。细想来，癌症病人要快乐，必须要“经营”，在此再说说我的一些体会是——

1. 逆思为乐。对癌症，一般“顺向”思考是“恶性，会致人于死”。但我们不妨“逆向”思考一下：癌症是人类进化产物。细胞无时无刻不在分裂复制，也无时无刻不有基因复制错误发生，错误的累加就形成癌细胞。

“与癌共存”是生命的另一种形式。而且，癌症是慢性病。癌症致死也许比心脑血管病更“仁慈”，不会像后者那样可导致快速死亡，可以让患者有机会考虑很多身后之事。生命的最高境界就是死亡。古罗马一位哲人说："死亡是生命的赏赐，我们静静地迎接它。"接受癌症带来的死亡，不是一种乐事吗？

2. 舍得求乐。舍得是一种人生智慧和态度，能克服人性弱点和心理迷惑，赢得心灵的宁静和快乐。

一次查房，遇到一个女病人，来自辽宁的铁岭。她骨瘦如柴，肚皮膨大如鼓，是晚期卵巢癌广泛腹腔转移。身边站着男孩，11 岁。随我查房的医生告诉我，病人是坐了 30 多个小时的火车硬座来的，身上的钱用光了，尚未办住院手续，早饭也是护士买给她的。我听了，心里一阵紧痛，感到无名的难受。我下意识地摸摸衣袋，掏出医院刚发的 5000 元奖金，送到病人手中。病人先哭后笑了。而我，舍去了区区"私钱"，解脱了"难受"，求得了自"乐"。

3. 成功寓乐。医生的天职是救人。每当我听说某某病人本来"不治"，现在活过来了，而且长期活下来，活得很开心，我就会迫不及待去看他（她），甚至去国外病人家中看望，分享他们的治疗成功之乐。

在我办公室书橱醒目的地方，放着几个画着艺术花的啤酒瓶，工作之余，看看啤酒瓶，就感到快乐。多年前，菲律宾一位女士来我院，她患的是肾癌，术后骨转移。她直截了当地说："徐医生，我是穷人，你要救救我！"我们给她治疗了。一年后，她在菲律宾医院复查：无癌症证据。时任菲律宾副总统高兴地接见我，她随同我前往，送给副总统和我各一个绘着艺术画的啤酒瓶。此后，每去菲律宾，她必然来看我，也必然送我绘了艺术画的啤酒瓶，给我带来无限快乐。

4. 友情获乐。生活在这多彩的世界，友情是一种浩荡宏大、可随时安然栖息的理想堤岸。友情要经营。年龄越大，越要有友情。对晚辈，主动帮助；对师长、对亲朋，滴水之恩，涌泉相报。几年前，我请"四老"（老领导、老老师、老同学、老同事）聚会，几个月前，又请半个世纪未谋面的老同学叙旧。岁月如梭，友情如歌。那浓烈的友情，那真诚的祝福，催人泪下，令我快乐无限，绵延长久。

汤钊猷
评述

我在《消灭与改造并举》一书中写了一段“游泳和买菜能否作为处方”，那是强调适度运动对控癌的重要性，我之所以这样写，是因为有了实验研究证据。然而，关于“七情”对癌症的影响，虽然也有些个案，但手头“科学”证据不多，所以不敢多写。人体有巨大潜力，就看我们如何发挥，徐教授的新作提示，“笑”是无价之宝。不久前我看到一篇文献，说“心理社会因素可调控癌细胞基因组演变”，这样看来，笑一笑，也许癌细胞的基因便会变得好一些。

6 媒体眼：第三者观察

媒体人思维敏感，观察独特。获原作者允许，本书将媒体人写的几篇文章摘要列入本书，看看他们是如何看“中国式控癌”。

汤钊猷院士：游泳和买菜可作为处方开给患癌病人

2017年6月2日，我国中国工程院院士、著名肿瘤外科专家汤钊猷来到广州复大肿瘤医院开讲座，讲述了自己对防治癌症的心得。他表示，化疗放疗等杀癌方式都有可能促进癌症转移，为了减少负面影响，患者可以通过适度运动与中医中药来降低转移概率，“游泳和买菜，可以作为处方开给癌症病人！”

20世纪70年代，肝癌的5年生存率不到3%。不少肝癌病人由于发现得太晚，短则几周、长则几个月就死亡。如何提高肝癌患者的生存率？汤钊猷做了40多年的不懈努力，在中国他最早开展普查肝癌，并提出了“小肝癌”“亚临床肝癌”概念；其牵头进行的“小肝癌的诊断与治疗”研究，使肝癌由“不治”变为“部分可治”，获得了国家科技进步一等奖。

在他的不懈努力下，最近十年，我国的肝癌5年生存率提高到44%，肝癌从不治之症变成了部分可治之症。截至2012年，汤钊猷所在的医院有2613个肝癌患者生存5年以上，有88个肝癌病人生存20年以上。

百余年来，包括手术、放疗、化疗以及新兴的分子靶向治疗等癌症治疗方式均是为了消灭肿瘤，但这样的抗癌战略至今未能彻底取胜。

汤钊猷指出，“消灭”策略是把双刃剑，在杀癌的同时，还带来副作用甚至反作用。许多研究证实，几乎所有的“消灭”手段均可通过缺氧、炎症和免疫抑制，使残癌更凶残，促进残癌转移和发展。这是当前抗癌战所存在的突出问题。

“既肯定‘消灭癌症’的作用，又要找到弥补杀癌负面问题的办法。”

汤钊猷倡导“中国式控癌”，提出“消灭”与“改造”并举。“改造”包含两个方面：一是对机体的改造，主要是提高机体抵抗力，以便更有效地发挥自身力量对付残癌；二是对残癌的改造，使之“改邪归正”。

由汤钊猷牵头建立的“高转移肝癌模型系统”，以及正在进行的“消灭肿瘤疗法促残癌转移及其干预”研究，发现了一系列防控残癌转移的途径。

其中，他尤其强调适度游泳对于抑制癌症复发的作用。他带领研究人员发现，定期的适度游泳（每天8分钟，持续9周）能够提高小鼠前额叶皮层、血清和肿瘤组织中的DA水平，抑制小鼠的肝癌生长、减少肺转移并延长生存期。过度游泳（每天16~32分钟，持续9周）则会起到相反的效果。因此，他指出，游泳等适度运动对于癌症病人大有裨益，“如果身体不能游泳，出去买菜也是很好的！游泳和买菜，可以作为处方开给癌症病人”。

（文／《南方日报》全媒体记者李秀婷）

汤钊猷院士复大开讲：质疑，是超越的前提

2017 年 6 月 2 日下午，著名肿瘤专家、中国工程院院士汤钊猷莅临暨南大学附属广州复大肿瘤医院，为医护人员奉上了一场思想盛宴。

在“洋为中用能否超越——质疑是超越的前提”主题演讲中，汤钊猷院士以“质疑”为关键词，阐述了“中国式控癌”的理念和对策。汤钊猷院士指出：“我们在自然科学方面落后于西方，在很多方面仍然是‘洋为中用’。但中华民族不能长期安于‘老二’地位。为此，洋为中用，能否超越，如何超越，就成为我们必须思考的问题。”

“质疑”是超越的前提

“发展是硬道理”，对临床医学而言，“提高疗效就是硬道理”。提高疗效要靠硬件（医学理论和医疗技术）和软件（科学精神和科学方法），而“质疑”和“实践”是科学精神的重要内涵，“质疑”是推动创新的重要元素，是超越的关键所在。“实践”是检验真理的标准，只有通过实践才能证明质疑是否正确。

汤钊猷院士表示，对西方医学，既要学习，又要质疑，洋为中用，才可能赶超世界水平。“质疑不是否定一切，而是一分为二看问题；质疑是补台，不是拆台；质疑的目的是进一步提高疗效。”

“质疑与实践”还要结合国情，才可能发展有中国特色的、提高疗效的办法。在学习西方的同时，不要忘记我国有五千年文明的历史，要洋为中用，中西结合。例如西医治癌主要看肿瘤，而中医则主要看癌症病人；

西医注重微观和局部，中医注重宏观和整体；西医注重消灭肿瘤，中医注重调整机体……“其实都不够全面，如果结合起来不是更好吗？”汤钊猷说。

肝癌生存率的提高源于“质疑”

肝癌，这个“癌王”似乎格外青睐中国人——全球因肝癌死亡的人有一半在中国。“走进来，抬出去”，是多年以前中国肝癌病人的写照。由于发现得太晚，许多肝癌病人短则几周、长则几个月就死亡了，被抬进太平间。那时，肝癌的 5 年生存率不到 3%。

如何提高肝癌患者的生存率？汤院士为此做了 40 多年的不懈努力，在中国他最早开展普查肝癌，提出“小肝癌”、“亚临床肝癌”概念。最近十年，我国的肝癌 5 年生存率提高到 44%，肝癌从不治之症变成了部分可治之症。截至 2012 年，汤院士所在的医院有 2613 位肝癌患者生存五年以上。

汤院士介绍说，他们有幸获得两个国家科技进步一等奖，其中“小肝癌的诊断与治疗”，使肝癌由“不治”变为“部分可治”，这是质疑一系列传统肝癌理念加上十几年临床实践的结果。

另一个一等奖“高转移肝癌模型系统”，是质疑和补充传统“种子与土壤学说”的结果。“种子与土壤学说”认为种子需要合适的土壤才能生长，那么反过来想，不同的土壤能不能影响种子的性能？质疑与思考产生了3项新的技术，“高转移肝癌模型系统”在全球有近200个研究机构应用。

质疑“杀癌疗法”

百余年来，西医治癌(包括手术、放疗、化疗以及新兴的分子靶向治疗等)均旨在消灭肿瘤，但这样的抗癌战略至今未能彻底取胜。

汤院士说：“我们目前进行的‘消灭肿瘤疗法促残癌转移及其干预’研究，同样源于质疑，质疑‘斩尽杀绝’战略。质疑不是否定一切，而是一分为二地看问题，既肯定‘消灭’的作用，又要找到弥补杀癌负面问题的办法。”

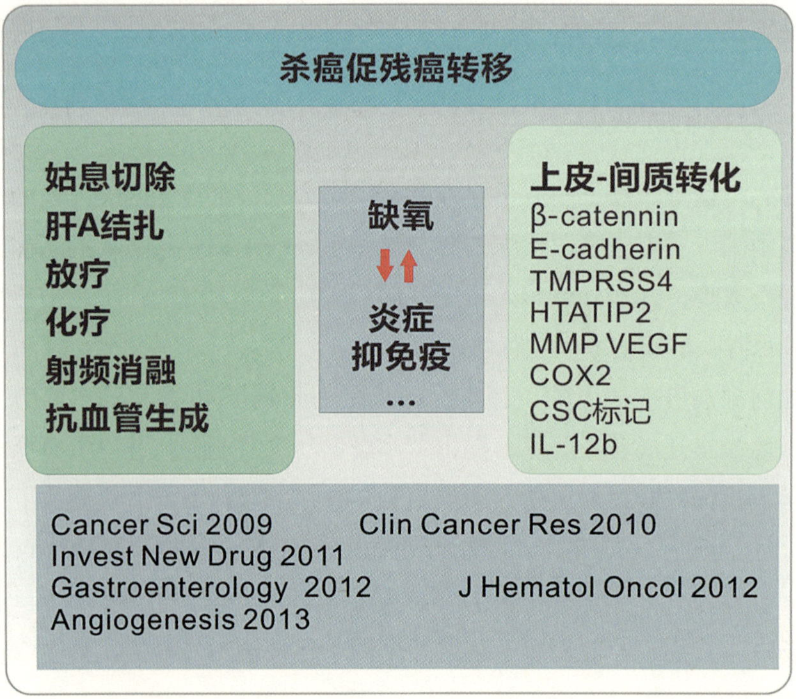

迄今，手术、放疗和化疗依然是癌症治疗的三大支柱，虽然在技术、设备和方法上都有许多改进，但遗憾的是，这些治疗均是沿用“消灭”策略。汤院士指出，“消灭”策略是把双刃剑，在杀癌的同时，还带来副作用甚至反作用。许多研究证实，几乎所有的“消灭”手段均可通过缺氧、炎症和免疫抑制，使残癌更凶残，促进残癌转移和发展。这是当前抗癌战所存在的突出问题。

正因此，汤院士倡导“中国式控癌”，提出“消灭”与“改造”并举。“改造”包含两个方面——一是对机体的改造，主要是提高机体抵抗力，以便更有效地发挥自身力量对付残癌；二是对残癌的改造，使之“改邪归正”。

“中国式控癌”观，体现了学习西方与超越西方相结合，西方医学与中国国情相结合，现代医学与传统医学相结合，以及西方思维与东方哲学思维相结合，是具有中国特色的“出奇制胜”抗癌战略。

“肿瘤精准治疗”精准吗?

汤院士说，“精准治疗”是近年来医学界的一个热词，精准医疗的概念对病人和支持肿瘤研究的机构很有吸引力。然而，癌症不是一种疾病，而是多种疾病，不同的病人病情各异。此外，癌症是一个移动的靶，这意味着精准医疗受到限制。

正如 2016 年《自然》杂志一篇文章所说：“精准策略没有给大多数肿瘤病人带来好处”，“肿瘤的精准治疗仅仅是一个有待证明的假说”，“最好的结果是，在一小部分病人中看到短暂的病情缓解。而绝对会发生的，则是副作用和昂贵的治疗费用”。

另一篇发表在同期《新英格兰医学杂志》的文章指出：“只有 3%~13% 的病人能够找到‘精准’的药物。即使用上了配对的药物，也只有一小部分 (30%) 病人有疗效”。因此，对于“精准医疗”，既要学习，也要质疑 (即不能盲从)。

(文 /《羊城晚报》记者胡菁)

与癌共存，既要消灭也要改造

看到“癌症”二字，很多人便觉得这是不治之症，不少癌症患者也觉得自己时日无多；谈到抗癌过程，很多人会认为癌症治疗就是“罪也受了，钱也花了，人却没了”。有什么方法可以让患者活得更开心更长久，且生活质量更高？在第23届“肿瘤防治宣传周”健康大讲堂上，广州复大肿瘤医院总院长徐克成教授对此作了解答。

治疗癌症，不能一味“杀杀杀”

说起癌症，大多数人会觉得那是不治之症而非常惊恐，广州复大肿瘤医院总院长徐克成教授却认为，癌细胞在我们每个人身上都存在，癌症是进化

的产物。人们对癌症的治疗有错误的认识。癌细胞是正常细胞的“叛徒”(突变)，终结癌症只是一个美好的幻想。对于从正常细胞“叛变”而来的癌细胞，虽要镇压，但“杀杀杀”不能最终解决问题，最好的结局仍是“共处”。

站在讲台上演讲的徐克成，声音洪亮，一般人根本想不到他本人正是一名战胜肝癌的勇士，今年77岁高龄的他红光满面、精神矍铄，他说自己的新生命是从十一年前开始。2006年1月26日，徐克成因为胆管细胞性肝癌接受了肝癌切除手术，术后，开始了他本人认为合理的治疗方案——与癌共存。“我没有化疗，没有放疗，但这十一年来我身体健康，活得开心、活得舒适！”他笑着说。

徐克成指出，癌症的治疗既要消灭癌细胞，也要改造癌细胞，这样才能有好的疗效。他举例说，江苏省某县一位老领导，67岁，肺癌晚期伴全身多处转移，去了多家大医院求治，肿瘤已无法切除，只能依靠化疗，但化疗无效，肿瘤仍越长越大。2016年8月，他辗转来到复大肿瘤医院治疗，病人自知病情凶险，时日无多，只希望能活到新年。徐克成提出的治疗方案，一是冷冻，通过冷冻消融缩小癌肿；二是采用联合免疫疗法，提高自身免疫力，改造机体。经过治疗，这名患者顺利出院回家。

2017年元旦，这位患者回到复大，带回两件“礼物”：一是上海胸科医院CT片，报告称“未见癌症证据”；二是一张血液肿瘤标记化验单，患者的CA125从原先的105降至正常范围。他说：“在家乡，原来和我一起去公园锻炼的肺癌病人，凡是复发的，无一例外在半年内死亡。我很幸运，可以好好活下去了。”

“对于癌肿，消灭与改造并举，说不定能为生命带来意想不到的惊喜。”徐克成一直强调。

拒绝一切严苛治疗

徐克成讲了一个故事——

2016年9月1日上午，他看了两个肺癌病人，一个在ICU，病人来自印尼，之前几乎接受一切抗癌方法和好药，但肿瘤并没有得到控制，患者肺两侧都长满肿瘤，且有严重的间质性肺炎，这是药物的并发症。因呼吸困难，医生不得不切开其气管，帮他插上呼吸机以维持生命……

另一位病人来自哈尔滨，高高个子，看上去精神还不错，一点不像病人。后来才得知这位患者仅在三年前做过两次化疗，后来因为没钱就终止了一切治疗。徐克成开玩笑地说："幸亏你没钱治疗，才能活到今天。"

为什么相近的年龄，同样是肺癌病人，一位治疗全套，一位连基本的治疗也没有完成，却得出截然不同的结果呢？可能是病人患病的类型有别，但不能排除的是，过度治疗令病人的癌肿越长越大。

徐克成指出，面对癌症，不少病人会想尽办法用一切财力，寻求一切治疗，而不管身体能不能耐受，"有不少病人做足疗程的化疗后没效还继续做，很不对！"徐克成说。癌症治疗的根本目的，是延续患者生命，而不一定对癌细胞斩尽杀绝，因为伤敌一千自损八百，这样也会伤到人体自身的免疫力。

因此，徐克成每次给病人应用化疗时，都会如履薄冰，他呼吁拒绝严苛治疗，因为过度化疗反而会促进癌症转移和发展。

为此，徐克成写了一篇文章——《改造化疗》，主张化疗必须用在恰当的对象，采用恰当的剂量，选择恰当的时间。

临床上，癌症患者通常接受最大或接近最大耐受剂量的"标准"化疗，这种策略的根据是，初始消除最大数量的癌细胞，可以减少癌症复发机会。但是，没有证据显示，这种"严苛"的标准化疗可以给患者，尤其已有转移的患者，带来总生存期的延长。

研究证明，用低剂量和短程的化疗药，不管是哪一种，目的在于约束癌细胞而不是"全歼"癌细胞，可以实现长期"与癌共存"。复大肿瘤医院将"节奏化疗"或"适应疗法"与微创消融治疗（冷冻 / 不可逆性电穿孔）结合起来，治疗中晚期癌症患者，在延长患者生存期和提高生活质量方面，已显示出良好前景。

（文 / 羊城晚报记者陈秋月）

《羊城晚报》2017 年 4 月 18 日

医生坚持“多此一举”，患癌女歌手找到生机

“其实，没有一个人可以掌握自己的命运，但绝对可以掌握自己对待生命的态度。”2016 年 12 月 3 日晚，在马来西亚新山市的一座礼堂里，华人姐妹花林颖芷和林颖茜举行了一场约莫 500 人观看的慈善演奏会。这场命名为“永不放弃”的演出既是林颖芷献给自己的礼物，同时也是一场献给中国医生的演出。罹患肺腺癌晚期的林颖芷，向台下从中国广州远道而来的医生、护士深深鞠躬，感谢医生“多此一举”的坚持，将她从死亡线上拉回来。

坚持、负责、体贴、温情……因为这次前往中国治病的经历，也让林颖芷对中国的医护人员有了更深刻的认识。

复大的医护人员受邀去林颖芷位于马来西亚的家中作客，两姐妹带领蒲公英合唱团感谢远道而来的中国客人

马来西亚女歌手远赴广州求医

今年 39 岁的林颖芷是马来西亚第四代华人，与姐姐林颖茜从小爱好音乐与舞蹈，两姊妹共同组建蒲公英合唱团。十六年来，两姊妹“一动一静”的演唱组合吸引许多学生加入，曾到澳大利亚和欧洲等地展开数百场演出。

岂料半年前，病魔突然降临，林颖芷被确诊为肺腺癌晚期，“当时每走一步都呼吸困难，经常在演出后台喘得像狗一样”，也曾被当地医院下达最后通牒，“你是癌症四期了，没有药治疗了。”而后，在朋友的介绍下，林氏姐妹抱着最后一线希望于 2016 年 8 月 14 日飞赴广州求医，入住复大肿瘤医院接受介入治疗。

而后，通过该医院左肺肿瘤基因检查发现，林颖芷一个非常罕见的基因显示为阳性。“检测报告显示，她的致癌基因 ALK 呈阴性 (一般概率仅 3%~5%)，而携带 ROS1 易位突变则是阳性，在肺腺癌患者中仅 1% 的概率，也是复大医院首宗案例。”林颖芷的主治医生、复大肿瘤医院张怡湜介绍。病情出现重大转机，林颖芷得以进行标靶治疗，降低恶化及死亡风险。

林颖芷 (左一) 在复大治疗期间，常常与姐姐林颖茜 (左二) 一起在病区弹唱，琴声歌声宽慰了很多病患及家属

2016年12月，林颖芷回到马来西亚。两姐妹决定举办一场慈善演奏会，为癌症病患捐款，并以此鼓励癌症病患家属面对困难，解决困难。由此，才有了以上温馨感人的一幕。“现在妹妹还可以唱了，我们还会继续办音乐会，筹得的善款拨入关怀癌症病患的慈善基金。”姐姐林颖茜说，往后每场音乐会的意义都会不同，因为这是对生命的抗争。

中国医生“多此一举”为林颖芷找到一线生机

说到在中国的治疗经历，林氏姐妹花特别提到关于基因检测的一个小插曲。也正是这个插曲，让他们对于中国医生的良好医德有了更深刻的认识。

来中国前，林颖芷在当地医院的基因检测结果显示，常见的致癌基因意外都呈阴性，也意味着无法进行靶向治疗，只能通过化疗延长生命。因此，当复大的医疗团队提出再次进行基因检测时，一家人都拒绝了。“我们家人尤其是妹妹觉得，检测是一笔费用，为什么这个费用要花在检测上，而不是花在治疗上？而且在马来西亚检测的也是大医院，有必要这样多此一举吗？”姐姐林颖茜说。而林颖芷则是“不想花钱买一次失望”。

“考虑到林颖芷是一个年轻女性，又没有吸烟史，很有可能发生基因突变。”复大徐克成院长说，经过分析，医疗团队仍坚持再进行基因检测，并拨出医院的5000元基金给予支持。

没想到，正是这样一个看似多此一举的决定，为林颖芷找到了一线生机。“如果没有发现这个阳性基因，我是没办法针对性地用这个靶向药来治疗的。”

“我真的很感激徐院长，很站在病人的立场。”林颖芷回忆起初到广州时，因为病情很棘手，医生开会了许久都无法拟出合适的方案，这让林颖芷很气馁。她直接问院长：“我究竟还能活多久？”没想到徐克成院长哈哈大笑，“她拍拍我的手说，做人有时候要难得糊涂，不要想那么多，放宽心。”林颖芷回忆，“我很感激他这句话，给我很大宽慰。殊不知，院长本身也是癌症病患。”

林颖芷和徐克成院长

在广州治病的日子，考虑到她食欲不佳，复大的医护人员还经常为她煲汤送饭，天气晴朗的日子，则带她就近看看羊城美景，与她分享生活趣事等。

“比起有些医生直接又略带毒舌的话，中国的医生表现得更加正面。”林颖芷说，“譬如我们这里有些医生会直接说，‘你要知道你是第四期了，不能好的’、‘没有药医的，你只是等罢了’。虽然我知道这是事实，但中国的医生会叫你不要放弃，给你鼓励，你就觉得有一个希望在。”

“中国是充满奇迹的地方，尤其在医疗方面技术先进。”林颖茜称，回到马来西亚医院复诊时，有当地的医生表示听过广州医院在治疗肿瘤方面的新疗法，也有部分医生咨询该技术。

（文/《羊城晚报》记者李雯洁）

马来西亚音乐人回复大医院开演唱会答谢医护人员

“任何我曾遭受的不幸，我都已忘记，在我身上没有痛苦。直起腰来，就能望见蔚蓝的大海和帆影。”

2017年9月1日下午，来自马来西亚音乐人林颖芷和林颖茜携“蒲公英”合唱团在暨南大学附属广州复大肿瘤医院举办了一场“永不放弃”励志分享会暨答谢演唱会。罹患肺腺癌晚期的林颖芷向台下的医生、护士深深鞠躬，感谢所有医护在她患病期间的照料和治疗。当天有200多人观看演出。广东省外办副主任苏才芳也到场并讲话。

“永不放弃”答谢演唱会

广东省外办副主任苏才芳首先为活动致辞。她在致辞中表示，中国与马来西亚互为友好邻邦，广州与马六甲市互为姐妹城市。双方在文化交流、经贸往来、民间互助等多个领域均有长期友好的合作。此次的活动就是两国、两市间深厚情谊的又一见证。“永不放弃”的抗癌主题，更加重了此次活动的意义和价值，是一次正能量的传播、对生活的感恩，对生命的礼赞！

献给医生，也献给患者

今年 40 岁的林颖芷是马来西亚第四代华人，与姐姐林颖茜从小爱好音乐与舞蹈，早年毕业于台湾一所知名大学英语专业的林颖茜不仅成绩优异，也展现出惊人的舞台表演艺术天赋。林颖芷大学毕业后与姐姐林颖茜共同组建马来西亚蒲公英合唱团。十七年来，两姊妹“一动一静”的演唱组合吸引 100 多位华人学生加入，还曾经到澳大利亚、欧洲等地展开数百场演出。

岂料 2016 年 7 月，病魔突然降临，林颖芷被确诊为肺腺癌晚期，“当时每走一步都呼吸困难，经常在演出后台喘得像狗一样”，也曾被当地医院告知“你是癌症四期了，没有药治疗了”；而后，在朋友的介绍下，林氏姐妹抱着最后一线希望于 2016 年 8 月 14 日飞赴广州求医，入住暨南大学附属广州复大肿瘤医院接受治疗。

林颖芷回忆起初到广州时，因为病情棘手，医生开会了许久都无法拟出合适的方案，这让林颖芷有些气馁。她直接问徐克成总院长：“我究竟还能活多久？”没想到徐克成总院长哈哈大笑，“她拍拍我的手说，做人有时候要难得糊涂，不要想那么多，放宽心。”林颖芷回忆，“我很感激他这句话，给我很大宽慰。殊不知，院长本身也是癌症病患者。”

徐克成总院长、牛立志院长、钱伟博士和施娟娟医生组成医疗团队的全力救治，通过基因检查发现，林颖芷一个非常罕见的基因显示为阳性。“检测报告显示，她的致癌基因 ALK 呈阴性（一般概率仅 3%~5%），但更罕见的 ROS1 阳性。”主治医生介绍。病情出现重大转机，林颖芷也才有了今天。

医生的坚持，让她重现生机

说起那次基因检测，林颖芷有段不能不提的“小插曲”。也正是这个插曲，让他们对于中国医生的良好医德有了更深刻的认识。

来广州治疗前，林颖芷在当地医院的基因检测结果显示，常见的致癌基因意外都呈阴性，也意味着无法进行靶向治疗，只能通过化疗延长生命。因此，当复大的医疗团队提出再次进行基因检测时，林颖芷一家人都拒绝了。“我们家人尤其是妹妹觉得，检测是一笔费用，为什么这个费用要花在检测上，而不是花在治疗上，而且在马来西亚检测的也是大医院，为何还要再重复做一次相同的检测？”姐姐林颖茜说。而林颖芷则是“不想花钱买一次失望”。

“考虑到林颖芷是一个年轻女性，又没有吸烟史，很有可能发生基因突变。”复大肿瘤医院徐克成总院长说，经过分析，医疗团队仍坚持再进行基因检测。徐克成总院长支付了 5000 元检测费用。

没想到，正是徐克成总院长这样一个看似多此一举的决定，为林颖芷找到了一线生机。“如果没有他的坚持，找到这个阳性基因，我是没办法针对性地用这个靶向药来治疗的。”

“我真的很感激徐院长，很站在病人的立场”

而在广州治病的日子，考虑到她食欲不佳，复大肿瘤医院三病区医护人员还经常为她煲汤送饭，天气晴朗的日子带她就近看看羊城美景，与她分享生活趣事等。

“比起有些医生直接的话，广州的医生表现得更加正面。”林颖芷说，“譬如我们当地有个别医生会直接说，‘你要知道你是第四期了，不能好的’、

‘没有药医的，你只是等罢了’。虽然我知道这个是事实，但中国的医生会叫你不要放弃，给你鼓励，你就觉得是有一个希望在的。”

医院传来美妙琴声，疗愈人心

“妹妹在复大治疗期间，每天都和姐姐在医院三楼弹琴唱歌，正能量感动了所有人。”徐克成总院长说，两姐妹的乐观坚强也给复大的医护人员和病友们带来了鼓励。

“有一次，两个来自迪拜的小朋友陪母亲到医院看病，我听到他们在走廊上轻快的脚步声，就觉得很美妙。因为复大三楼病区也有钢琴，机缘巧合下，我就开始教小朋友弹琴。”姐姐林颖茜说。

原本冷冰冰的空间，因为有了琴声而衍生了奇妙律动，身体情况好时，林颖芷会和着姐姐的琴声，为大家高歌几曲，空荡荡的屋子慢慢汇集了来自各国的病人和家属。

“有人听歌，有人点歌，不再是坐着掩面哭泣。”复大的护士说，姐妹俩的歌声琴声也让医院充满了暖意，一次林颖芷化疗前夕，姐姐想唱歌给妹妹鼓励，“当时全场的病患家属，有中国的，有印度、马来西亚、阿拉伯国家的病人及家属们，就一个两个走过去跟妹妹说，‘没事的，小妹，没事的没事的’，让人看了非常感动。”这也让在场的医护人员深受触动。

林颖芷说：“我还会回到广州探望老朋友，因为在此地住院期间，有很多医生和病人给予我鼓励。我与他们是‘生死之交’。”2016年12月3日，林颖芷在马来西亚新山新马寺举行演唱会，还特意邀请了徐克成总院长及团队到场观看。

时隔一年，今年8月28日凌晨，林颖芷再次来到广州复查。这次随同她一起来的有姐姐林颖茜、父母，还有蒲公英合唱团的八位演员，其中一位演员还是2015年马来西亚环球小姐亚军得主陈俐杏。两姐妹这次要在复大肿瘤医院共同举办一场答谢演唱会，感谢医生将她从死亡线上拉回来，并以此鼓励癌症病患家属面对困难，解决困难。

有观众感动垂泪

这是一场充满正能量的励志活动，在当天的演唱会励志分享环节，林颖芷与姐姐林颖茜手拉着手走上舞台，讲述了她与病魔抗争的励志故事和心路历程。从分享中，患者感知了她不平坦的生活经历和“踏平坎坷笑对人生”的勇气和毅力。

林颖芷说：“只要自己不放弃，没有人会放弃你”，这就是对生命“永不放弃”的真谛——以永不放弃的信念笑对生活，或许就带着确切的幸福与骄傲，每一分努力都值得以更美的姿态，给生活犒赏。

她还表示：“任何我曾遭受的不幸，我都已忘记，在我身上没有痛苦。直起腰来，就能望见蔚蓝的大海和帆影。”“尽全力而活，活出极致，这就是人们应该有的样子。”“你看见什么，幸福就是什么样子，而我们现在要做的，是世界再嘈杂，也要把自己活成幸福的模样。”

最后，林颖茜用一句话来勉励大家：“让美好能量从你身边开始循环！让蒲公英之爱传遍每一个角落！”

徐克成总院长也走上舞台表示：“这次的演唱会是林颖芷和林颖茜两姐妹对命运永不放弃、敢于挑战精神的真实写照，也闪烁着海外华人华侨对祖国人民的热爱、对家乡的眷念之情。希望我们每一位患者都能从她们身上吸取正能量，并希望日后把蒲公英合唱团的情怀在祖国的土地上传播开来。生命宝贵，值得每个人珍惜并为之奋斗。广州复大肿瘤医院所有团队员工将一如既往帮助每一位癌症患者和病魔斗争，永不放弃生命！”

“为不屈的生命点赞”

“永不放弃”精神感染在场的观众——当天下午“永不放弃”励志主题分享会暨演唱会现场来了一位特别嘉宾，他就是“孙中山”特型演员邓健壮。他代表幸福第一村微信群村民上台发言，他激动地说，“当收到陈方村主任邀请后，我知道向社会传递爱，弘扬正能量的机会到了”。他说，孙中山先生曾多次出访马来西亚，还在马来西亚创建了《光华日报》，奠

蒲公英合唱团与徐克成总院长

一曲《茉莉花》让演唱会完美谢幕

定了中马两国之间的深厚友谊。如今徐克成总院长以珍爱生命为主题，将马来西亚人民和中国人民的心连接在一起。他自己扮演“孙中山”，更要发扬孙中山的“博爱”精神。

邓健壮和陈方村主任赠送给徐克成总院长一副“博爱天下”字画，寓意着复大肿瘤医院将更多的关爱传递给患者，将博爱情怀广泛传播。

徐克成总院长收下墨宝后，表示将不断传承孙中山先生的博爱精神，将爱心传递下去，让更多的患者得到关怀，尽快康复。

演唱会结束后，邓健壮先生再次上台表演二胡独奏《我爱你，中国》。最后，邓健壮和林颖芷、林颖茜姐妹合作演奏演唱了一曲江南民歌《茉莉花》，赢得了观众们阵阵喝彩。

林颖芷老师那种“永不放弃”精神，让羊城晚报报业集团下属的《民营经济报》副总编辑田川大为感动，9 月 1 日下午，演唱会临开始之前，田川拿了一只“国宝”熊猫公仔玩具，来到后台赠送给林颖芷老师，传递上一份爱意。然后她匆匆离开，赶回去上班。

演唱会结束，复大肿瘤医院副院长穆峰博士感慨地说：“相信吗？一年前还呼吸困难，需要吸氧的晚期肺癌患者林颖芷女士，今天下午率领她的团队在复大重登舞台，边唱边跳有10首歌曲。”他说：“要为不屈的生命点赞！”

（娱乐明星新闻速递百家号）

癌症本质和创新医疗“3P”观

2016 年 5 月 18 日，应招商局蛇口工业控股股份有限公司的邀请，暨南大学附属广州复大肿瘤医院总院长徐克成教授为该集团一百多位工会代表做了“癌症本质和创新医疗‘3P’观”的专题讲座。

癌细胞是从“好人”突变而来的“坏人”

什么是癌症？徐克成教授指出，癌症不是“外敌”入侵，癌细胞是从“好人”（正常细胞）突变而来的“坏人”。人体有无数个细胞，细胞核内 DNA 上有许多基因，每个基因含有无数个碱基对。正常细胞无时无刻不在一分为二，细胞核内 DNA 也随之复制。只要一个碱基复制错误，丢失或被替换，细胞就会突变。突变不断积累，癌细胞就形成。

从这个意义上看，我们每个人都在“与癌共存”。事实上，癌症是“人类进化的遗产”，只要人不断地进化、衰老，肿瘤就会伴随而来。因为随着年龄的增长，随着衰老，人体内的细胞也在不断地衰老。而在衰老的过程中，也会发生基因突变，这就是为什么年纪越大，肿瘤发生的概率越大的原因。

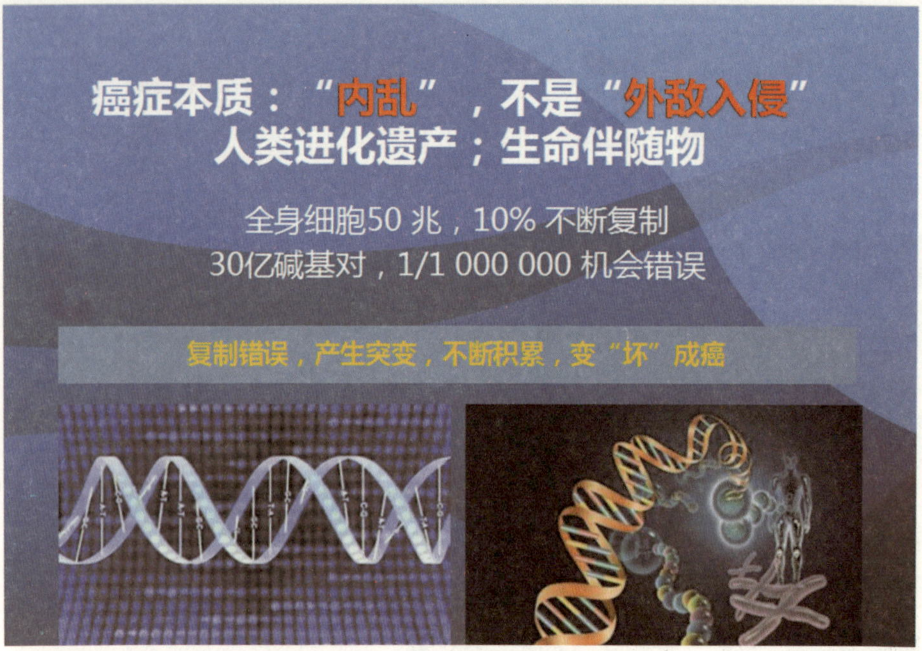

癌细胞不可能“斩尽杀绝”

如何对待这些从正常细胞“叛变”而来的癌细胞？必须去消灭，但不可能“斩尽杀绝”。徐克成教授认为，现代常用的“消灭”手段(手术、放疗和化疗)不能完全“治愈”癌症。“共处”是主旋律。采取不同手段控制癌细胞，让癌细胞与人“共存”，将癌症变成可以控制的“慢性病”。对于癌症，治疗的首要目的，就是要让病人活得长久一点；第二个目的，让病人活得舒服、快乐一点。

徐克成教授说：“2006 年初，在一次体检当中，我发现自己有肝癌，肝脏左叶有一块肿瘤，那是胆管细胞癌，是一种非常恶性的肿瘤。一篇主要研究华人胆管细胞性肝癌的文献显示，其5年生存率为13%，化疗、放疗都不能改善生存率，尤其是由于这种肿瘤易早期转移。但我不仅活下来了，而且还超过五年的生存期，这是一个奇迹。”

癌症治疗必须要有新思路

“我常常在想，作为一个医生，我们要怎样治疗病人；作为一个患者，我期望医生给予我怎样的治疗？”徐克成教授说，癌症治疗已经有了二百多年历史，这二百年来，发展了三大治疗方式——手术切除、化疗、放疗。然而，这三种治疗方式只对少部分病人产生效果。美国*Science*(科学)杂志对近40年的癌症大战做了一个评价：“老的技术，少有突破，巨大失望”。

所以，癌症治疗必须要有新思路！美国著名癌症治疗专家、前ASCO

主席提出“3P”治疗方式——Patient(病人)、Pathways(路径)、Progress(进取)。

Patient(病人)，其实就是提醒医生不要只会看病(只关注肿瘤)，而不看病人(忽视病人的整体状况)，医生“要治人，不仅是治肿瘤”。人活下来才是硬道理，肿瘤没有了，人死了，这是一个巨大的失败。

Pathways(策略、思维、技术、方法)，在中国，大多数肿瘤患者首诊时已是中晚期，对于不能手术的患者该怎么办呢？这就需要有新的治疗技术和策略。

复大肿瘤医院近年来通过氩氦冷冻消融、微血管介入和微球介入、纳米刀消融等综合治疗技术，为众多不能手术的中晚期病人进行治疗，帮助他们控制病情，提高生活质量，延长寿命。

复大肿瘤医院最早从美国引进了氩氦冷冻消融技术，至今已为超过一万例不能手术的中晚期肿瘤患者进行治疗，治疗数量居世界前列。氩氦冷冻治疗可应用于肝癌、肺癌、肾癌、卵巢癌、喉癌、睾丸癌、子宫肿瘤、胰腺癌、乳腺癌、骨肉瘤、前列腺癌、头颈部癌和各种软组织肿瘤等。

微血管介入和微球介入，增加了药物在肿瘤局部的停留时间，强化了肿瘤治疗的效果，副作用小。

2015年7月2日，复大肿瘤医院完成中国内地首例纳米刀手术治疗胰腺癌，至今已完成一百多例纳米刀术，数量居中国内地之首。纳米刀消融，不会伤及肿瘤临近的大血管、气管、支气管、胆管和神经，能更有效地消融肿瘤，在治疗肝癌和胰腺癌方面显示了独特的优势。

Progress(进取)，治疗肿瘤的进步不仅需要技术进步，更需要改变观念。癌细胞不可能诛尽杀绝，抗击癌症，应该从“彻底消灭”变为“改造共处”。

（文/《羊城晚报》记者胡菁）

幸福是什么？徐克成大夫给出了这样的答案

2017 年 1 月 7 日，对于徐克成大夫来说有特殊意义。四年前的这一天，在卫生部举行的全国卫生工作会议上，他被授予中国卫生系统的最高荣誉——“白求恩奖章”，表彰他在抗击癌症事业中作出的杰出贡献。

耀眼的光环并未拉开徐克成与病人的距离，这位 76 岁高龄的医者，仍奋战在临床一线，因为对他而言，患者的康复是最大幸福与快乐；最高的荣誉也未让他停下追逐的步伐，为了救治更多患者，他依然在医学领域不断接受挑战。

为救治患者，不断挑战“不可能”

徐克成说，他很喜欢看中央电视台《挑战不可能》节目，而在他五十多年的从医生涯中，他也不断在接受挑战。

2003 年 8 月，年逾六十的徐克成遵循原卫生部部长陈敏章的嘱托，创办了广州复大肿瘤医院。在他的带领下，医疗团队挑战了一个个“无法治疗”的医学判决，丹麦的郭林、沙特阿拉伯的娜娜、马来西亚的亮亮……一个又一个处在死亡边缘的肿瘤患者在这里获得新生。徐克成和他的战友也一次次因患者的“死而复生”而欢欣鼓舞。

2016 年 3 月 25 日上午，一个挺着大肚子的女士走进徐克成的办公室。她姓林，29 岁。她告诉徐院长，她并没有怀孕，而是肚子里长了一个巨大的肿瘤。

看到林女士的检查结果，徐克成很震惊，林女士腹部的肿瘤很大，几乎占满她整个腹腔。腹腔内的脏器都被严重挤压，导致她出现呼吸困难，输尿管因肿瘤压迫出现排尿不畅、肾积水，肾功能已经出现损害，下肢也因腹部肿瘤的压迫而水肿明显……

“徐院长，好多家医院都认为我不能手术了，恳求你们救救我，我想活下去！”

看着眼前这位腹腔巨大肿瘤患者，徐院长又想起复大近年来成功救治的腹部巨瘤患者，细妹、冰冰……他决定再次挑战“不可能”，全力以赴救治她。

2016 年 4 月 20 日上午 8：00，林女士被送进了手术室。十几人组成的手术团队，经过八个小时奋战，切除的最大肿块重达 6.1 公斤……这些数据，代表的是一个鲜活生命的回归。

2016 年 3 月，复大收治了马来西亚 8 岁女孩艾琳，她左腿有一个巨瘤，周径达 61.5 厘米，吉隆坡医院诊断为“黏液样梭形细胞肉瘤”，当地医生

曾“身怀”巨瘤的林女士经过复大的精心治疗康复了。出院时，她特意换上连衣裙，高兴地说：“我终于可以穿上裙子啦！”看着这位获得新生的美丽姑娘，徐院长笑得很开心，他再次感受到身为医生的幸福感。

说“无法治疗”，建议截肢。艾琳的父母断然拒绝了截肢方案，他们抱着一线希望来到复大。

为救治艾琳，专家组多次会诊，有两种意见：一是主张截肢，二是尽可能切除肿瘤，保存肢体……讨论、争议，最后达成共识：充分准备，尽快手术，千方百计，切瘤保肢。

2016 年 4 月 1 日，一场生命和死亡博弈、挑战“不可能”的手术开始了。手术团队经过六小时手术，成功为艾琳切除了左腿上近八斤的巨瘤，不仅保住了女孩的左腿，也保住了她的生命。

2016 年 4 月 30 日，徐克成到马来西亚回访患者。在怡保，上百人齐聚艾琳的家，庆祝她的新生。艾琳笑容灿烂，她依偎在徐院长怀里说：“Grandpa，Thank you! 我爱你们！”

2016 年 8 月，复大肿瘤医院成功为一名 89 岁高龄的菲律宾患者做了胰头癌纳米刀消融术，这是目前文献记载的年龄最大的胰腺癌纳米刀消融病例。复大再创一项“世界纪录”。

徐克成感慨地说:“医院要发展,就要走一条不同的路,这条路就是——人家不敢想的事,我们要去想;人家不敢做的事,我们要千方百计地去做。”他同时强调:“我们挑战不可能,前提是在安全的基础上,这个安全是建立在对学术的追求,是在专业、缜密的基础上实施的。”

为患者延续生命,改变固有治疗理念

2006 年,一辈子战斗在抗癌第一线的徐克成自己患上了胆管细胞性肝癌,他保持乐观心态,积极治疗。如今 11 年过去了,他成为一名战胜癌魔的强者。这一独特的经历,也使他对狙击癌症有了更为深切的体会,产生了新的思路。

手术切除、化疗、放疗是肿瘤传统治疗的“三板斧”。然而,这三种治疗方式只对少部分病人产生效果。近年来,基因学和蛋白质学的研究,催生了大量针对癌细胞的靶向药物,但癌症治疗仍面临巨大挑战。

徐克成说:“治疗癌症,让病人活下来是硬道理。”自身的患癌经历以及多年癌症治疗的临床实践,促使他写成《与癌共存》一书。徐克成希望通过这本书让人们认识到:癌症是一种慢性病,癌细胞不可能斩尽杀绝;癌症也并不可怕,只要拥有良好心态,秉持正确理念,采用创新策略,接受合适的方法,就能与癌“和平共处”。

在临床治疗中,徐克成和他的团队强调“消灭”与“改造”并举,通过传统治疗(手术、化疗和放疗)和新兴治疗(消融、血管介入)相结合,传统医学(中医、自然医学)和现代医学相结合,以求让癌症成为可以控制的慢性病,让患者的生命得以延长。

从医五十余载、一直是跟肿瘤打交道的徐克成对幸福的感受很深:“幸福是什么?对于医生而言,就是帮助患者跟病魔搏斗,那种获得胜利的成就感是无法用言语形容的!”

(文/《羊城晚报》记者胡菁)

《人民日报》公众号：肿瘤医院院长：患癌 11 年，我是如何活下来的？

今年 77 岁的徐克成，精神矍铄。2001 年，他以 61 岁高龄创办广州复大肿瘤医院（暨南大学附属医院，隶属于广东省卫计委直管），设立“不收红包、不收回扣、不接受吃请”廉医规矩。

2006 年初，66 岁时，身为肿瘤医院院长的他，体检时却发现自己患上肝癌。后来他反思、研究治疗方案，摒弃传统落后的治疗方式。如今 11 年过去了，癌症都没有复发。

患癌后，他在接受采访和不同场合说了 5 句大实话！患癌十多年我是如何活下来的？

很多癌症是吃出来的

身为消化科专家，徐克成明白，“癌”字里面三个口，很多癌症是吃出来的！

“癌症是吃出来的，这个话一点没错。吃得太咸，容易患胃癌、食管癌；吃得太油腻，则容易患结肠癌、胰腺癌、前列腺癌、乳腺癌等。”

多吃低脂高纤维的食物可以有效预防结肠癌。除此之外，一些抗氧化的食物可以起到消灭活性氧，阻止致癌物侵入遗传基因中，防止细胞异常增殖的作用。

抗氧化食物包括：

- 含类胡萝卜素的食物（如菠菜、花菜、番茄、西瓜等）；
- 多酚类（如绿茶、啤酒、红酒、巧克力等）；

● 硫化物（大蒜和洋葱等葱属蔬菜、卷心菜等）；

● 维生素（包括维生素C、E、B1、B2和B12，常见于蔬菜、水果、花生中）。

术后化疗未必都有用

创办肿瘤医院的几年里，徐克成接诊过很多肝癌患者。他们中绝大部分是在其他医院手术后复发，有的在术后一两年，有的则是几个月就复发。他们几乎都接受过化疗，且复发的肿瘤往往不是单个，而是“成群”，一下子布满全肝。不仅在肝内，而且转移到肺、骨、腹腔多个器官和组织。很多患者告诉我“怪事”：一边化疗，一边转移。

这些患者的遭遇加深了徐克成的质疑：化疗到底对肝癌是有益无害，还是无益有害？

为了“质疑”，徐克成每月总要常规浏览世界文献，十年来，至少查阅了1000篇几乎都发表在美欧杂志上的所谓SCI论文，希望找到“灵丹妙药”，为病人，也为自己。

结果是失望的。一份大型荟萃分析，包括57份研究，涉及4756例胆管细胞性肝癌，患者年龄49~67岁。文章结论是“术后辅助性化疗或放疗不显示是有益的”。

因此，他拒绝了化疗。至于为什么“一边化疗，一边转移”，他在另一篇文章《化疗无效的出路何在》已经说了，是化疗导致癌细胞基因再变异，变成“离群者”，变得不仅不买化疗药的账，而且变本加厉，更加“恶性”。

临床医生在决定是否给患者化疗时，要多些质疑，不要仅仅聚焦于“癌肿”，更要聚焦于“整个系统稳定性”，要考虑：让病人生命延长，不仅仅是延长几天几个月，而是生存几年、多年，还是适得其反？

癌症不能一切了之

通常患了癌症，大家都会想到手术切除治疗，达到“斩草除根”的效果。但事实证明，癌症患者中，仅有20%的患者可以进行手术治疗，原因有三：

①癌肿早期无症状，被发现时，或者因为癌症太大，或因为部位特殊，或已发生转移，无法切除；

②患者年龄大，或合并其他疾病，无条件手术治疗；

③病人或家属拒绝手术治疗。

癌细胞想要“斩尽杀绝”几乎是不可能，需要新思路抗肿瘤。徐克成院长介绍，癌症一开始发病，就是一个全身性、系统性疾病。虽然手术切除是根治癌症最主要的方法，但“根治”不等于“治愈”。

有研究显示，70%的乳腺癌病人，即使是在“早期”，癌细胞也可能存在于外周血液和骨髓中，这些癌细胞常以“癌干细胞”形式存在，处于“休眠”状态，一旦时机成熟，便“苏醒”，快速生长，形成新的肿瘤。因此，通过手术把乳腺癌“切掉”、肺癌“拿掉”，全身性的癌细胞仍然是没法“除净”的。

癌症，不能手术，又该如何治疗？徐院长介绍，现代癌症治疗融入了越来越多高新技术。对于无法进行手术治疗的患者，应该利用高新技术，进行综合治疗。所谓的综合治疗包括“三结合”，即传统技术与高新技术相结合，高新技术与高新技术相结合，传统医药与现代医药相结合。

看病不能信广告

许多临床医师都有这样的诊疗经验，一些肝炎病人由慢性肝炎逐步转为肝硬化，然后肝硬化癌变，形成“肝炎—肝硬化—肝癌”三部曲。

当然，这里所指的肝炎是指乙型或丙型肝炎。假如患者只有大三阳或小三阳，转氨酶没有升高，没有肝功能的损害，那么我们称为乙肝病毒携带者，乙肝病毒携带者得肝癌的概率确实要大得多，但目前95%以上都无法治愈，唯一的办法就是定期复查，一旦发现肝癌及时处理，早期肝癌的治愈率可达90%。

目前乙肝病毒尚无法根绝的，治疗大小三阳没有意义。很多大小三阳患者为了预防肝癌，想尽办法千方百计去除大小三阳，不少商家也打出了治愈大小三阳的药品广告。

徐院长语重心长地说："我研究肝脏病 40 年，大家不要迷信大小三阳可以去除，迄今为止，没有任何药物可以根除大小三阳，干扰素等药物可以治疗肝炎，但不是大小三阳。"

"我曾经在多个肝病主题会议上大声疾呼，很多治疗大小三阳的药物都是没有用的，劝大家不要上当受骗，很多人相信广告的结果都是人财两空！"

治癌要先治心

徐克成常说，一些病人不是因为患癌死的，而是被吓死的。当我得知自己患癌后也惶恐了一段时间。

"人总是要死的，我很坦然地面对这个事情，发现以后，我很快接受了事实。但是这个癌是一个很恶性的肿瘤，五年生存率就是百分之几，这种情况之下对我来说就是一个挑战。"

徐克成说，"我必须让自己活下来，因为还有很多事情要完成。比如说，癌症是一个慢性病，要与癌共存，要采取人性化的治疗，不要让病人吃二次苦，让病人有一个愉快的生活，这叫活在当下、向死而生。这些观点我必须把它系统化，必须把它形成一个概念和模式，从而推广下去。"

11 年过去了，他的癌症并没有复发。他仍然带领团队继续攻克生命科学疑难杂症。"开开心心、平衡饮食、适当运动、坚持工作。"这就是他的秘诀。

他说："或许哪一天，我真的倒下了。可能倒在手术台前，可能倒在病人床边，可能倒在我自己的办公室里，我不会抱怨，不会懊恼，因为那将是我履行医生职责使命，为实现我一辈子为患者服务的梦想，画上的一个圆满句号。"

（来源《人民日报》公众号、健康时报、医学界肿瘤频道 2017-09-21）